风为裳——

著

爱上你，
星星
落在我头上

古吴轩出版社

中国·苏州

图书在版编目（CIP）数据

爱上你，星星落在我头上 / 风为裳著 . —苏州 : 古吴轩出版社 , 2018.6
（2020.6 重印）

ISBN 978-7-5546-1124-1

Ⅰ . ①爱… Ⅱ . ①风… Ⅲ . ①长篇小说—中国—当代
Ⅳ . ① I247.5

中国版本图书馆 CIP 数据核字（2018）第 035094 号

责任编辑：蒋丽华
见习编辑：薛　芳
装帧设计：鸿儒文轩·书心瞬意

书　　名：爱上你，星星落在我头上
著　　者：风为裳
出版发行：古吴轩出版社
　　　　　地址：苏州市十梓街 458 号　　　邮编：215006
　　　　　电话：0512-65233679　　　　　传真：0512-65220750
出 版 人：尹剑峰
印　　刷：三河市华东印刷有限公司
开　　本：650×940　1/16
印　　张：19.75
版　　次：2018 年 6 月第 1 版
印　　次：2020 年 6 月第 2 次印刷
书　　号：ISBN 978-7-5546-1124-1
定　　价：39.80 元

如有印装质量问题，请与印刷厂联系。

目录

第一章　碎屑之下

01

不知道是哪个缺德鬼给划的线，说25岁是女孩人生的一道分水岭，那道分水岭上站着岁月那头绿着眼睛、瘪着肚子的饿狼，单等女孩经过，便"嗷"的一声扑上去，一口吞掉女孩最后的青春时光。

姜小山倒觉得到了25岁还在妄谈青春，太奢侈了。姜小山25岁了，青春早就被那头狼啃得渣儿都不剩了。在姜小山的世界里，完全没有矫情地留恋青春这回事，她顾不上这些。

当然，姜小山没有的不只是青春。除了前任渣男友给她留下的一身债务，一个浑身上下充满负能量、把打击女儿当己任的老爸，一对活宝惹事精哥嫂，她几乎就是一无所有。

就在一个月前，家里还减员了。哥还是那个哥，嫂已是前任嫂子了——他们"光荣"地领了离婚证。

领离婚证那天，姜小山请嫂子秦明月吃了顿饭。一顿饭吃得姑嫂眼泪汪汪的。虽然姜小山理解嫂子，换位思考，自己要是嫁给哥哥那样一个一条道走到黑的男人，也过不下去，但哥毕竟是亲的，她心里还是希望嫂子别扔下哥哥离开这个家。可现实真的就像是那头饿狼，把人吃干抹净，渣都不剩……

就这样，25岁的姜小山的生活四处漏风，捉襟见肘。

闺蜜左娜说："姜小山，幸亏你是个没心没肺的傻丫头，换一人儿，这日子根本就没法过啊。"

没法过就能不过吗？姜小山可不这么想，她想的是老妈活着时说的话："人这一辈子啊，享的福和受的罪大体相当。前面的苦多吃一点儿，后面的福就多享一点儿。三穷三富才能过到老。"所以，她且得乐乐呵呵地好好活着，等着享后面的清福呢！再说了，对负能量没心没肺，才能对正能量掏心掏肺，不是吗？不断接收正能量，姜小山觉得自己像在"植物大战僵尸"里不断采集向日葵吐出来的阳光一样，心里的冰冷与灰暗很快就被阳光占满了，然后又是顶天立地一"女汉子"，什么都难不倒她了。

日子再怎么难，还不得照常过吗？这不，早上，小山"满血复活"，出去买了油条、豆浆回来时，姜文渊正捏着烟在看早新闻。

看到女儿进门，姜文渊赶紧想藏起手里的烟，四下里寻了寻，实在无处可藏，再一抬头看到小山正盯着自己，索性又狠狠地抽了一口，光明正大地掐落在面前的报纸上，假装没事儿人似的指着电视上的新闻开骂："这什么奥运会啊！要我说，这奥运会就定在北京办，比哪不好啊……"

姜小山忍住没说老姜同志偷偷抽烟的事。事实上，说了也没用。说时，他像个犯错的孩子一样露出可怜模样，可一转身，还照样抽。老小孩儿，老小孩儿，姜小山算是领教了。

该不该严格管老姜同志，姜小山自己也矛盾。有时候，姜小山很严厉地管老爸，人老了，不自控，如果儿女不管着点儿，放纵他，损害他的健康怎么办？有时又想，他这么大年纪了，身体又不好，想做什么由着他好了。在宽严之间，父女俩像玩官兵捉贼的游戏，有时烦，有时又有点儿乐在其中。家中平常就父女两个人，再不找些话来说说，那还不闷死？

小山拿了碗，给老爸倒上豆浆，抽出两根油条架在碗上："吃饭吧，老同志，奥运会的事，归国际奥委会管，咱就别跟这儿操这份儿心了行不？再说了，都在北京办，您想把北京人民累死啊？"

姜文渊拿眼皮夹了小山一眼，很不满地嘟囔了句"累死也光荣"。

小山笑了："光荣，没人说您不光荣！"

老姜同志继续嘟囔，无非是说现在的年轻人自私，天大的事，只要不涉及自己，就不当回事。

小山给自己也倒了碗豆浆，捏根油条大口小口吃，她要赶着跟吕师傅去交接班，去晚了，吕师傅那张大长脸可够让人买票看的。

老姜同志皱着眉头端起那碗豆浆开了腔："天天吃油条，天天吃油条，悦悦说了，老吃油炸食品不好，容易得'三高'，还致癌……"

"得，悦悦说您能吃什么啊？明儿我给您买！"

悦悦是某一养生节目的主持人，人长得笑眉笑眼的，特喜庆，老姜同志把悦悦当成亲闺女，天天念叨着悦悦说这、悦悦说那，姜小山不能反驳，一说老姜同志就急，仿佛悦悦才是他的亲生女儿，小山倒像是要害他的那个人。典型的远亲近臭，悦悦那可是远在天边啊，所以，老姜同志能依靠的也只有她这个亲闺女！

"油炸饼，我这两天啊，就想吃油炸饼，呛面的，软软和和的……"姜文渊有些臃肿的脸上摆出无限向往的样子，豆浆从嘴角淌了出来。

老姜有轻微中风后遗症，不经意间还会流口水。

姜小山立马扯了两张面巾纸飞快地给老爸擦了一下，又麻利地坐回去一口喝干了碗里的豆浆。

"悦悦是这么说的？油炸饼就不是油炸的了吗？想吃您就直说，这拐弯抹角的！"

"那个不吃油，哪像油条，净是油……"老姜嘴里的道理就是最硬的道理，他说油饼没油，那就是没油，拿着枪顶着他的太阳穴，那也是没油。

"好，你说行就行，回来我给你买！"小山不想跟老爸较这个真儿。纵然是养生，他这个年岁，这样的身体状况，说句不好听的，有今天没明天的，能吃一口得一口。

小山把斜挎包挂肩上，另一只手拿了外套，走到门前换鞋。

老姜同志突然情绪激动地指着电视说："这帮人抓着就该枪毙。我说你一个大姑娘家家的，干点儿什么不好，天天开个出租车瞎逛，真碰着抢车的，你死了，姜水那混蛋不把我赶大街上去，好霸占我的老窝儿？"

姜小山站直身子，抬头看了一眼电视，电视里正在播一档法制节目，讲司机跟抢了出租车的凶手斗智斗勇的案例。

小山看了老爸一眼，叹了口气说："您是我亲爸吗？"

"我倒想不是你亲爸，那得问你妈同意吗？"老姜嘟囔着，手摸摸索索掏袋子里的巧克力豆吃。

"是我亲爸，那您就不能盼我点儿好吗？我不开出租车，咱喝西北风啊？再说了，姜水再不好，也是您儿子不是？他怎么那么不是人啊，还能把您赶街上去？您这成天想的都是什么啊？"小山还是没忍住跟老爸唠叨几句。

"要不说我命不好呢，年轻时就被人陷害。老了老了，养儿养女没一个出息的。"

姜文渊一辈子不得志，他总讲年轻时被人陷害，但具体是怎么回事，他啰里啰唆地讲一些陈芝麻烂谷子的事，小山从没听明白过，或许也是从没认真想听过，自己生活里的事都一头乱麻了，陈年往事，提它干吗呢？

"山哪，你要跟那何安好好的，我现在还不享清福啊？"

老姜同志叹了口气："昨儿何安可往咱家打电话问你了，我把你号码告诉他了。没准他后悔了，想回头。我说你啊，都混到这份上了，别硬撑着，差不多原谅他就得了！什么人不犯个错啊？"

"何安？他打电话干什么？"听到何安的名字，小山心里"咯噔"了一下。

姜文渊用眼角看小山一副要吃人的模样，赶紧闭了嘴，专心吃巧克力豆。

小山暗自叹了口气，老姜同志还真是，该明白时糊涂，该糊涂时，又好像什么都门儿清。

何安那混蛋也不知道给老姜同志灌了什么迷魂药，他明明知道自己闺女落到这步田地就是因为那混蛋，还老念叨着他。不过，跟老姜同志讲道理，那可不是在泥潭里找清水——越搅越混吗？哪有理啊？

"中午别瞎进厨房翻啊，我回来给你送饭！还有啊，何安要是再打电话来，你就骂他，说不还我闺女钱就滚远点儿！让他滚，记住了吗？"

姜文渊又在嘟囔，姜小山没听，赶紧关门走人。

下楼时，姜小山还在想，如果姜文渊不是自己的亲生父亲，她真是一天都没办法跟他相处下去。他知道自己的痛处在哪儿，还使劲拿刀子捅。

姜小山叹了口气，想想也就算了，要是老姜同志嘴里能冒出好话来，那他还是老姜同志吗？他都满腹牢骚一辈子了，改不了了。

姜水有次没忍住问老爸："爸，我爷爷是不是算命的啊？"

姜文渊被问得一愣。姜水说："你叫姜文渊，'渊'是不是应该写冤屈的'冤'啊，您这一辈子怨气冲天，让人感觉窦娥都没您冤！"

为了姜水这话，老姜同志追了姜水三条胡同打他。

姜小山乐得肚子疼，偷偷给姜水点了一百个赞，瞎说什么实话啊！

02

虽然接班没晚，但吕师傅还是拉着一张长脸把钥匙扔给姜小山，同时扔了一句话："打明儿起，你夜班，我白班吧，一宿一宿地熬，人都熬成干儿了！"

姜小山知道吕师傅是嫌夜班活儿少，可她一个姑娘家大晚上开出租车……她没吭声，心里合计的倒是，如果晚六点接班，工作到第二天早八点，自己代驾那份钱恐怕就挣不到了，不行，还得跟坤叔说说。

坤叔是出租车公司管事儿的，他知道自己的难处。实在不行，她换一辆车，不跟这吕师傅一辆车算了。可换车换人，就一定好相处了吗？姜小山想想，心里的郁闷还是落了厚厚一层。

小山供职的出租车公司分单班和双班两种。单班就是一人一车。双班是两人一车，白天、晚上人歇车不歇，份钱由两个人均摊，压力小些。

吕师傅人小气，爱计较不说，这辆车也破，导航系统坏了好几天了，也不去修。别的小毛病，小山若不去修，吕师傅就肯定不会修。修理的费用也不说分摊。小山不是个小气的人，但还债压力这么大，一分钱都恨不得掰成两半花，处处不算计着点儿哪行啊！

一整天，姜小山都在心里合计着怎么跟坤叔说换车的事。坤叔让自己开出租车，已经很给情面了。如果自己再提要求，他会不会觉得自己事儿太多啊？就算坤叔不觉得自己多事，话传到吕师傅那，又像是给他告黑状，这人还真难做。

唉，做人活命这点儿事儿，真不能仔细寻思，寻思起来，全是眼泪。

晚七点，刚送完一个客人，小山给吕师傅打电话问要不要交车给他。吕师傅的电话始终接不通。倒是闺蜜左娜的电话来了，姜小山知道来代驾的活儿了。她有那么一点儿为难，不去交接班，这一晚上的车钱怎么算呢？

小山给吕师傅打电话，电话一直没人接。代驾的活总不能不接，小山想了想，还是决定先跑一趟再说。

左娜在一家五星级酒店做餐厅服务员，总能给姜小山找到代驾的活儿。她介绍来的客人开的都是好车，出手也阔绰。

因为这个，姜小山总觉得欠左娜一个大人情。但左娜一点都不在乎。她说:"这世界上除了阿正,就咱俩最亲,我不帮你,帮谁啊?"

阿正是左娜的男朋友,经营着一家小发廊,被左娜当牛做马地使唤着。小山看了也只有羡慕的份了。自己跟何安好时,左娜还羡慕自己来着,小山知道,左娜心高,心里是有些瞧不起阿正的。从前,小山爱着何安时,只要看见他,心里就开始放烟花。现在是冒着烟的铁板烧,恨不得生煎了他。一想到何安,小山的心情就又坏了一层。

姜小山把车开到酒店门口,左娜跟一个穿着黑色笔挺西装的年轻帅哥等在酒店门口。小山瞟了一眼那个帅哥,春寒料峭,帅哥却穿得单薄。黑色西装简约大气,九分裤到脚踝,刚好显出腿长的优势,很"韩范",帅哥修长的身材比例尽显。再看那张脸,眉目如画,姜小山因自己的脑子里闪过"眉目如画"这四个字而鄙视了自己,一个男人竟然让她想到了这四个字,但爱美之心人皆有之,平日里姜小山不也被韩剧迷得七荤八素的嘛。

姜小山开车门下来,偷瞄了一眼帅哥,帅哥却摆着一副"扑克牌"的表情,很不耐烦的样子。这个看脸的时代,颜值即正义,再加上有钱,他被女孩惯坏了有什么稀奇的?

姜小山走过去,从帅哥手里接过钥匙,左娜在转身离开时,眼睛朝小山眨了一下。她的意思小山明白,她的嘴往上噘了噘,心里说,还是别做这种"大头梦"了,自己连一个何安都没搞定,还想做凯特王妃,那得多缺心眼啊?再说了,自己现在这种情况,真的指望来个"高富帅"救自己,那是偶像剧才有的情节吧?自己这,不过是鸡飞狗跳的生活剧。一个何安都跑得不见人影儿,还打"高富帅"的主意,闹呢吧?

小山想起平日里左娜的提醒:"姜小山你一定要随时保持着'满血状态',谁知道哪片云彩有雨啊?万一那些'富几代'思路一跑偏,喜欢上你这款,你一定要果断出招,一招致命……我是说把他揽入怀中,最好能立马领证结婚。你这一辈子齐活啊,就你那点儿债，还不够人家去马尔代夫冲一次浪的呢。你还开什么出租车啊，直接当少奶奶了。到时候，提拔提拔我家阿正，当然啦，你不要的LV包包啊，香奈儿衣服啊，统统给我，我又不嫌弃……人一定要有梦想，万一见鬼了呢！"

见鬼？姜小山再次偷瞄了一眼帅哥，嘴角扯出一丝笑意。姜小山可没敢指望自己能像灰姑娘一样穿上水晶鞋。从小到大，她都是个踏实的姑娘，她只想靠自己的努力好好生活。可是，生活中一个坑接一个坑，姜小山"噼哩噗噜"往里掉，她倒很想在哪跌倒就在哪趴着。但她连趴着的资格都没有。好在，她是个给点儿阳光就灿烂，给点儿雨露就发芽儿的女孩，路再窄再泥泞，也总还得往前走不是？

年轻俊朗的帅哥喝了酒，脸微微有些涨红，但喝得应该并不多，他走路飞快。

他的车是一辆宝马X5越野。他有些不耐烦地把自己摔到副驾驶的位置上，口齿清晰地说了他家的地址，然后闭上了眼睛。

姜小山坐正，不由自主地偷瞟了他一眼，一个大男人眼睫毛那么长真是太浪费了。换给自己，自己没准就可以靠脸吃饭了。唉，这都是命啊！

姜小山和左娜跟大多数女孩一样"花痴"。她们逛街或者看电视时见到一个超级帅哥，总会感叹自己太过平凡，这辈子无缘把帅哥揽到怀中。不过，那也只是女孩们的闺房话，喜欢是一回事，爱是另外一回事。

"不许偷看我！"

切，自恋。有什么好看的吗？电视上帅哥多得是。

"你没看我，怎么知道我看你？"小山顶嘴回去。话说出去，却发现这话不对，他真的没睁眼看她。

"服务行业，顾客不是上帝吗？跟上帝犟嘴是什么意思？"他仍没睁开眼，眉头倒是皱了皱，脸上明晃晃地写着"不耐烦"三个字。

"上帝能睁开眼睛说话吗？"

姜小山自己都不禁笑了，然后车子就被稳稳地开动了。

车子刚开了一个路口，"你说过我是你今生的一半，可今天的你独自飞向彼岸，我的梦做了一半，无法再复原，只有眼泪陪我每一个明天……"叮当的铃声响了起来，那是姜小山的手机铃声。姜小山下意识地瞟了一眼身旁的男乘客。

"不许接！"他眼都没睁，但眉头皱成疙瘩，命令道。

没办法，谁叫他是……上帝呢，姜小山按了一下手机。手机只歇了一口气，叮当的铃声又固执地响了起来。

"真烦！"那人仍不睁眼睛，身体侧了侧，半边背对着姜小山。

姜小山把车停在路边，接通了电话，电话是对门的大妈打来的，她一贯的大嗓门又提高了八度："可算接通了！山哪，你爸作开了，正拿着斧头砸门呢！"

姜小山的心"咯噔"一下，这是什么刺激到老姜同志了？他的情绪这段时间一直都挺平稳的，这一激动可千万别再……

"说是在电视里看到什么大冤案，想起他自己……反正就是又哭又砸东西的……"

"我马上就回去！大妈，您别急！要实在不行，您就打110！"小山都觉出了自己的声音在颤抖。

挂了电话，姜小山对身边假寐的帅哥说："先生，不好意思，我家里出了点儿事，我得先回去一趟……"

"我像很好说话的样子吗？送我回家睡觉，马上！"帅哥这回把眼睛睁开了，目光炯炯地瞟了一眼姜小山，然后又闭上了眼睛，整个人像只懒猫，没了站在酒店前的挺拔，说话语气倒是霸气十足、不由分说。

姜小山心想，能这么任性地活着，还真挺幸福的。

不过，她管不了这么多了，姜小山一踩油门，车子疾驰而去。

03

那天，商明河觉得自己背透了：熬了一宿精心准备PPT，跟团队开了一上午会，下午拿着商业计划书去见投资人。

明河本以为能谈谈自己的项目，至少投资人也应该看一看他的计划书。可谁承想那个瘦得浑身上下找不出二两肥肉的投资人指着办公室的垃圾桶说："知道每天那里收走多少商业计划书吗？每个人都觉得自己是比尔·盖茨，缺的只是投资人的眼光。你知道比尔·盖茨的父母是谁吗？乳臭未干就出来创业，切！"

这人瘦，嘴一撇，就到了耳根子。说真的，他不像个投资人，倒很像个落魄的艺术家。

比尔·盖茨的父母是谁？这个商明河真不知道，也不想知道。

"瘦猴"投资人继续睥睨着面前这个在他看来虚张声势的年轻人："我不是上帝，我凭什么要给你们机会？"那态度就像对待一个乞丐——"我凭什么要给你饭吃？"

商明河站起来，松了松领带，眼里的锋芒露了出来："你没想给年轻人机会，我凭什么坐在这听你说这些废话？还有，请问，你不是年轻人吗？你坐在现在的位置上，是自己一拳一脚打拼来的吗？"

他转身从那只垃圾桶里捞出自己的商业计划书，掸了掸上面的灰，冲背后的投资人挥了挥，然后一抬脚，踢翻了那只垃圾桶。

垃圾桶大概也忍"瘦猴"很久了，一张嘴，吐出了"肚子"里那些商业计划书和纸团。

商明河走出那家公司时，看了一眼资料上那个"瘦猴"的名字：沈良年。他想起自己看过的资料说这沈良年是从华尔街回来的风险投资人。

不过如此。商明河摇了摇头，大步离开。

遭遇这样的会面，商明河当然不是第一次，也不会是最后一次。创业艰难，难的不是技术上的沟沟坎坎，而是面对人的质疑。人家的真金白银，为什么给你？当然，这真没什么好抱怨或者愤怒的。你没成为比尔·盖茨前，必然要承受这些。

　　出门时，商明河用手机搜索了一下比尔·盖茨的父母，原来他们都是美国商业精英。商明河笑了，"瘦猴"投资人难道只投"富二代"吗？那自己要是回去亮明身份，会不会让他大吃一惊呢？

　　明晃晃的阳光下，商明河打电话给邹大庆。上午团队开会时就没见他的影儿，这家伙无故翘班，一定得收拾收拾他才行。

　　邹大庆是商明河的大学室友，现在的公司副总，准确地说是商明河的大管家。两人大学毕业后共同创业。商明河是总经理，拿大主意，其余的事都归邹大庆管。

　　果不其然，邹大庆的声音含混慵懒。他说："我早就说算了，这贾大发是个暴发户，不知道听谁说投资互联网行业能赚钱，这才奔过来，摆着个爷的架势。真要拿了他的钱，将来不定怎么折腾咱们呢！"

　　"我说哥们儿，你是不是酒还没醒啊？你说的那位爷是我下面要见的！"

　　商明河有点儿气，邹大庆这是怎么了？平时搞糊涂哪位是哪位的人不是他商明河吗，今儿怎么倒过来了？商明河翻了一下电子记事本，没错，下面要见的才是暴发户贾大发。

　　"警告你，沉迷美色不止伤身还伤脑，你可是我的笔记本，你要失灵了，我可玩不转！"商明河明显有些不高兴了。

　　邹大庆打着哈哈，电话里有女孩娇滴滴的声音。商明河心想这家伙倒过得自在逍遥，这会儿不会是还没起床吧？香艳画面在商明河脑子里掠过，怒意意外消失，笑意浮现在他的嘴边。邹大庆这阵子狂追某艺术院校一画画的女孩，看来，这是追上了啊。

　　商明河吹了个口哨，荷尔蒙四溢。心想这也是好事，不然，像自己，简直要在青灯古佛前孤独终老了。

邹大庆说："单身太久不利于创业，没办法激发灵感啊！"

商明河说："夜夜笙歌更不利于创业吧？"

邹大庆歪着头想了想说："其实是有利于创业，你都不知道现在的包有多贵！"

商明河哈哈大笑："我还以为你全靠魅力征服呢。"

邹大庆叹了口气："那是你，虽然我就比你的颜值差了那么一点点……"邹大庆用食指和大拇指比了很小的一道缝出来。

进贾大发的酒店之前，商明河再次看了眼笔记本电脑，贾大发，长得……嗯，他脑子里闪过肥头大耳的动物以做标识。

商明河有脸盲症，不严重，但足以让他面对对方伸出来的手时手足无措，他完全不知道对方是谁。那个沈良年是猴，这个贾大发，嗯，是沈良年的二师兄。

邹大庆说得还真没错，贾大发是商明河见过的最不专业的投资人。来找贾大发拉投资的并不只是商明河一个人，而是一群人，跟面试似的。

贾大发看来也很享受这样的排场，他满面红光，胖得像个鱼鳔儿，一个人坐在众人的焦点里，大谈自己的发家致富史，他们这种人，自己把自己当传奇，不介意细说从前。二十年前他买了辆车跑运输，然后扩大成一个车队，再然后他看准小城镇拆迁，盖起了房子，就发财了。在讲述自己的"光荣历史"时，贾大发的嘴角挂着云朵样的白沫。

商明河一再按捺下扯张纸巾帮他擦去嘴角白沫的冲动，这让他十分不舒服。

商明河跟一群渴望有人投资以实现自己的创业梦想的年轻人一起，盯着讲话讲得满嘴白沫的暴发户，他心里的不耐烦与焦躁升腾起来。有几个人已经站起来走了。商明河极力忍耐着，这也是创业的一部分，必须忍耐，他提醒自己。

贾大发大概是讲累了，大声喊来服务员，点了一箱白酒，他指着那箱酒对来找投资的年轻人豪气冲天地说："喝，谁喝得多，我就给谁钱！"

按照商明河从前的脾气，他肯定二话不说，扭头走人。但之前碰了太多的钉子，想到再找不着投资就交不出公司店面的租金，项目也没办法推广下去，手下二十多号人也发不出薪水，再看那些跟自己一起来的年轻人一副不成功便成仁的样子，商明河便也咬牙喝起酒来。

只是，他真的不胜酒力，在身边那个看起来一百八十斤左右的胖子喝掉第二瓶时，商明河放弃了。他拿着一瓶酒走到贾大发面前，瓶口朝下，酒汩汩地涌出来，洒在地上，他说："贾总，我得谢谢你，是你让我明白了，有钱真没什么了不起！"

说完，商明河把空酒瓶重重地放在桌上，转身离开。

身后的贾大发指着商明河的背影大声吼道："这人……这小子是谁啊？"

一众找投资的年轻人用崇拜的目光看着商明河的背影，默默喝掉了杯子里的酒。

出了那间小会议室，商明河拉松了领带，解下腕表，塞到口袋里，这身行头还真是不舒服，得赶紧换下来。创业还真不是人干的，还是当"码农"省心。

服务员跟上来问商明河要不要找代驾。商明河看了一下表，晚上七点多了，头还真有点晕，他点了点头。

那是他那一天犯的第二个错误。第一个是为找投资犯傻拼酒。

此时商明河的脑子很乱，躺在车上想静一静。代驾的手机响个没完。半路她居然说家里有事。有事？谁没事儿？商明河最恨做事不专业的人。既然做了代驾，那就要把客人送回去再论其他。

他闭着眼睛想，如果明天仍然找不到投资人，要如何给员工写一封邮件，告诉他们公司在未来的一年甚至更长的时间里都可能面临巨大的困难，可以选择离开。如果能留下来跟公司生死与共，那么他们的前景就十分乐观，收益肯定是现在拿的薪水的十倍以上。当然，也可能在很长一段时间内，拿不到全部薪水。

丑话说在前面比较好。也不能让人家跟着自己一起"吃土"吧？

恍惚间，车子停了。商明河睁开眼，看到面前根本不是他租住的雅苑公寓，而是极为破旧的老楼区。

"这是哪儿？"商明河的脑子里立刻想到绑架之类的画面，恐惧立马浮上心头。虽然是一名理工男，但商明河的联想能力一直就很"文艺范儿"。

"我爸情况危急，您……您能等我一会儿吗？这里实在不好打车……我知道……算了，您要走就走吧！"女孩的声音有些颤抖，说得语无伦次。

借着车内微弱的灯光，商明河看清了代驾的女孩，很年轻，束着马尾，身上穿着一件红色的带帽卫衣。人挺平凡，没有辨识度，他想不出她像什么动物。他皱着眉嘟囔了一句："倒霉！"

在商明河见过的人里，辨识度很重要，比如贾大发与某种动物很相像，商明河对他的记忆就会长久些。像代驾女孩这样的大众脸，那就困难了。他一直想发明一个软件解决一下自己的问题。据说微软的工程师也在夜以继日地研究人脸识别系统，如果有那种像扫描二维码一样的软件，用它对着人脸一扫就知道这人见没见过、是谁，就好了。这说不定是他的公司将来的努力方向。

邹大庆说商明河是脑容量有限，需要记的东西太多，人脸这种东西就被挤了出来。邹大庆还说："你是不在意，在意了，你就记住了。你心里在意的人也不超过三个吧？"商明河想了一下，觉得邹大庆给的名额太多了。哪有三个那么多？现在他在意的事就只有一个——融资。

不知道女孩听没听到商明河的抱怨，她匆忙转身跳下车，"啪啦"一声，什么东西掉到了车上。

商明河弯腰捡了起来，见是个木制的心形玩意儿，有半个手掌那么大，木色，很光滑，也很精巧。商明河拿着看了看，以为是首饰盒，却发现并不能打开。那是什么呢？商明河饶有兴致地摆弄了几下，不得要领，看着也不像是什么珍贵的东西，他顺手塞进储物格里。

商明河往窗外看了一眼，想开车走，但转念一想，自己喝了酒，万一被警察抓到……公司的紧要关头，自己可不敢出什么状况！头还真有些晕……商明河是个少年老成、办事严谨的理工男，他不允许自己有半点儿纰漏。

等到给别的代驾打电话时，商明河才发现自己根本搞不清楚这是哪里。正当他犹豫着要不要下车看看路牌时，只见眼前的单元门里冲出来一个人影，紧接着是另一个人影。

小区里的路灯并不亮，一盏一盏昏黄错落，更像是电影里幽暗的背景板上的点缀。

商明河还是看清了前面冲出来的是那个穿着红色卫衣的代驾女孩，后面是个略显臃肿的老人。

老人走路并不是很利落，但他的速度却不慢，他手里挥舞着扫帚一类的东西，张牙舞爪的，几乎跟女孩脚前脚后，女孩抱头转身大喊："爸，我是小山……"

"小山？小姗？"商明河听得并不是太清楚，昏暗的灯光里，他看到老人的扫帚落到女孩身上……

单元门里又冲出来几个人拦住老人，老人挣扎着，咒骂着，手抓脚踢的。车灯的正前方，红衣女孩弯着腰大口大口地喘着粗气，马尾散掉一半遮在脸上，一脸狼狈。

电话里代驾"喂喂"地喊着，商明河挂掉了电话。

救护车来了，有个缩着脖子、穿着夹克的男子走到女孩面前跟她说了些什么，然后奔向老人。老人被抬上救护车，男子也跟着跳上了救护车。

救护车像刺破宁静夜晚的一根针，很快被夜吞掉了。

女孩弯着身子，喘着粗气，好半天，她才站直身子，向商明河的车径直走过来，目光和车里的商明河相遇，有那么三五秒。她伸手把垮掉的马尾缠成了个丸子头，然后伸手拉开车门，说："不好意思，我送您回去！"

商明河本想问点儿什么，但他张口说的是："你当然有义务送我回去，还有，你耽误了我的时间，别想拿代驾费了！"

他以为说了这句话，女孩会跳下车跟他讲条件，再不然也会分辩几句，可是什么都没有。女孩默默地启动了车子。

这座城市喧嚣了一整天，夜晚显得格外寂静。夜空混沌一片，远远近近的楼群与街道却灯火通明。星星被挡住时，灯光假扮起了星星。

车子在宽阔的马路上疾驰而过。商明河突然想，她送自己回家，那她怎么回去？刚刚那个地方还挺偏的。刚才追打她的人是她父亲吗？为什么要追打她呢？她一个女孩子，做代驾这种事，碰上酒鬼怎么办？心头挂着一连串的问号，商明河自己都觉得奇怪，他是理工男，做事从来都直奔主题，只要结果，今天怎么对一个陌生的代驾女孩好奇起来了？一定是最近压力太大，酒精又发挥了作用，脑子乱了套了。他好想睡觉。

商明河刚闭上眼睛又立刻睁开，他可不想被这"女疯子"再带到什么地方去。他伸出纤长白皙的手到她面前，说："电话！"

女孩还没反应过来，商明河就看到了女孩口袋里露出半边头的手机。切，都什么年代了，她竟然用着老年机！商明河在那只玩具一样的手机上按下自己的电话号码。他的手机在包里震动了两声，商明河这才很安心地把女孩的手机扔回她的口袋，心安地继续闭着眼。

"干什么？"女孩皱着眉问。

"我跟你说，我的手机可连着电脑，现在你的手机号码我已经传给我朋友了。如果有什么事，警察会找到你的！"商总讲这么多话，也是难得。一切都不那么对劲。

商明河说的技术对他这个IT技术男来说当然不是什么大事，但事实上他并没那么做。杀鸡焉用宰牛刀？他不过是吓吓这不靠谱的女孩而已。商明河怎么都不会想到自己随手的一个举动竟然会那么彻底地改变两个人的命运。

"切，我跟你有什么仇什么怨？为什么要害你？你一个大男人怕我一个女孩害你啊？你是有钱啊，还是有色啊？哦，你皮相还真不错，可我也不是随便的人哪！"女孩自己把自己说乐了。她从挎包里抽出一张名片扔给商明河："拿好了，可以给警察留更多的线索！"

商明河拿到名片看了一眼：上面只写着"代驾"两个字和一串电话号码，连个名字都没有。

不过，萍水相逢，也用不着问名字吧。对了，她跟打她的老人说她叫小山还是小姗来着？

商明河的脑子又转到自己的商业计划书上，回家洗个澡，好好睡一觉，明天还要去见天使投资人。希望他们真的是天使，要专业些才好。要不然，让邹大庆去得了，那种卑躬屈膝的样子商明河还真做不来。只是，邹大庆会招来自己不喜欢的投资商，为了点儿钱，向投资人低头，这种事是商明河一向深恶痛疾的。如果他可以做到这份上，找舒总不就好了，何至于……唉，烦！

商明河的目光落到女孩的脸上，女孩长得很清秀，有一绺头发落到光滑的额前，眉头微微皱着，嘴紧紧地抿着。还是……太平凡，脸盲，记不住。

商明河的目光移了出去，酒渐渐发挥威力，头疼得厉害。他按了按太阳穴。

车子又停住了。

"又怎么了？"商明河的怒火简直要冲出头顶了。

"放心，不是要害你，我这不耽误你的时间了嘛，我去买个醒酒药赔罪！"

"不用，赶紧送我回家！"

女孩根本就没听商明河的话，跑进了药店。倒霉！商明河想，真就没见过这么自以为是的女孩子，凭她这脑袋是怎么当代驾的？

一会儿，女孩拎着一个小纸袋出来，她跑步的样子很丑，商明河的目光移到了别处：自己真是疯了，累了一天，被这么莫名其妙的小姑娘带着四处跑。

这座城市有两千多万人，能有一面之缘，已是难得。商明河怎么都不会想到自己跟这个此时让人不知是该同情还是该厌烦的女孩的缘分远不止如此这般。

女孩把药塞给商明河："回家温水送服，然后睡一觉就好了，醒时不会头疼！"

"我是不会吃的！"商明河冷冰冰地回复。

"不会是怕我给您下毒吧？"女孩又笑了。

"少废话，开车！"

到家门口，商明河抽出一张一百元的钞票递给代驾女孩。女孩犹豫了一下，这让商明河心里有那么一点点不舒服。她不应该拒绝吗？原本应该是自己睡觉休息的时间，被她莫明其妙带到那鬼地方，他的时间原本可都是要精确到分钟的。果然是生活在社会底层的女孩子，把钱看得比什么都重要。

女孩的丸子头松散地扎在脑后，她冲商明河笑了笑，说："耽误了您不少时间，很不好意思，我收您四十，找给您六十吧！"

在女孩低着头在腰间的挎包里给商明河找钱时，商明河头也不回地进了公寓。

04

冬天走远了，但余威还在。早春清冷，天空不知什么时候飘起了小雨，一盏盏昏黄的灯点亮了这个城市。路上行人稀少，偶尔有车划过街道。喧嚣拥挤的巨人一样的城市一下子变成了寂寞阴沉的老人。

姜小山缩着身子在公交站昏暗的灯光下等了好久，快绝望时等来了末班车。

末班车里明亮的灯光带着一点儿温暖，姜小山快步上了公交。

公交车上只有一对依偎着假寐的男女，女孩斜躺在男孩的怀里，脸上挂着淡淡的微笑。

姜小山在前排坐下，心想："真奢侈，包车了。"这样想着，她的嘴角微微上扬，脸上露出一点儿笑容来。这是她一天中难得的轻松时刻。

电话响了，是姜水打来的。他说老姜同志没什么事，医生给打了针，睡着了，又说了医院的地址。姜小山告诉开公交车的师傅在哪一个站停一下，然后人委顿地坐在座位上。这一天，真累。老姜同志这病怎么就复发了呢？他这一病，家里不能离人，自己这出租车怎么开？一想到吕师傅那张拉长的脸……想想头就大！

份钱就像是个紧箍咒，再怎么累，家里再怎么有事，车都不能停。一睁眼就欠公司钱的那种感觉真是太糟了，姜小山简直就是落下病了。也好，趁这个机会让姜水搬回来吧，他在外面租着房，也不知道能不能把房租挣回来。他反正天天也不上班，在家，正好陪着老爸！可一想到姜水住回来，带着他的那些破烂，还有他那吃啥啥不剩，干啥啥不行的毛病，姜小山的心里就落了一层厚厚的灰。不是小山瞧不起哥哥，结了婚，还有老父亲，总要先支撑住基本生活再去谈理想，每天买彩票，妄想中五百万，没日没夜地写网络小说，难道要靠喝西北风活着吗？

电话响了。小山以为又是姜水，心里的烦躁然而起："喂，我马上就到了，你能不能不要什么事都找我？我是你妹，又不是你妈！"

"瞅瞅，瞅瞅，你这脾气跟摔炮似的，怎么没人惹你，还炸上了呢？"

是何安。竟然是何安！那个人的声音无论如何小山都能分辨出来。

姜小山全身上下的无力感突然消失不见了。她坐正身子，吼了一声："你还敢给我打电话？怎么了，良心发现了还是发财了才想到我？不会是没饭吃了吧？"

小山充满愤怒的声音把空空荡荡的公交车都填满了，司机的头微微往后倾了倾，似乎是想看清这个愤怒的女孩长什么样子。

姜小山的头歪向车窗，脸上被老爸手里的扫把扫到的地方火辣辣地疼。后知后觉，姜小山的疼痛总是来得慢一拍。

后排假寐的男女被小山吵醒，男的伸了个懒腰，女的用胳膊搂住男孩的脖子，粘粘地贴在男孩身上，嗲嗲地问到哪了。

开公交车的师傅还在从后视镜里看姜小山，姜小山努力想回应师傅一个微笑的表情，可是没做好，只得作罢。

"哎，哎，亲爱的，咱俩散了买卖不散交情，我这不是因为想你了才给你打电话的吗？"

电话里的何安就像是仅仅在前一晚跟小山吵了一架，没有啥大事似的，完全不像是携款潜逃的人渣。

小山努力把涌出来的眼泪咽下去，不能心软，不能对他存有任何幻想。她的心一点点冷硬下来，情绪也渐渐平复了下来。

公交车到站了，姜小山跳下车，风和雨合伙袭击过来，一下子灌了她个透心凉。她把身上的旧大衣裹了裹，说："好啊，想我了是吧？先把那六十万打我账上，然后再跟我叙旧！"

"亲爱的，谈钱也不是你的风格啊？咱俩明天……"

"哎，何安，能不能不那么恶心，谁是你亲爱的啊？你大半夜的打电话给我，不是为了指摘我说话的风格吧？我什么风格啊？我就是要钱，没钱，一切免谈！"

姜小山走得有点儿喘，刚平复下来的心里愤怒的火苗"噌噌"往上蹿。这人渣消失了足足一年多，还找自己干什么啊？一口一个"亲爱的"，装得跟没事儿人似的。

"小山，小山，你听我说，咱俩之间有误会……这样，什么事都在明天中午咱们见面再说，见面再说好吧？老地方，十点，不见不散！"

不等小山回话，何安匆匆地挂了电话，姜小山倒有些发蒙，难道他真的有隐情？如果他能把那些债担起来一些，哪怕是一半，自己也不至于这样累死累活地干……她长长地叹了口气，抬头看了看黯无星光的夜空，心里想，也许熬过了最黑暗的日子，终于可以见到一点儿曙光了。

冷硬的心还是融化了一点点。在何安离开的那些日子，小山想过他的各种难处，只要他回来，跟自己讲清楚，她会原谅他。可越到后来，她越觉得那是自己的一厢情愿。有什么难处不能明白地告诉自己，不能和自己一同面对，非要一走了之呢？

他终于回来找她了，她倒要听听他怎么说。

姜小山还是过于天真了，把希望寄托在一个人渣身上，这太悬了。人渣之所以找她，也不过是对她的天真有着准确的判断，上一次骗得太爽，还想再来一遍。只是，爱过一个人，再怎么恨，也还是会对他寄予一丝不切实际的期盼。不然，他根本就是个无关紧要的人，他做什么都无所谓，干吗还恨呢？

姜小山到酒店门口找到自己的那辆破旧不堪的出租车，想到这车歇一个晚上的损失吕师傅肯定不会担着，小山心里便更添了一层烦闷。如果不是急着看老姜同志，倒真可以跑个夜班。肚子咕咕叫，小山这才想起，自己这一天只是早上喝了碗豆浆，吃了半根油条，就再也没吃过什么了。

给吕师傅打电话，吕师傅"喂"了一声，没等小山说话就说："今天我不舒服，今晚的车你开！"说完就挂了电话。小山很想骂人，但骂谁呢？

老姜同志拿着扫把打姜小山的勇猛劲儿早没了，他像一根枯树藤一样躺在床上，脸色苍白。

姜水坐在一只小圆凳上玩手机上的"消消乐"。他抬头看了一眼小山说："打了镇静剂，睡着了！"

姜小山蹑手蹑脚地过去握住老爸的手，那双手温暖无力，指甲长且脏，指甲边上好几处都起了倒刺，应该给他买点儿维生素吃的，自己一天天光顾着赚钱了，每天把他关在家里，他的日子都是怎么过的呢？姜小山想起自己在网上给老姜同志买的消磨时间的小玩具，她翻自己的包找，可把包翻了个底朝天也没找到。大概是落出租车上了吧？快递到了好几天了，她总是忘在包里，想不起拿给他。

小山重新坐下，握住老爸的手，把那手贴到自己脸上。有好几次中午回来送饭，小山都看到他手握着遥控器，歪在沙发背上睡着了，口水淌到脖子上，衣领都湿了一大块。小山的眼泪淌了下来，都是儿女没出息，不然哪至于……

想到这些，姜小山对何安的恨又增加了几分。如果不是因为他，自己何至于满脑子想的都是挣钱还债，没时间陪老姜同志？明天还是去见见他，就算不能讨回来钱，痛痛快快地骂他一顿也好！问问他，自己跟他有什么仇什么怨，他要这样一次又一次地坑自己？

"哥，你跟嫂子怎么样了？"有些天没见着老哥了，姜水清瘦了许多。头发乱蓬蓬的像一堆杂草，人也歪斜着，没一点儿精神。一个人在外面晃，总不如有个家，生活才能规律。姜小山再怎么怒其不争，他也还是亲哥哥，总看不得他落魄。

嫂子秦明月那人脾气暴，嘴不饶人，心倒是不坏。老姜同志这样，她也没嫌弃过。她每次来家里，进门就开始洗洗涮涮。老姜的头发别人碰都不让碰，但儿媳妇秦明月给他剪，他就一点儿脾气都没有。

"还能怎么样，你哥没本事，人另攀高枝去了呗！""消消乐"好不容易过了一关，姜水拿着手机向妹妹显摆。哥哥爱抱怨，把什么错都往别人身上推这点倒是得了老姜同志的真传。姜小山很听不得这个。

姜小山伸手抢过手机扣在床头柜上，说："她要是那样的人，当初就不跟你了。你别'老鸹落到猪身上——看到别人黑，却看不到自己黑'！"最后这一句是小山妈活着时最常说老姜同志的话。现在姜小山轻车熟路地用在哥哥身上。

"你说你成天游手好闲的，把玩'消消乐'当事干，哪个女人能看得上你啊！哎，你玩这玩意儿，通关有人给钱啊？"

姜水拉长了一张脸说："能不能别动不动就提钱！"

"不能！没钱人能活着吗？"姜小山本不想跟姜水对着干的，但听他一说话就气不打一处来。

"当初找我时，也没人蒙她眼睛，她不就照我这样的找的吗？当时是怎么说的？iPhone4出来时，我跟她说，能给你买iPhone4的人很多，但能陪你一起等iPhone4降价的就我一个。我家明月上来就给我一拳，哈哈大笑说，死鬼，她就喜欢我这样的，死抠死抠的，还特会忽悠人！现在出到iPhoneX了，就变心了，人哪！"

姜水说到他家明月时，原本臊眉耷眼的一张脸变得生动活泛了许多。他心里不是没有秦明月，只是，他总抱着怀才不遇的心，总觉得女人都是物质的。

其实，秦明月离开他，究竟跟钱有多大关系，姜小山也说不好。但姜小山清楚地感觉到秦明月身上流淌着的都是绝望的气息，跟一个男人在一起，日子灰蒙蒙地看不到一点儿希望，那可不就要离开吗？

说到底，兄妹两个人都是留不住人的。何安跑了，秦明月走了……一份感情结束，最让人受不了的并不是分开，而是自我否定，认为是因为自己不好、不完美，恋人才离开。小山经历了很长时间的自我否定，好在她是打不死的"小强"，慢慢在烂泥坑里站了起来。

小山有些心酸，不忍心再训斥老哥："都说了你会忽悠人，那就发挥你的专长，把嫂子忽悠回来啊。女人啊，都禁不起三句好话的！秦明月那脾气你不了解吗？属毛驴的，要顺毛摸……"

这也是小山妈常说的话。小山妈活着时，小山觉得老妈太唠叨，老妈没了，很多东西倒被小山学了来。

"算了，人各有志，如果离开我，她过得好，那我也认了！"

姜水脸上那一点儿光彩只出现了一会儿，他迅速回到低迷的状态里，手又握着手机，开始挑战新一关的"消消乐"。

小山再次伸手抢过那手机："能不能别玩了？你那网文还写着呢吗？"

三年前，姜水不知中了什么邪，好好的仓库保管员的工作不做了，辞职在家没日没夜地写网络小说。

"写，写了快三百万字了。小山，我跟你说，这回你哥绝对有红的希望，网站大力推荐我的作品，读者也比以前多了几十万……"

说起他的网络小说，姜水两眼冒光。

这话三年内小山不知听了多少回了。她觉得老哥其实是在不断地给自己"画大饼"，不然连他自己都没办法坚持下去。她偷偷在网上搜过姜水写的小说，写了几百万字，点击量少得可怜。如果喜欢写作，当个爱好不好吗？干吗把整个生活都押上去？现在倒好，一个好好的家都散了，若写不出名堂，前面可不就是个深坑吗？想想老爸姜文渊这一辈子总是想努力向上，要抓挠点儿什么，可到最后一事无成，难不成老哥姜水也要重蹈覆辙吗？只是这些话太残酷，纵使她是他的亲妹妹，她也没办法拿着重锤把他砸醒。

姜水突然想起了什么，说道："你不说我都没想起来，这样，你在这看会儿爸，我回去把笔记本电脑拿来！不能断更，有全勤奖的。"

"全勤奖是多少？"

"五百！"

呃，好吧！

姜水急匆匆地跑回去拿笔记本电脑来病房里写网文。

姜小山手里握着在医院外的便利店买来的干面包，一口一口地咬下去。

05

姜小山不知道的是，在她来医院之前，姜水给秦明月打了电话。

姜水一开口就哭，哭得秦明月乱了阵脚，高声问："姜水，你一个大老爷们，大晚上的号丧啥，是不是咱爸……走啦？"

姜水这才停下来，抽抽搭搭地说："你爸……你爸才走了呢！我爸进医院了！"

"我爸是走了……你爸进医院，跟我号丧什么？"秦明月"啪"的一声把电话挂断了。

姜水也不知道自己怎么就突然想起了秦明月，怎么半刻都没犹豫就打电话给她，哭得跟孩子一样。

秦明月的老爸是他们离婚前走的。如果不是老爸离世，秦明月也不会下定决心跟姜水离婚。

秦明月家在江西的一个小县城。母亲过世得早，姐妹俩跟着老爸过日子。后来秦明月上了大学，留在了北京，老爸就在老家跟着明月的妹妹一起生活。

一年前，明月的老爸查出肝癌晚期，一直由妹妹、妹夫照顾。

接到老爸病危的通知，秦明月想自己不能在老爸身边尽孝，多出点儿钱总是应该的。这些年跟姜水过日子，紧紧巴巴地从牙缝里攒下了十万块钱，秦明月想着都拿回去吧。

临回老家前，秦明月翻家里的存单，不翻不要紧，一翻，哪还有十万块钱啊，就一张两万的单子孤零零地放在那盒子里。秦明月还寻思是不是自己放错了地方，忘了。她翻箱倒柜地找，可是哪还有啊！家里进贼了？进贼也不能还给自己剩一张存单啊。再说了，贼偷存单有什么用啊？

姜水，一定是姜水！秦明月一想到钱可能被姜水取走了，浑身的力气都像被抽光了一样，整个人瘫坐在一堆破衣烂衫上。

但还不是坐的时候，秦明月硬撑着虚弱无力的身子站起来给姜水打电话，拿着手机的手都哆嗦的，眼前似乎有无数只小黑虫在飞。

秦明月咬牙切齿地问："姜水，我就问你一句话，我铁盒里的存单是不是你拿走的？"

电话里传来姜水弱弱的一句："老婆，你听我说！"

秦明月没给姜水说话的机会，她挂断了电话，腿一软，跌坐在烂糟糟的旧物上，无比悲凉地看着满屋子的二手货。

这些年，家里除了那张床是她硬逼着从商场买的，其余的都是从二手市场上买来的。姜水为此还沾沾自喜，谁来家里，他都乐颠颠地指着家里的东西让人猜价钱，人家总不好猜个"白菜价"，猜一个高些的价，那也是人家会做人。可姜水不这么看，他觉得自己捡了大便宜，两眼放光地给人讲他是怎么淘到便宜货的。

客人走了，秦明月忍不住敲打他："家里再来人，你能不能不那么露怯，买不起新的，买旧的，还光荣啊？人背后不定怎么笑话你呢！"

可说了根本不管用，姜水反倒说秦明月虚荣、好面子。下次有人来，姜水还是"显宝"一样地让人猜价格。

这些年，秦明月处处节省，攒下这十万块钱，想着救急用，没想到……姜水怎么能这样呢？这是他们共同的财产，他一个人偷偷就花掉了，他心里有她吗？

秦明月哭了半天，站起来，心想："就算十万块没了，日子还得往前过不是吗？老爸还在家乡的病床上与死神作战，自己总不能什么都不做吧？"

秦明月打起精神，出去四处借钱，借了四万块钱，再带上之前的两万块钱，回了老家。

回天无力，老爸还是走了。秦明月又难过又自责，觉得老爸真是白养了自己，这样一想，对姜水的恨就又增加了几分。

送走老爸，秦明月回到北京，跟姜水就说了四个字："咱别过了！"

那是铁了心的四个字，无论姜水说多少好话都无法挽回的四个字。事实上，姜水也没那么多心思挽回他们的婚姻，那段时间，他正没日没夜地写网文。他做梦都想变成网站的大神，然后还秦明月的钱，不，要翻倍给她，让她看看。

两天之后，他们办了离婚手续。秦明月搬到公司里的一间小仓库去住。

直到最后，姜水也没跟秦明月说他拿那八万块钱去干了什么。秦明月也没心情问。结果摆在那，过程怎么样，并不重要。重要的是日子灰蒙蒙的，见不到光，过得一点儿意思都没有。那八万块钱不过是压倒骆驼的最后一根稻草。

当然，姜水也没跟妹妹小山说他为什么离婚。姜小山也并不知道八万块钱的事儿。

其实，姜水拿那八万块钱替小山还了账，他觉得妹妹太不容易了，"渣男"跑了就够糟心的了，再背一屁股债……虽然这八万块钱也不能帮到她什么，但他这当哥的总算是为妹妹做了点儿事。只是，真的对不起秦明月了。

06

何安说的老地方是家面包店。

姜小山跟何安从前租的办公室就在面包店的楼上。他们跑业务回来，常常坐在面包店里喝点儿东西，吃两个芝士圆面包，或兴奋或失望地聊一聊自己谈成、没谈成的单子。

那也应该算是伤心地。

在何安消失后的几天里，姜小山每天坐在面包店里望着窗外，她不止一次幻想过何安推门进来，扬扬手里的皮包说："亲爱的，我签了一个大单，一切都好起来了！"

可什么都没有，有的只是不断收到的账单。

公司的法人是姜小山，公章、签字也都是姜小山的。最初，姜小山把这当成是何安的信任，她还推让过，何安摸着她的头说："傻瓜，我的不就是你的！"

可到头来，这一切倒像是个精心设置的骗局。公司账户上用于还账的六十万货款跟着何安一起无影无踪了。

没办法，姜小山只好一一给那些债主写欠条，把一张张身份证复印件拿给人家，哑着嗓子跟人说："我也是受害者，你们逼我也没用。但既然是我签的字，该我负责，我姜小山就是累吐血也肯定把这些钱还你们，只是你们得容我缓缓！"

债主们自然不信，小丫头片子红口白牙地说还钱，谁信啊！但他们看姜小山实在榨不出油来，便也只能死马当活马医，相信姜小山了。

姜小山把公司里能卖掉的东西都卖掉，在家里足足半个月没出门。再出门时，她去找了坤叔。坤叔也是她诸多债主中的一个，她说："我一没本钱，二没别的门路，您给我辆出租车开吧，我得挣钱还债，还得养我老爸！"

坤叔盯着姜小山看了五秒钟，慢条斯理地洗茶、喝茶，好半天才说："我这里的女司机，有，不多，但没有像你这么年轻的！"

"打今儿起就有了！"姜小山说得干脆。

坤叔哈哈大笑，递给小山一杯茶，说："丫头，我觉得你能成大事儿！"

姜小山也笑了，说："坤叔，我也是这样认为的。可我都被骗了，被骗了感情，还被骗走了钱，你说我这智商是不是得'充值'啊！"

坤叔朗声大笑说："那小子一定是觉得再骗你都没成就感了，就跑了！"

姜小山噘着嘴回坤叔："打今儿起，我可就是你的兵了，不带这么说自己人的！"

坤叔再次大笑，心想，这丫头有点儿意思。

从那天起，姜小山白天拼命地开出租车赚钱。这还不算，她晚上还做代驾。这些，都是拜何安所赐。

一年多，何安音讯皆无，姜小山甚至想他是不是出了什么意外，可他的QQ偶尔还会亮。姜小山给他留言，从关心到骂，他死活不回一句。渐渐地，姜小山也就不抱什么希望了，只当他死了就好。

没想到，这人还主动找上她了。

姜小山推门进面包店，一眼看到坐在靠窗位置上的何安。他瘦了很多，皮包着骨头，头发又长又油，身上的衣服也还是从前她给他买的那件皮夹克。穿得太久，夹克很多地方都磨掉了皮。小山的心颤了一下。但还没等心软下来，她一眼瞥到他身旁的椅子上坐着个五六岁的小男孩。小男孩长得很漂亮，眼睛又黑又大，那眉眼……分明就是缩小版的何安。他不会有了儿子吧？不会吧，他们是大学同学，怎么会……

姜小山不知道自己是踩着棉花团还是云彩落到何安对面的座位上的，也不知道自己开口说了句什么。

恍然间，姜小山听见何安对小男孩说："魔豆，问小山姐姐好！"

小男孩冷漠地看了一眼姜小山，撇了撇嘴说："拜托，这就是你说的漂亮姐姐？"

慢着，慢着，这是什么情况啊？姜小山上下眼皮一扫，腿跷起来："姐姐？这辈分……那我得叫你何安叔叔吧？行啊，你！几天不见，'喜当爹'啦！"

何安双手握在一起给姜小山作揖，他说："姑奶奶，我今儿来真不是跟你吵架拌嘴的……"

"那是跟我认亲来了呗？魔豆是吧，你爸告没告诉你他是个混蛋、人渣、大骗子啊！"

"小山，能不能给我留点面儿……"何安一脸无辜的表情弄得姜小山手很痒。要不是看在这孩子的份上，她还真想给何安一记耳光。她想象过无数次再见面的情形，只是万万没想到他会带着一个孩子出现在自己面前。这孩子这么大，说明他跟自己在一起前就跟别人有了这孩子啊，我的天哪，小山简直不敢往下想……

魔豆放下手里的蛋糕，"腾"地站起来，伸出一只沾着蛋糕碎的小手，姜小山倒愣住了，魔豆噘着小嘴白了姜小山一眼："人家是想跟你'yeah'一下，真是一点儿默契都没有。姐姐，虽然你长得不那么好看吧，但你智商还行。你说我爸爸的话跟我妈说的一模一样！"

"别捣乱，你俩说的不是一个人，你爸是你爸！"何安摸了摸魔豆的头。

姜小山不知道该哭还是该笑："何安，我对你是'人渣'还是'肉渣'没什么兴趣。我也不想给什么魔豆还是黄豆当姐，你给句痛快话，那钱到底怎么办？你是人吗？你知道我这一年是怎么过来的吗？"

姜小山压抑着自己的情绪，但眼泪还是涌了上来。

何安扯了张纸巾给小山："我知道我对不起你，但我真有万不得已的理由……"

何安的话还没说完，魔豆突然站起来大哭："我要找妈妈，我要找妈妈！"

何安赶紧抱着魔豆："别哭，别哭……乖，魔豆不哭……"

"何安，你说话不算话，答应给我买iPad，你都不买！"魔豆的哭声引得店里轻声聊天的顾客纷纷侧目，也引来了面包店的服务生。

姜小山立刻站起来说："我们走吧！"

何安摊着一张苦瓜脸，抱着大哭不止的魔豆看着姜小山，姜小山半天才明白过来，他是想让她买单。她心里骂了句："都有钱给你儿子买iPad，没钱付账，真是够了。不过，我倒是要看看你在耍什么花样。"

后来姜小山给自己总结时，想到了一句话："好人总是想看看骗子还有什么花样，然后就一而再，再而三地上当受骗。"

坐进姜小山的出租车里，魔豆立刻不哭了，他说："我在家坐的是宝马，没坐过这车。姐姐，这车是你的吗？太差劲啦！"

姜小山立刻抬眼瞪何安："拿着公司的钱去买宝马、养孩子？

何安，我还真是有眼无珠！"

"小山，你误会我了。等有时间，我把前因后果仔仔细细讲给你听！"何安的手摸了一下脸，小山看到他的指甲盖是黑的，心还是疼了一下。

到了商场门口，何安让小山停车，他说："魔豆，你跟小山姐姐在车上待一会儿，我去给你买iPad。记住，要听小山姐姐的话哦！"

姜小山看到魔豆跟何安击了一下掌，两人甚至交换了一下眼色，然后何安便飞快地消失在人群里了。

左娜在朋友圈里转过一段文字："男女在对待前任上有区别，男的都爱跟前任保持良好的关系，借以升华出'她离不开我'的自我满足感。而绝大多数女性则会想：'当初我是怎么看上这个"二货"的？'"

再有一会儿，姜小山回想着何安的背影时，肯定就是这样的想法。自己怎么就一而再地上了他的当，还当他是有不得已的苦衷呢？

车上只剩下了姜小山和魔豆，姜小山看了一眼坐在后面座位上的魔豆，问："你妈去哪儿了？"

魔豆扬起圆圆的小脸，满不在乎地说："跟人跑了！"

"什么？"姜小山心里想，"何安这王八蛋，自己有了老婆、孩子，还招惹我，骗了钱回去找他们，现在老婆跑了，又回来找我这个'备胎'……"

她正恨着，魔豆站起来，趴在姜小山的耳边说："姐姐，我跟你说个秘密！"

"说！"姜小山恨得咬牙切齿。

"咱俩不用等何安了。他根本不是给我买什么iPad去了，他跑了！"魔豆的语言表达能力很好，他说得足够清楚。

"什么？"姜小山几乎是吼了一句。

"我就说吧，女人啊，最容易发疯啦。我妈就这样！"魔豆小大人似的摇头叹息，长长的睫毛忽闪忽闪的。

"何安跑了？跑哪去了？"姜小山恨不得从孩子的嘴里把话立刻掏出来。

"刚才那些对话都是我跟何安彩排好的。他说让我乖乖地跟着你，等他赚到钱就回来接我……如果我不听话，就永远见不着我妈妈！"

魔豆说着说着，嘴一撇，眼泪噼里啪啦往下掉，话说得断断续续，倒也说得明明白白。

姜小山的脑子成了一块圆木头，什么话都听不懂了似的。

她拉着魔豆从车里出来，像疯了一样冲进超市。超市里人并不多，可是哪有何安的影子。

魔豆跑得上气不接下气，他死活不走了，摇着头叹息说："真是蠢女人，都告诉你了，何安跑了，你还不信！你是想累死我呀？"

说完，魔豆小大人似的抱着双臂，坐在了超市门口的台阶上。

姜小山也跟着一屁股坐在水泥台阶上，问魔豆："你爸爸把你带到我跟前，就是为了让你跟我在一起？"

"他不是我爸爸！他是何安！"魔豆脸上的泪还没干，但还是一脸认真地纠正姜小山。

"我知道他是何安，可他不是你爸爸吗？那他是谁？我是说……"姜小山越来越糊涂。

魔豆倒明白了："何安说不让我告诉你我是他弟弟！"

"他弟弟？你爸爸叫何永厚？"姜小山的眼睛瞪成铃铛，何安到底要干吗？

"何安不让我告诉你，但他没说我不能告诉你我妈叫叶曼！"

姜小山整个人都不好了。姜小山知道何安有个不安分的老爸，他老爸何永厚找了个跟何安差不多年纪的年轻女孩，气死了何安的老妈，何安的老爸倒真是一不做二不休，娶了这女孩。

那么这魔豆就是何安同父异母的弟弟？可是，他怎么能把这孩子送到自己面前让她带呢？他还嫌给自己惹的麻烦不够大，还嫌她姜小山被他坑得不够惨吗？自己是善良，善良有罪吗？

姜小山拉着魔豆的手，耐下心来问："那你能告诉姐姐，何安让你跟我在一起，他去干什么了吗？"

魔豆再次眼泪汪汪地点了点头："我爸爸生病了，何安说他没空管我。我要找我妈妈，你带我去找我妈妈吧！"魔豆的眼泪拼命往下掉。

姜小山很想骂人，很想砸东西，但是，面对一个哗哗地掉眼泪的五岁的孩子，她还能说什么呢？她帮魔豆擦了眼泪，牵着他的小手，强撑着站起来，说："上车！"

"我不去公安局。何安说，你要把我送到公安局，公安局的警察叔叔就会把我送到孤儿院。我不去！"魔豆的小身子紧紧贴住墙，目光警惕地看着姜小山。

"何安还真是什么都替你想到了。走吧，我不送你去公安局。何安是人渣，但我不是！"小山感觉身上最后一点儿力气都被抽走了。

姜小山把魔豆安置到后座上，帮他系上安全带，让他坐好，自己坐到驾驶座上，掏出手机打给何安。

那家伙居然接了。他说："小山，算我求求你，无论如何，你帮我带带魔豆，我爸住在医院里没人照料，我真是没办法了……你受累，我忙完了就肯定来接他……我们家承包了一座山，你也知道，山能出很多钱，等我有钱了，连本带利一起还你……"

姜小山还没说出别的话，车门被拉开了，一个戴着帽子的男人坐了进来。

"亲爱的，拜托你！"何安的电话挂断了。

"哎……哎……你别……不好意思，我这车不跑……"

姜小山手里还攥着手机，她的后腰处被男人用一个硬硬的东西顶住了。

男人低哑着声音说："少废话，赶紧开车！不然我就捅了你！"

小山踩了一脚油门，车子开了出去，她的心提到了嗓子眼。她偷瞄了一眼后视镜，车后座上没有人影，魔豆呢？难道刚才那些都是幻觉？再仔细一看，原来穿着跟座椅颜色相近衣服的魔豆躺在后座上睡着了，估计演了这一出大戏太耗费精神，累了。

男人很显然也刚刚发现后座上的魔豆，他愣了一下，问："那孩子是谁？"

"我……我儿子。您想去哪儿我都送您，您……千万别伤害我和孩子！"

姜小山觉得自己变成了一块湿透了的海绵，全身上下都冒冷汗。如果仅是她自己，把车门一开，人往下一跳，爱怎么着怎么着吧，可现在，车上还有魔豆，她跳下来，魔豆怎么办？

小山偷瞄了一眼身边的男人。

男人一米七左右，人长得挺壮，穿着一件深绿色的户外冲锋衣，头上戴着一顶棒球帽，帽檐儿压得很低，看不清他长什么样。他的一只手抵在自己的腰后，另一只手按着腰间的一个黑色挎包。

"大哥，您看您要去哪儿？要不，我把车给您，您放我和孩子下车行不行？"姜小山猜测他的挎包里应该是抢了什么东西，那么他劫出租车的目的就应该是出逃，而不是想伤人。

"少废话，让你开你就开。"男人的手一用力，姜小山的身子赶紧往前挺了挺。

他这么丧心病狂，真出了城，没准就把自己和魔豆杀了，这太有可能了。想到这些，姜小山的身上又出了一层汗。不行，她一定得找机会逃脱。车上有GPS，想到这姜小山突然心里一亮，可那亮光只闪了一瞬就黯淡下去了：那GPS坏了，还想着这几天去修一下。这几天一件事接着一件事……怎么就这么倒霉呢？人的运气坏到底不该反弹吗？怎么自己的运气还自由落体，到不了底呢？魔豆也真可怜，遇到自己这个"衰神"，他还那么小……

前面是个路口，姜小山舔了舔干干的嘴唇，试探着说："大哥，我得打个电话给家里，我说了送孩子回去，要是不送，他们肯定会着急。我还跟交班的师傅说十一点交班，如果我不交班，他们会想我肯定出事了……"

男人的眼睛恶狠狠地盯着姜小山看了两秒钟，他说："要是你敢耍花样，你跟孩子就都别想活了！"

"大哥，您别吓唬我行不行？我就一开出租车的……还带着一孩子……"

姜小山的哭音真不是装的，但也许就是这一点软弱，让坏人有那么一丝丝同情。

"快打！"男人焦虑不安地在手上用了用力气。

姜小山不敢呼吸，生怕一用力，刀尖就扎进了自己的身体。

小山握着手机，脑子飞快地转了一下，打给谁呢？姜水，肯定不行，他那糨糊脑子肯定反应不过来；打给坤叔……

正犹豫着，路口遇到红灯，姜小山踩了一脚刹车，车子停住了。身边的男人很紧张地看着姜小山，姜小山往右侧瞅了那么一眼，宝马X5，车上坐的不是昨天找自己代驾的那个家伙吗？他用自己的手机拨过他的手机号。

很久之后，姜小山都在为当时自己的机智"点赞"。那么至关重要的时刻，怎么就相信了只有一面之缘且那么冷漠的家伙呢？

无论如何，彼时，姜小山几乎是毫不犹豫地做了那个至关重要的决定。

她在通话记录里找到那个陌生的电话拨出，停顿了两秒钟，姜小山的呼吸几乎都要停止了："快接呀，快接呀……"

电话通了。

姜小山努力让自己沉住气，舔了舔嘴唇，尽量平静地说："老公，我和孩子在东大桥路口，路很堵，我要送一个客人出城，可能回去会晚点儿。你跟妈先吃饭，不用等我们！还有，你给坤叔打个电话，告诉他我暂时没办法跟他交接班了，坤叔的电话你存了没……"

姜小山刚想报坤叔的电话号码，副驾驶位上的男人大概觉出了危险的信号，一把抢过手机，开窗摔了出去。

姜小山微微转头，看到宝马车上的年轻帅哥正在看自己。

她觉得那是自己最后的希望了。虽然她自己也觉得那希望渺茫，但到了那种情况下，还能怎么做呢？

她看了他一眼，他长得真帅！姜小山的鼻子一酸，人生真的就要这样结束了吗？

绿灯亮了，她一转方向盘，车子开了出去。

07

商明河又熬了一个通宵，不过这个通宵他不是在做见投资人的准备，而是在打游戏。他一向用玩游戏来释放自己的压力。

早八点，商明河关掉电脑，跑步，洗澡，然后换上牛仔裤、T恤和夹克，带上他的商业计划书去见投资人。这回他不想穿西装、打领带，装什么精英了，他就想做自己，"我就这样，爱投不投"。

车子开到东大桥路口，他看了一眼表，离约定时间只有25分钟了，得快点儿，不然就迟到了。商明河不喜欢迟到。

商明河看了一眼慢慢腾腾跳的红灯，焦急地拍着方向盘。

电话突然就响了。

商明河最引以为傲的就是对数字的敏感度和记忆力。他看了一眼那串号码，便想起这是昨晚那个让人不愉快的代驾的电话号码。这个时间她打电话来干吗？他犹豫了一下，接通了电话。他只说了一声"喂"，对方就叫了一声"老公"，商明河很想说句"打错了"，然后挂掉，不想那女的完全没给他说话的机会，一口气说了一串莫名其妙的话，他甚至能听到她短促而慌张的呼吸声。

她在东大桥路口？商明河下意识地往左边看了一眼，车里坐的不是那个代驾女孩又是谁？他居然记得她那张平凡的脸！而她也正看着他。

电话突然断掉了。

她皱着眉，一副惊恐无助的样子。商明河稍稍探头，看到她身边坐着个穿着深绿色冲锋衣的男人，那男人缩着身子，戴着帽子……他打开车窗扔出去了什么东西，是手机吗……

绿灯亮了。

那辆出租车冲了出去。商明河的车也开了出去，他的心里一直纳闷，她不会是把打给她老公的电话打到自己这里来了吧？不会的，谁会连老公的电话都不记得啊？而且她明明是看见了自己才打的电话。

不对，昨天自己等着代驾来时，那个酒店服务生不还跟自己说这女孩特命苦，自己养活老爸，还要替前男友还债，不然哪个女孩敢大晚上做代驾啊！她没老公。不会错，服务生跟他唠叨这些事时，他还呛了那女孩一句："找代驾，还用做背景调查吗？"那服务生这才不情不愿地闭上嘴。

那她的意思是……故意叫他老公……她想让他打电话给一个人？坤叔？商明河的脑子里出现了两个字：劫持！

商明河想到前两天中午吃饭时，跟邹大庆一起看的一则新闻，新闻里被劫持的女孩就是打电话给出租车公司的老总，开口叫老公，说了莫明其妙的话……难道真有这么巧的事？

商明河不是个爱管闲事的人，从来都不是。

前面的出租车像条鱼一样游在众多的车辆里。商明河的目光一刻也不敢离开，车牌他记住了，接下来该怎么办呢？报警？万一那只是个拨错号码的电话呢？警察会相信自己的话吗？前面马上就出城了，自己也要拐到另一条路上了，投资人还在等着自己……

犹豫间，那辆出租车逃出了商明河的视线。

商明河的心咯噔了一下："烦！"

管不了那么多了，商明河踩了一脚油门，车子冲了过去。还好，还好，他又看到了那辆出租车，他放慢车速，与出租车保持着十几米的距离。

与此同时，他也打通了110报警电话，他说了车牌号，说他接到了朋友的奇怪的求救电话，车子应该是被劫持了，也说了他们现在所在的位置，最后他说："好像……车上有小孩！"

那女的提了车上有孩子是怎么回事呢？她没有结婚，又哪来的孩子呢？

好在警察很重视，说会马上通知交通台帮助寻人，如果只是一场误会，马上会给他反馈。商明河松了一口气。

商明河后来知道在他的车看不到出租车的那一分钟时间里，姜小山绝望到了极点。她以为商明河根本没领会她电话里的意思，她以为他一定把自己当成了神经病，然后开车走了。直到他的车再次出现在后视镜里，她才长长地舒了一口气。

拿刀的男人也看到了商明河的车，他的手稍一用力，姜小山叫了一声。

"我找我妈妈，我找我妈妈！"后座上的魔豆又哭了起来。姜小山和男人的心都提到了嗓子眼。男人回过头低声骂了一句。

好在，魔豆只是说梦话，并没有真正醒过来。

姜小山再次松了口气。男人瞅着姜小山问："后面的宝马是怎么回事？是不是特意跟着你的？"

姜小山尽量平静地对男人说："大哥，你觉得我一个开出租车的女的能认识开宝马的吗？我老公要是开宝马，我何至于受这份苦……"

听姜小山这样一说，男人紧绷的身体明显放松了许多。

车子开出了城，城外是一段高速公路，这是要去哪儿呢？

姜小山突然发现自己身后的出租车多了起来，都打着双闪，她明白救自己的人来了。宝马车离自己的车最近，姜小山偷眼看着身边的男人，男人也显然看到了后面突然涌过来的出租车，他说："你是不是报了警？"

姜小山的心再次提到了嗓子眼："大哥，我打电话时你不都听着吗？我跟谁报警去啊？我老公……"

"那后面是怎么回事？"男人的手向上一抬，姜小山的身体猛地一缩。她的肩膀处被刀划伤了，血涌出来，瞬间就把衣服染红了。

"大哥，咱俩远日无冤，近日无仇，我孩子那么小，还有个瘫痪在床的老爸，你……"姜小山的目光紧紧地盯着后视镜。

宝马车横在了姜小山的车前面，姜小山猛踩刹车，魔豆"哇"地哭了起来。

很多辆出租车包围住了姜小山的车。姜小山猛地被男人拉出了车，他从背后拿着冰凉的刀子，放在小山脖颈处，拖着她走了几步。

男人换了一只胳膊勒姜小山的脖子，另一只手挥舞着手里明晃晃的刀，他几近癫狂地喊："我活不了，就谁都别活了。是你们欠我的！是你们欠我的！"

姜小山被勒得喘不过气来，男人拖着姜小山去拉后车门。

姜小山挣扎着拒绝靠近车门，她使出全身力气大声喊："车里……有孩子！"

一个司机机警地拉开另一端的车门，拉出了满脸鼻涕和眼泪的魔豆。

商明河第一次遇到这样的场面，他伸手对那个发了疯的男人说："你想要什么，你说！钱，钱是吗？"

男人放肆地大笑，他说："你是有钱人吧？你们有钱人怎么知道我们穷人的日子怎么过？啊？我老婆死在医院里，没钱治病，我抢了钱赶到医院时，她就躺在那，身边连个人都没有……我对不起她，她跟我吃了那么多苦……"

姜小山这才知道男人的黑包里原来装的是抢来的钱。

男人的动作太大了，他腰间的挎包往下滑了一下，男人赶紧往上拉挎包。说时迟，那时快，商明河一个箭步冲上去，死死地攥住男人拿刀的那只手，男人一使劲，刀划到了商明河的手，出租车司

机和赶来的警察一拥而上，男人被抓住了。

姜小山瘫软在地上，哭都没了力气。

魔豆不知道自己经历了一场生死，看到警察后他哭得更惨，大叫："我不去孤儿院，我不去孤儿院……"

警察还纳闷，怎么劫持案里还有案中案，难不成还拐卖了儿童？

商明河也在纳闷，这是什么情况啊？这女的有一个疯狂暴打她的老爸，还带着这么大一个孩子，难道是未婚妈妈？他伸手拉她："快起来吧，孩子还哭着呢！"

姜小山盯着他的手："你的手……流血了！"

商明河这才意识到疼，也想起了自己要见的投资人。他掏出手机一看，有邹大庆的十通未接电话。

商明河转身就走，有记者涌过来让商明河说说事件经过，商明河皱着眉扔下一句话，就快步离开了。

姜小山抱住魔豆"呜呜"地哭了起来，她说："你还哭，如果不是何安那坏蛋，我的车能停在那吗？"

"不许你骂何安，他是好人！"魔豆脸都哭花了，却还在维护何安。

好人？他要是好人，这世界上谁是坏人呢？

商明河坐进自己的车里之前看了正在痛哭流涕的姜小山一眼，怎么，自己看起来是很好说话的样子吗？自己都不知道自己能拦车救人，她怎么就知道呢？病急乱投医？

商明河看着自己受伤的手，疼得直咧嘴。心想："这女孩还真是个'扫把星'，遇到她，就没什么好事。"

但看到女孩哭得那么丑，胳膊那的衣服被血染红了，还是不忍心，商明河走过去，掏出一条手帕给姜小山，他说："不管过程怎么样，结果是好的。还有，算你有脑子！"

姜小山接过手帕，看到上面的字母，立刻像被烫了手一样塞到商明河手里："谢谢，我不用！"

商明河瞪了一眼姜小山，扯过手帕，帮小山绑到胳膊那："暂时止止血，去医院好好包一下，免得感染！"

姜小山眼泪汪汪地点了点头，说："手帕我会还你的！"

那手帕是名牌的，的确不便宜，但再贵也是手帕，也是给人用的。在悲伤之中还能注意到东西的贵贱，这女孩还真是够……讨厌的。

胳膊很疼，小山这才想到被刀划的那道口子。

08

秦明月接到姜水哭着说老爸住院的电话时，正在跟公司里的同事吃散伙饭。

看到手机上显示"混蛋"两个字，秦明月立刻拿着手机跑到了包间外。

呛了前夫两句后，秦明月挂了电话，重新回到包间，会计老周是五十来岁的人了，正一把鼻涕一把泪地哭，他说："我还想着就在这退休呢，哪想到……我这么大岁数，去哪找工作啊？"

大家使劲地劝着："会计要的是经验，你干这么多年了，别的没有，有的是经验啊！"大家心里都不好过，毕竟，一个还算不错的饭碗好好地端着，突然之间"啪"地掉到地上碎了，谁都不想。

秦明月从大学毕业起就在这家小外贸公司做出纳，本想着不出意外，这一辈子也就一直在这工作了。没想到遇到天灾人祸，老板带着儿子跟"驴友"去穿越什么峡谷，结果就没走出来。

经此劫难，老板娘哪还有心思经营公司，老板的小舅子来公司做了两个月代老板，业绩一落千丈，公司终于还是宣布倒闭了。

冬天起身离开，春天刚刚露出头来。

秦明月觉得这个春天格外冷。老爸过世，自己离婚，接着失业，还欠着四万块钱的债要还，这还不算，公司倒了，自己当然不能再住那间小仓库，暂时也没处可住。想来想去，她也只能去姜水那先凑合凑合……

因此，她格外恨姜水。如果不是他不争气，自己何至于落到这步田地？当初怎么就没狠下心来把他的电脑给砸了呢？靠写作吃饭，做什么春秋大梦呢？

姜水写的东西，秦明月上网看过，看了两行就看不下去了。跟她每天睡一张床的男人脑子里到底想的是什么啊？她完全不懂。她只知道他挣不来钱，家里的日常开销都是她在负担。除了挣不来钱这一条之外，姜水还真没什么大毛病，从前嘴也甜，总能哄得自己高高兴兴的。自从看网络小说着迷了之后，就觉得自己找到了人生方向，他总指着作家富豪榜对秦明月说："媳妇儿，你看，你看，这些人都是在网上写小说的，人家一年挣上千万！"

秦明月撇着嘴，她倒没那么高的心气，她就是想他能好好地找家公司，朝九晚五地好好上班。两个人努力攒些钱，然后要个孩子。

但姜水是梦想家，他没日没夜地熬在电脑前写啊写，他对自己简直苛刻得不能再苛刻，穿了好几年的衣服还在穿，一双运动鞋四季穿。秦明月给姜水买新鞋，他死活不穿，逼着她退回去。家里的东西，他都去旧货市场淘，看他那样子，秦明月也心疼他，但又不理解他。

姜水说："媳妇儿，我不要六年，三年，你就给我三年时间，三年我要写不出名堂来，我就找工作！"

三年了，姜水除了从一个胖子变成一个干巴巴的瘦子之外，什么都没改变。

那八万块钱是压倒秦明月的最后一根稻草。她都没想问那钱姜水他拿去干什么了，她不想问了，甚至觉得八万块钱让她终于有了个冠冕堂皇的理由离开他，挺好。

秦明月起身端起酒杯敬旧同事。她说："大家也都别太悲观，往好处想，从前大家拿着两三千块钱，连个升职加薪的指望都没有，不过是凭着惯性，谁都不愿意打破固有的生活重新来过。现在好了，无路可走，没准就走出一条新路来！来，为我们大家都能勇敢地开始新生活干杯！"

大家七零八落地站起来，酒杯终于碰到了一起，酒洒了很多，但大家的声音到底比刚才老周哭时嘹亮了许多。

秦明月喝多了，到了第二天差不多傍晚时分才醒。她口干，头疼，起来倒了杯水喝，随手打开电视，不想映入眼帘的就是"出租车大营救"，接下来一个镜头让秦明月差点呛着。她端着杯子走到电视前，电视里姜小山面如死灰，胳膊那红红的一片，不正是血吗？她的身后还站着个哇哇哭的小男孩。

秦明月找出手机，打了"混蛋"的电话。她说："电视里被歹徒劫持的人是小山吗？"

姜水的电话背景声嘈杂，但他给了秦明月肯定的回答。秦明月立刻问他在哪儿。放下电话，秦明月立刻洗脸、换衣服，直到出门前，秦明月才想，自己还真没把自己当外人。

也是，当了姜家十年的媳妇，秦明月跟小山、跟公公，甚至是跟姜水都打断骨头连着筋，那还真不是一纸离婚证书就能分开的。

09

舒培是在电脑上看到儿子救人的画面的。

舒培是做服装行业起家的，一直走在时尚的前沿。56岁的她，脸上丝毫没有岁月的痕迹。舒培跟明河走在一起，不像是母子，更像是姐弟。她的办公桌上放一张她跟明河在巴黎埃菲尔铁塔下的照片，照片里的母子俩亲密无间。舒培很怀念那段只有她和儿子的日子。那时候忙，但是寒暑假，她总能带他到处转转。

现在，儿子像断了线的风筝，他在做什么，很少跟她讲。就连他创业，都半点儿不让她参与。舒培知道裂痕是从鹿笙离开始的。她甚至有点后悔破坏了儿子的恋情，儿子是个聪明、理性的人，跟那姑娘相处久了，她是什么样的人，他会知道，也许到那时根本不用自己反对，他们就会分开。倒是自己一反对，这事在他心里成了个解不开的结。

舒培跟各地经销商开完视频会议出来，手机上多了十几通未接电话。她还没想好要回哪个，就又有电话挤进来。

老友说："明河还真是好样的，太勇敢了，不过，舒培啊，你还是得告诉孩子，以后这样的事儿，可别硬往上冲，万一……我是说万一啊……咱这样的人家，犯不着……"

舒培问了半天才明白是晚间新闻里报道了明河勇救女出租车司机的事。什么？明河救人？开什么玩笑？明河不一向标榜人的价值是有高低之分的吗？

读高中时，他在作文里说，一将功成万骨枯，说大多数碌碌无为的人存在的价值就是为了成就精英。

为这个，她还被老师叫去，说这孩子的价值观有问题。

舒培打开电视找了一圈也没看到歹徒劫持女出租车司机的新闻，但打开电脑搜索，却发现有很多条消息。她点开一段视频，恰好看到商明河很不耐烦地对记者说："不好意思，我还有要紧事，得赶紧走！"

舒培打电话给明河。跟往常一样，电话无人接听。

舒培有些恼了，这孩子不靠自己也就算了，总不能出了这么大的事儿连老妈都不打个招呼吧？自己辛辛苦苦攒下这么一大份家业为谁啊？他眼里究竟有没有她这个妈啊？

舒培把电话打到邹大庆手机上，邹大庆的声音很快出现在舒培的耳畔："舒阿姨，找明河是吧？他正在跟华尔街的风险投资人喝茶！"

"什么时候了，还喝茶？"舒培的声音透着几分不满。

"今天的事儿您也听说了吧？明河救了一个出租车司机，本来这投资人订了今天下午的机票，我们都没机会见他了，特别巧，他在酒店收拾行李准备去机场，看到了现场报道。他看过我们递过去的计划书，对明河的名字有印象，打电话过来问，听说果然是明河后他改签了机票，见了明河，估计这次有戏……舒阿姨，你说这是不是因祸得福啊？"

邹大庆是明河的好友，也是创业搭档，更是舒培与明河母子之间的桥梁。明河的很多事都是邹大庆跟舒培说的。舒培不能想象，如果没有邹大庆，自己和儿子之间的关系会僵成什么样。

母亲的担心终于盖过了失去权威的怒火："他没事吧？我看他的手好像受伤了！"

"没事，只是皮外伤！一会儿完事后我让他打给您！"

"有警察呢，他逞什么能？去美国什么都没学到，个人英雄主义倒学了全套！他不是一向把自己看得比任何人都重要吗？救人这种事不是他的风格吧！"舒培对独子不进她的公司帮她，非要独立创业一事一直心怀不满。现在他居然逞能去救什么出租车女司机！

邹大庆一再向舒培保证，等明河一结束会谈就让他打电话给她，舒培这才挂掉电话。她又重新看了一遍那则新闻报道，报道很详尽，女孩很详细地讲述了事情的经过，她说她在路口看到了她认识的一位先生，于是把电话打到他的手机上。她故意叫错称呼，那位先生也足够聪明，领会了她的意思，报了警，还一直跟着她的出租车。

舒培的心里画了个大问号："明河怎么会认识这个开出租车的女孩？"突然，视频里的女孩变得很激动，她揽过一个眉清目秀的小男孩，对着镜头说："何安，但凡你有一丁点儿良心，你都给我赶紧滚出来，把小魔豆带走。我被你坑得够惨了，我没义务、没心情帮你带孩子！"

记者追着问："请问何安是谁？这孩子跟你是什么关系？"

女孩冷着脸说："不好意思，这是我个人的事！"

小男孩却大声喊起来："她是我妈妈！你们不能送我去孤儿院！"

女孩赶紧捂住孩子的嘴不让他说："你说什么呢？谁是你妈妈？"

舒培的私人助理莫北进来问要不要开饭，舒培的目光从女孩的脸上移开，心想："这女孩还真够复杂的，看样子不大，孩子倒那么大了。开出租车还带个孩子，她怎么会认识明河呢？"

舒培看了一眼莫北，问她最近跟明河有没有联系。莫北的眼神闪烁了一下，说："最近明河很忙！"

舒培拉过莫北的手，亲切地说："小北，我知道明河那脾气让你受了很多委屈。但男人就是这样，女人要像一湾水，不能像一块冰！"

莫北点头。舒培让莫北叫司机，她要去明河那。

莫北垂头丧气地走了出去。

舒培叹了口气，莫北是她选中的准儿媳，出身书香世家，从名校毕业，人长得细眉细眼，是古典美人的样子。

莫北喜欢明河许多年，她低声下气到自己身边做私人助理，为的也就是明河。可那臭小子从不拿正眼看她。也是，莫北这种个性，还真的拿不下明河。

一想到自己那么优秀的儿子将来指不定把什么样不靠谱的女孩带到自己面前，舒培就莫名心慌。

10

姜小山把出租车交给坤叔，坤叔拍了拍小山的胳膊，正好拍到小山的伤口上，她疼得直咧嘴，坤叔说："好样的！什么都别想，回家好好睡一觉！"

小山含着泪点头答应，心里想的却是自己哪有回家睡觉的福气。

她带着魔豆出现在姜文渊的病房时，姜水还在电脑前使劲地敲着键盘。他对外面的世界一无所知，姜小山却觉得恍如隔世。今天的事儿但凡有一点儿差池，自己就再也见不着老爸和老哥了。虽然他们一直都是她的负担和麻烦，但此刻，能见着他们真好。

"哥！"姜小山叫了姜水一声，走过去紧紧地抱住姜水。

姜水"哎哎哎"地喊着，姜小山的身体压着了删除键，文档上的字迅速地减少。

"怎……怎么了？出……什么事了？"

姜水了解妹妹，从小到大，她哭的次数一只手都能数过来。

"我差点就见不着你了！"姜小山哭得格外委屈。

"什么意思？撞车了？"姜水趁机把姜小山从键盘区挪开，看着电脑屏幕上的那一片空白，心里很是心疼。再看到小山衣服上的血迹，他吓得哇哇大叫起来。

"出车祸了吗？"姜水问。

小山摇了摇头。

"坏人……坏人要杀我们！"魔豆接了腔。姜水这才看到跟妹妹一同进来的还有个小男孩。小男孩的脸上有一道一道的黑印，应该是哭的吧！

"你是谁？"

"叫我魔豆就行。哦，对了，我是她儿子，你们别想送我去孤儿院。"看来何安对魔豆的恐吓真的把这孩子吓着了。他聪明的小脑袋想出了自救的方法，他想自己管姜小山叫妈妈，就没人能送走他了。

姜小山长长地叹了口气，还没来得及给姜水解释，就一眼看到病床上瞪大双眼的老姜同志。

"你……你什么时候有儿子了？你个死丫头，我就知道你不对劲，不然怎么好好的就跟何安黄了啊？"一个枕头扔了过来，正砸在姜小山的身上。枕头落到地上，姜小山跟着蹲到了地上，她哭着说："爸，您还觉得我不够惨吗？"

费了好些唾沫，姜小山才说清魔豆是谁。姜小山说时，魔豆一直眨巴着大眼睛可怜巴巴地问："你们会把我送孤儿院去吗？我想找我妈妈！"

姜水咬牙切齿地说："这家伙，别让我逮着，让我逮着，看我不打死他！"

小山替魔豆擦了擦眼泪，说："哥，你带他出去吃点儿东西。魔豆，你放心，我不会送你去孤儿院的。警察叔叔会帮你把何安找出来的！"

"警察叔叔不是抓坏人的吗？"

"何安就是坏人！"

"何安不是坏人，是好人！"魔豆很大声地纠正姜小山。

姜小山叹了口气说："好人，是好人，这世界上没有比他再好的好人了！"

老姜同志哭了起来，他说："都是爸不好，爸要是有本事，你跟你哥都不会过成这样！我那年要是能上成大学……"

老姜一说什么事就爱往根上刨，这从他没上大学说起都算好的了。

"爸，咱能不能不说过去的那些事儿？您能不能让我静静？"姜小山真的是累了，身心疲惫。

老姜同志开口忆往昔，那便是黄河决堤，谁能拦得住呢？小山真是服了老爸，无论什么事，他都能准确无误地扯到他的事情上去。

他说他的吧，小山坐在凳子上，努力让自己不去听老姜的那些唠叨，低头看手机。看见那个救了自己命的电话号码，小山想到了那只淌血的手。她连他叫什么名字都不知道。也真是奇怪，谁知道前一晚那样的一面之缘之后，竟然有救命之恩呢！她掏出那块暗蓝色格子的手帕，见手帕上有了几块黯红色的血迹，她托在手里，这手帕跟他的人一样，与小山就像是在不同的世界里的两条平行线，阴差阳错地有了交集。

小山发了条短信过去："你的手，没事儿吧？"

短信飞快地发送了出去，没有回音。

有个小护士拿了纱布进来帮小山包扎。她说："只是划了一下，没事的！"小护士的笑容很温暖，小山也很努力地冲她笑了笑。

收拾药棉时，小护士想把那手帕扔到垃圾桶里，小山拦了下来，找了纸巾包起来，放进包里。

老姜同志嘴里的那条河还没断流，嘟嘟囔囔。小山翻看微信，左娜来了很多条信息。小山回复了过去。想了想，她把救命帅哥的号码存上了，存的名字是"冷漠天使"。

再翻微信，小山发现"冷漠天使"有微信，他的微信名字是商明河。这是他的真实姓名吧？小山想加他为好友，在发验证申请时，小山写的是："多谢救命之恩。"但同样没有回音。

敲门声响起，秦明月进来了。她见了小山，红了眼睛，上上下下打量着小山。小山的那件红色的带帽衫都脏了，脸苍白得像张纸。再看到带帽衫上那暗红色的血迹，秦明月急忙转身擦眼睛。

秦明月拉着小山的手说："没事儿吧，看了电视吓死我了！"

小山的眼睛也红了，她说："嫂子，我都以为我肯定看不着你们了！"

老姜同志看到秦明月，立马停止了絮叨，他咧开嘴笑："明月，你去哪儿了？怎么那么长时间不来看爸爸呢？你是不是也嫌我没能耐啊？"

姜小山害怕老姜同志嘴里的一条河枯了，另一条河泛滥开来，赶紧说："没有，爸，我嫂子那不是回老家看她爸了吗？"

"她爸不是死了吗？"老姜同志声音洪亮。姜小山简直想堵住他的一张嘴，他怎么该明白时不明白，不该明白时什么都记得啊？

"爸，我这不来了吗？您啊，想吃啥，告诉我，我给您做！"秦明月知道老姜的情况，当然不会与他计较。

"能吃啥？啥也吃不了，对付活着得了。活着浪费米啊！"

姜小山赶紧打断老爸的话："您好好待着，我跟嫂子出去说两句话啊！"

"有啥话在这说呗，还背着我啊？"老姜同志极为不满。他还有话要说呢！那孩子真的不是小山的？糊弄谁呢，他才不信呢！

要不，就是小山跟何安的孩子？哎呀，要是那样，自己可不是当姥爷了？虽然没有当爷爷爽，但当姥爷也不错。老姜同志想，小山这死丫头，有了孩子、当了妈都不告诉自己一声，不过，孩子这么大了，她是在哪儿把他养大的呢？老姜同志的脑子又糊涂成了一盆糨糊。

"吓坏了吧？"秦明月握着小山的手，坐在长椅上。

小山的眼里汪着泪水。

"没事就好，可是那个何安……"

"别提他！"小山擦了一下泪，心里却想着怎么才能找到他，总不能让自己带着魔豆。可他存心把孩子扔给她，会让她找到吗？

姜水一手牵着魔豆的手，一手提着一盒盖饭，回医院时，魔豆还在说："我不喜欢医院，医生老是给我打针！"

姜水的眼睛有些近视，走到跟前，才看清小山跟秦明月坐在走廊的长椅上。

离婚后，他们就再没见过。

秦明月从前总说减肥，但从来也没瘦过。现在倒是瘦了一圈，双下巴都没了。姜水看着前妻，感觉她像变了一个人，一个他不认识的人。这种感觉很不好，他不想跟秦明月做陌生人。

从来都不想。

他的心像被什么东西打了一下，钻心地疼。

11

商明河当然有看到姜小山发来的那条认证消息，他也只是看了一眼。没拒绝，也没通过。

融资成功，商明河下面要忙的事千头万绪。再说，他也没想再理那个每次见面都给他惹麻烦的女孩。他的人生是有规划的，每个阶段，每一步，甚至每一个时间点，都要在那个日程表上才行。

老妈事无巨细的盘查已经让他很不爽了，就好像他跟那女孩有什么似的，能有什么呢？他突然想，如果自己跟那个女孩真有点儿什么，老妈一定会像当初对待鹿笙那样快刀斩乱麻，替他斩断情丝吧？

老妈是那种喜欢控制一切的人。她连她养的花、养的鱼死了，都不能容忍——所以，她现在只养仙人掌，鱼也只养那种锦鲤，更何况是儿媳妇。她可以容忍自己创业瞎折腾，却绝对不能容许自己由着性子给她找来一个儿媳妇。老妈一再把莫北介绍给自己，商明河明白，并非是因为老妈多喜欢莫北，而是因为莫北做了自家的媳妇，她能控制得了。

可是，商明河不是老妈养的仙人掌，不是锦鲤，他觉得母子之间，在彼此都能自理生活的前提下，有空见个面，一起吃个饭，就是很好的互动了。至于其他，都是多余。

邹大庆听了商明河的这番理论，愣了好半天，拍了一下哥们的肩膀说："你适合生活在机器人时代。父母、兄弟有时候虽是负累，但这才是人生，不然，一个人奋斗，向前奔跑，为了什么呢？"

商明河皱着眉头想了半天，说，他喜欢简单的人际关系，就算是妻子，也还是各自独立的好。

邹大庆沉默了一会儿，说："说得容易，如果你真的遇上个喜欢的女孩，她的事能不成为你的事吗？"

"如果她连自己的事都解决不好，我怎么会喜欢上她？"明河有种单纯的可爱。

"预感你会被'打脸'！"

当初明河喜欢鹿笙，就是喜欢她那无所谓的样子。两个人也是互相喜欢的，但两天不联系也没关系，酷得要命。邹大庆却怀疑他们两个人是不是真的在谈恋爱，谈恋爱不就是时时刻刻想在一起吗？

想到鹿笙，商明河的心疼了一下，不知道最近邹大庆跟她还有没有联系了。她一个女孩在国外打拼，一定过得很辛苦吧？

邹大庆接了个电话，说是公安局打来的，让商明河去做一份笔录。商明河的眉头拧成一个疙瘩。

以商明河冷漠的个性，参与到这样的案件中，已是奇迹。再有其他麻烦，他当然会不耐烦。

"老大，好人做到底吧！我跟你一起去，然后去看新的办公地址，晚餐前，我们要跟一个网络公司的高管和工程师见一见！那边有个美女，特靓！"邹大庆是最了解商明河的人，有时明河像个任性的孩子，邹大庆像是耐心的老妈。

邹大庆总能按照自己的思路找到工作之外的兴趣点。他新换的香水商明河很不习惯，一个大男人，用那么香的香水，有意思吗？

"这些你自己去不行吗？"商明河的心思完全在网站平台的搭建上，还有很多技术问题没解决。

"没问题，如果以后我是咱们芳邻居网的最大BOSS，那你就可以不去！"邹大庆似笑非笑地看着商明河。

商明河再次建议邹大庆换香水，他说："明天你要再像一只熏香炉，我就把你踢出董事会！"

邹大庆哈哈大笑，他说："这叫生活格调，亏你老妈还是做时尚产业的。"

商明河无奈起身。

坐进商明河的车，邹大庆一眼看到储物格里的那两颗木头心。

"有情况啊，你这是！"邹大庆看商明河的眼里都像是冒着桃心。

"这是什么？"商明河问。

"你没玩过这个？这是孔明锁啊！这款，应该是'心心相印'。是哪家姑娘送你的啊？表达得这么含蓄？古典派啊！"

邹大庆把那锁摆弄在手里，东摸摸西摸摸，竟抽出一条来。

"捡的！"商明河接过来攥在手里，"别弄坏了！"

邹大庆的目光意味深长地在商明河的脸上停留了几秒，然后插了钥匙，开了车。

"捡的？你不是那种连美元掉地上都懒得弯腰捡的人吗？你会捡这东西？这个啊，弄不坏，是可以拆开，再装上的。真不懂你们这种有钱人家的孩子，从小都玩什么了？"

"你小时候……玩过这个吗？"商明河仔细地看那孔明锁，果然是由不同的木块拼成的，有点儿意思。

"我小时候也不玩这个，不过，我有个高智商的数学老师，那阵子就爱拿诸如九连环、孔明锁之类的东西测我们的智商，还有魔方！哎，没有女孩玩这个吧？"

商明河抽出了一根小木棍，嘿，有点儿意思。

商明河做了笔录出来，遇到姜小山。很奇怪，一向脸盲且把姜小山划分到没有明显特征的人类里的商明河这次一眼就认出了她。

原来她叫姜小山，女孩子居然叫"山"。她这次换了件带帽衫，白色的，胸前戴着个很丑陋的、看不出来是熊还是其他什么怪物的卡通形象的饰品。她这品位还真是清奇，丑得让人不忍直视。商明河想到那天她被那劫持的男人拖着，制服男人后她躺在尘土飞扬的路上的情景，她人瘦瘦的，为什么总像偷穿大人的衣服一样，把衣服穿得那么宽松？女孩怎么可以活得这么粗糙呢？她不仅以素颜示人，还有着很大的黑眼圈和乱糟糟的马尾。

商明河想起了那个用扫把打人的老大爷，还有那个哭闹不停的孩子，这女的还真是……她有多大？唉，有多大跟自己有什么关系呢？自己什么时候跟邹大庆一样八卦了？自己不是一向标榜在这世界上，他最没兴趣了解的就是人吗？娶到她的男人就会变成邹大庆说的那种麻烦解决者吧？想想那男人还真有点儿可怜。

商明河莫名地笑了一下，又有些懊悔，自己珍贵的脑细胞不应该用在写代码、建网站、改变人们生活方式上吗？怎么会用在这些鸡毛蒜皮的事情上？

商明河没想跟这姜小山打什么招呼，他要做的事还很多。

不想邹大庆倒是跑过去跟人打招呼，他说："你比电视上好看啊！还真多亏了你够机智，更多亏了我们大BOSS反应快。哦，我跟他是一个公司的，我想说的是……"

有没有搞错，好看？机智？邹大庆是脑子被门弓子抽了，还是喝多了劣质酒，不灵光了？

姜小山看到商明河，她笑了一下，指了指商明河的手说："手没事儿吧？"

商明河面无表情地说："有事，您管吗？"他想，回去一定得训训邹大庆，怎么有只"雌苍蝇"飞过去，他也得跑过去搭讪几句啊？

"这是您的手帕，我去干洗店洗的！"手帕被很尊重地放到一个纸盒里。

商明河指了指不远处的垃圾桶："扔那里就好！"

姜小山很尴尬地拿着盒子，不知如何是好。到底是邹大庆圆滑，他接过盒子，说："得，送我啦！"

姜小山笑着松了一口气。

"我想说的是，如果你再接受记者或者电视台采访，能不能提提我们芳邻居网啊。他是芳邻居网的CEO商明河，是他救了你和你的孩子……"邹大庆不做公关还真可惜了才华，广告打得还真是无孔不入啊。

可商明河实在是看不下去了，自己无意邀功，再说借这种事给公司做硬广告，也实在太过了吧？他拉过邹大庆说："不是批给你广告费了吗？这么省，又想替女朋友买包啊？"

"老大，我们在创业阶段，能省一分是一分，我这可不是为公司好吗？这么有正能量的事，可不就得大讲特讲吗？"

邹大庆边走边回头跟姜小山说："记住哦，是芳邻居网！"

邹大庆冲姜小山妩媚地眨眼。

姜小山笑了，两个人都是帅哥，气场却不一样，一冷一热，在一起竟然丝毫不违和。

她翻了下手机，商明河仍然没通过自己的微信认证。她的心里有小小的失落，也难怪，人家是CEO，做着那么大的事，干吗要加你个小小的出租车司机？话说，自己还真是命不该绝，前一晚代驾就拉了个聪明人，要是碰巧拉了个笨蛋，碰巧他没在那个时间路过那个路口，现在自己恐怕生死未卜了吧？

出了公安局的门，邹大庆还不无遗憾地说："老大，我跟你说，这真是个特好的点子，与其砸大钱做推广，不如就把这事儿炒起来。这又不是秀，事全是真的……咱们就顺水推舟，为了救人，几千万美元的风投都放弃了，这是什么精神？专门利己，毫不利人，不，不对，专门利人……上个热搜，咱公司这知名度就打出去了……"

"闭嘴！"商明河实在听不下去了。

"老大！"邹大庆仍不甘心。

"你再讲，就得先找人救你！"

邹大庆终于闭了嘴。

"拿来！"商明河抢过了邹大庆手里的盒子。

"哎，你不都不要了吗？这是什么啊？定情信物？"

商明河一扬手，把盒子扔进垃圾桶里。

身后闹哄哄的，商明河转头看到姜小山出来，有记者围住她，她很狼狈地使劲往前走。可是记者们哪肯让她走："据我们所知，您车上的那个孩子根本就不是您的，是何安的吗？何安是您前任男友吗？"

有捡垃圾的捡到那盒子，打开来看。姜小山看到了，急忙冲过去，跟捡垃圾的说着什么，捡垃圾的不肯给，姜小山大概是掏钱给了那人，终于拿到了手帕。记者们又把她围住，问着什么。

商明河也不知道怎么就推开车门，下车拉着姜小山坐进了车里。

邹大庆惊诧地看着商明河。这哥们儿有点儿不对劲啊，他的车是严禁邹大庆带女孩坐的。

"谢谢啊！"姜小山对商明河能说的也仿佛只有"谢谢"这两个字。

"我没想帮你。我只是看不惯他们毫无怜悯心，一直在消费别人的痛苦！"车子过了一个路口，商明河说："停车，让她下去！"

邹大庆把车停到路边，姜小山乖乖下了车。她的脸上挂着浅浅的笑，伸出手冲车里的两个人告别。邹大庆摆手回应。

商明河看都没看，车子"嗖"地从姜小山身边开走了。

邹大庆摇头叹息："我说老大，你这辈子是不是只对鹿笙温柔过？好像也没怎么温柔……妈呀，你不会暗恋我吧！"

"开车门！"

"干吗？"

"滚！"

邹大庆摸了摸胸口："不是就好，不是就好。吓死我了。"

商明河给了邹大庆一拳。

"你的废话有点儿多！对了，你上次提的那个地方不行，档次太低，我们的公司不能一开始就做得很低端，该省的地方省，不该省的地方一定不能省！还有，最好找一个有个性的地方！屋子要宽敞明亮，格局要大。"

邹大庆提了鹿笙，商明河的心里再次有些许不舒服。他不是机器人，到底没办法控制自己的情绪。

不过，他有一套自我管理情绪的方法。他意识到自己有一点点不快时，会找一张纸，仔细想那不快来自哪里，想出来了，写在纸上，划掉，扔进纸篓里，结束！

不知什么时候，他手里又握住了那把孔明锁，他抽出了第二块木块。

12

姜小山回到家时，姜水和秦明月已经把老爸和魔豆都带回家了。秦明月正系着围裙给姜家做大扫除，姜水跟魔豆在电脑上玩游戏。

老姜同志一如既往地看着电视，发着牢骚。见小山进了门，他立刻说："我都跟你说过吧，一个女孩开出租车，早晚让人劫。咱们家衰到头了，啥事不出啊？你赶紧地跟何安结婚，人家带一孩子也没关系，当了后妈，你还省得自个儿生了呢！生孩子多危险，万一……"

姜小山哭笑不得，老姜同志一时明白一时糊涂，他说的话半真半假，又不能真跟他生气。她进洗手间对秦明月说："嫂子，你放那吧，等会我自己收拾！"

"算了吧，能帮你收拾就帮你收拾，我说小山，这老的咱没办法，不养不行，这小的，你是怎么打算的啊？咱凭什么帮那混蛋养一孩子啊？咱这又不是孤儿院，咱也没钱做慈善。"

秦明月都替前任小姑子上火。这都是什么事啊？前男友欠债跑了这事就够让人恶心的了，他居然还杀个回马枪，弄一孩子搁她这，这也太欺负人了吧？

姜小山倚着门看了一眼跟老哥玩得很高兴的魔豆，心里也是一筹莫展。何安那家伙的手机关机，难不成真的把魔豆送警察那去吗？经历过这样的事，自己那出租车还能开吗？她都落下恐惧症了，这往后的日子可怎么往下过啊！

还没容姜小山这边发愁，真正的愁事就找上门来了。

敲门声，准确地说是踹门声响了起来。

姜水喊着："来了，来了，那破门不踹都快坏了……"

门被打开了，姜小山的心里一颤，先冲进来的人膀大腰圆，满脸横肉，后面跟着两个黑衣人，同样人高马大。

还真是"屋漏偏逢连夜雨"。姜小山心中一凛，倒笑了出来，她说："马大哥，来跟我讨个账，用得着这么兴师动众吗？"

满脸横肉的马大哥也没把自己当外人，横着进来，一屁股坐沙发上，拿起茶几上姜水给魔豆买的酸奶，撕开包装袋就喝。没想到袋子没撕好，酸奶一涌而出，齐刷刷喷到他满脸的横肉上。

姜小山憋住笑，赶紧抽纸巾递过去。

身后那两个人高马大的小伙子可没忍住，低头笑了起来。马大哥吼了一声："笑什么笑？有啥好笑的？"

他转过头对姜小山说："我说你这小姑娘，还真拿我说的话不当话啊？你也不打听打听，我马彪吐口唾沫都能当钉使，给个痛快话吧，钱啥时还？我们老板可看电视了，你说那小子要是一刀把你捅死了，老板那钱找谁要去啊？"

秦明月解了围裙出来，说："我看你们好歹也是爷们儿，不得讲究个义气嘛？明明知道我们家刚遭了这么大的难，还上门逼着还钱，是不是太不仗义了？"

"我倒是想仗义啊，就是我和我的兄弟们总不能喝西北风吧？上回那小子还八万块钱时，说过两个月后再还一笔，谁能想到你们会出这事啊？"马彪瞥了眼姜水说。

秦明月用眼瞟姜水，她的心狠狠地疼了一下，她不是没想过他拿八万块钱干什么，他不嫖不赌，除了爱买几样旧货，没别的毛病，这钱不是去帮小山还债了还会去哪？只是她不愿意给自己赦免他的机会。

"哥，你什么时候替我还八万块钱了？"吃惊的倒是姜小山。

"你们都是坏人！"魔豆不知什么时候站了起来，捡了地上的玩具往马彪身上扔。

"哎，小朋友，就你是好人？好人怎么欠钱不还啊？"马彪站起来就想抓魔豆，小山赶紧把他拉到身后。

魔豆很委屈地哭了出来："坏人来要钱，我爸才病倒的！"

屋子里的人面面相觑。

马彪环视了一下这间小屋，说："这样，咱欠了人钱也没办法，我劝你们也别硬撑着了。这房子虽然小，但也能值几个钱。这样，我找个人帮着估一下价，抵了债，你们出去租个房住，也落得省心。放心，你们老的老，小的小，我肯定不会坑你们、害你们，我这也是拿人钱财，替人办事！"

小山看了看哥嫂，又看了看盯着电视一声不吭的老爸，咬了咬牙说："那好，你们也宽容我两天，我找找房子！"

马彪他们走了。

屋子里一片死寂。

"没事儿，饭好了没？饿死了，咱们吃饭，然后找房搬家。有什么大不了的啊，抵了债也好，无债一身轻，有些外国人一辈子都租房住，不也挺好吗？"姜小山故作轻松地表演给一家大小看，不然怎么办呢？

姜文渊是扯开嗓子哭的，他说："我没想享你们的福，你们到底还是把我的房子给败没了。我连老窝儿都没了，可不得睡大马路上去吗？"

接着是姜水捂着脸，肩膀一耸一耸地哭，再接着是魔豆大声哭着要找妈妈。

姜小山和秦明月两个女人看着家里三个男人大放悲声，束着手立在一边。姜小山很想哭，但眼眶里干干的，一滴泪都流不出来。

姜家的房子本来挺大的，日子过得不好，一再换小的。现在房子只有十几平方米，又破又旧，但好歹是个家。如果连这个家都没有了，姜小山不敢往下想。但债总是要还的，走一步是一步吧。

许久，三个男人的哭声渐次弱了下去。姜小山看了一眼秦明月，哑着嗓子说："嫂子，感觉像做噩梦似的吧？"

秦明月拉着脸，并不看任何一个人，只是轻声说："先收拾收拾，到我那凑合凑合吧！"

说完，秦明月偷眼看了一下姜水，正碰上姜水泪水蒙眬的一双眼，她吼了声："看什么看？那房租是我交的，你忘了？"

静默了一会，秦明月又说："他们能给咱这房子多少钱啊？能抵上那窟窿吗？不行，我得找人帮咱估一估！"

"算了，把债都抵上，无债一身轻！"姜水倒想得开。

姜小山再一次拨打何安的电话，照例是无人接听。她给他发了条短信："不把魔豆接走，我就找人多的地方把他扔了！"

短信发了，姜小山浑身无力。她难道不知道何安就是知道她心软，不会这么做，才把孩子托付给她的吗？

第二章　可恶的"芳邻居"

01

芳邻居网的标志是一只大蘑菇下面躲着几只避雨的小兔子，样子憨态可掬，十分可爱。此刻，它就贴在商明河买下的旧工厂的门口。

商明河看到它，学着其中一只龅牙的小兔子笑了笑，猛然想起姜小山那张圆圆的脸，似乎……嗯，好像这姑娘也有兔牙，商明河又冲那只小兔子笑了，难得他心情好。

原来，她长得像兔子。按照习惯将人归入了动物模板中，商明河有点儿开心。

那间旧工厂改造的办公室是商明河自己设计的，分上下两层。商明河的办公室在楼顶那层的玻璃屋里。坐在上面，可以看到下面的办公室。当然，员工们抬头，也可以看到上面的商明河。

邹大庆说商明河这样高高在上，不符合网络公司人人平等、自由的风格，商明河说，这世界上就没有平等这回事，每个人都需要用实力说话。

邹大庆对商明河的精英论不予置评。他预言："你啊，将来没准就被一个超级没实力的人打得丢盔弃甲！"

商明河还不信邹大庆的话。这是个用实力说话的时代，有实力，一切都不是问题。

公司楼下办公区的一面墙是涂鸦墙，每个员工都可以把自己的奋斗目标写到那面墙上，还可以在上面吐槽，包括骂商明河和邹大庆都可以。

商明河说这条时，邹大庆像看怪物一样看商明河，商明河问他在看什么，他说："你还真是蜜罐里长大的孩子，不知人间疾苦，谁会傻到在一面墙上给领导提意见？他是不想混了吗？"

商明河颇为自信地说："我早说过，我们不是一般的公司，我也不是一般的BOSS！我们公司要极尽个性化，我可以高高在上，员工们也可以反对我的专制。说得对，不管是员工还是BOSS，都得接受。"

邹大庆撇了撇嘴，心里说："别看他们只是一帮刚走出校门的大学生，情商可比你高多了！"

商明河把手插在口袋里，迈着大长腿把整个公司看了一遍，黑色铁艺配原木风格的装修是他亲自设计的，他很满意。只是……还是像个大车间，缺少了一点浪漫气息。

是太冷硬了……绿植，对了，有些绿植就完美了。

商明河打了个响指，对邹大庆说："找间花卉公司，让他们送些绿植来！不要那种别别扭扭缠在一起的发财树，要也门铁、巴西木、散尾葵、榕树！"

邹大庆白了商明河一眼："我说老大，咱得配秘书，你跟一百科全书似的，我脑子哪能跟得上？还什么'也门铁''澳门铜'的，我哪记得住？考拉吧，考拉挺机灵的！"

"考拉……是哪位？"

完蛋，商明河又脸盲了。

"是我，老大！"一个脸圆圆的、留蘑菇头、戴黑框眼镜的女孩子冒出头来，长得也并不那么像考拉嘛。

"确定是考拉，不是树懒吗？"

叫考拉的那个女孩嘟着嘴嘟嘟囔囔着："老大，我可勤奋着呢，不带这样打击人的！"

"哦，知道了！"商明河咧着嘴给了半个微笑。他一天要做的事情太多，他的大脑腾不出空来。

商明河进了自己那间办公室，伸手从书柜上抽出一本《极端植物笔记》扔给邹大庆："挺好玩的，你可以看看！"

邹大庆从商明河手里接过那书，翻都没翻一下，放回原处："我的大好青春用来谈恋爱都嫌时间不够，我可没兴趣研究植物。哎，你连植物都研究啊？"

"研究说不上，好奇而已！"

邹大庆坐在老板桌上眉飞色舞地跟商明河说自己的APP（手机软件）推广文案时，商明河已经飞速地把那把孔明锁拆开、拼回去好几个来回了。

邹大庆终于忍不住了，伸出一只手在商明河眼前晃了晃说："我说哥们儿，我瞅着你这状态有点儿不对劲！"

商明河又成功地把两颗心拼在了一起："听着呢，继续！"

邹大庆继续刚才的话题："老大，我跟你说的推广文案绝对效果非凡，咱这样搞一个大众参与的活动，热热闹闹的，关键是你也为自己代言一把，你是科技新贵、商界精英、'钻石王老五'，你不知道现在是看脸的时代……"

"我一直以为我是靠脑子吃饭的！对了，隔出一间屋了作为休息、活动室，还有，咖啡机也找专门的人负责一下！要不聘个专业的咖啡师吧！还有，要聘个按摩师，我们这一行人总坐电脑前面……"

"老大，咱们现在是一家新的创业公司，家小业小，凡事都要以节俭为中心，不然投资的那些大爷以为……"

"他们怎么以为我不管，我要按照我的想法做我的公司。去办！"

邹大庆无奈地摇头，跟商明河做了这么多年的朋友，他理性、冷漠，却事无巨细都要亲自做主，他开商明河的玩笑说："不熟悉你的人以为你是一冷漠男，只有我知道你心里住着个小男孩。"

商明河的嘴角还挂着笑容，有这样的工作搭档，倒中和了自己的枯燥无聊。

邹大庆办事的效率还是挺高的。

傍晚，商明河下班时，看到花卉公司的人已经在往公司里搬绿植了。商明河跟着看了下，说了不要发财树，竟然还有工人搬着一盆把树干编成麻花瓣的发财树进去。他不喜欢盆景，不喜欢任何被人工摆出造型的植物。植物好好地长着，丑就丑，美就美，生生地把植物改造是什么意思呢？

有工人在搬小盆的翠绿翠绿的植物，商明河拉住问这是什么。那人头也不抬地答道："豆瓣绿！"

"哦！"商明河往外走，猛然觉得刚才穿着花卉公司服装的人怎么有点儿眼熟呢。在哪见过？一定是见过。

"等等！"商明河叫住那个工人。

"有事儿？"搬着盆豆瓣绿往窗台上摆的工人回过身来。

"抬头！"商明河命令道。

那穿着宽大的园林工作服的人抬起头来，两人同时吓了一跳。梳着马尾辫，眉清目秀，却不乏倔强坚毅……商明河想起来了，是那个自己搭救过的代驾……兔子……姜小山！这世界也太小了点儿吧！

没错，那个人的确是姜小山。

劫车事件后，姜水和坤叔都不让小山再开出租车了。

坤叔说："要不你来公司做些打杂的工作吧？"小山拒绝了。

卖房抵了一部分债，还杂七杂八地欠着些其他的债，姜小山真的不知道何安那时是怎么把一家成立一年多的公司铺排成那样的，如果说他在开公司之初就想骗自己，那自己的人生成什么了？

想起何安，姜小山心里更纠结的是，他居然第二次骗了自己，把魔豆送到她这里。他不看新闻的吗？自己出了那么大的事，电视上、报纸上都有登，他管过自己和魔豆的死活吗？

再怎么难，她还是要挣钱！要租房，要养魔豆、老爸和自己，做内勤挣那点儿钱，怎么能活呢？可是以小山大学肄业的学历找份工作也并不容易。还是左娜认识给她们酒店送花的公司，说他们正在招人，姜小山便再次下岗再就业了。她也没想到自己会再一次在这种场合见到自己的救命恩人。

"哦，是你啊！你在这家公司上班？"姜小山迅速地打量了一下商明河，他仍是十分帅气，一身暗格子西装，恰到好处地露着脚踝，穿得跟男模一样。那张英俊的脸上仍然是一副不耐烦的表情。

"你还真是什么钱都挣。不开出租车了吗？"

商明河挑起眉毛，对这个自己见了四次的女孩并不客气。

"我没那么好命，含着金汤匙出生，如果不是什么钱都挣，难道喝西北风吗？"

姜小山本想跟商明河道声谢，但人家显然并没有想要她的感谢，她想到自己微信发出的那个验证申请一直都未通过，便自觉地拉远了跟他的距离。

"你说这些有博取同情的意思吗？"

姜小山的目光冷硬了下来："您会因为我说这几句话就同情我吗？我没低估您，显然，您也高估了我！我还没有那么高的智商。哦，对了，我妈告诉过我一句话，见到有钱人也不必点头哈腰，因为他不会因为你的恭敬就多给你一分钱。所以，抛开您的救命之恩，我在您面前，也并不需要卑微。"

"还挺'简·爱'的嘛！"

"您错了，我不是简·爱，您也不是罗切斯特！"

看着姜小山那不妥协的样子，商明河倒软了下来："看看，看看，开不起玩笑吧！"

这话要是让邹大庆听到，肯定会踢着桌子大笑，商明河一向严肃得跟新闻联播主持人似的，居然会跟送花小妹开玩笑，哦，这疯狂的世界！

姜小山不接开玩笑的话茬儿，低头整理那些绿植。

"哦，我们这边没说清楚吗？我们不要发财树！"

商明河挑起眉转移话题。

姜小山翻送货的单子，一绺头发落到额前，挡着眼睛。

商明河的眉头紧锁，低头嘟囔了一句："真烦！"

"我打电话问下！"姜小山转身打电话。

商明河低头看窗台上那盆豆瓣绿，每片小叶子都很可爱。

"我问了，老板说是没有要这种树，但他知道你们公司刚搬过来，发财树权当是送的贺礼。如果您不喜欢，我可以搬走！"

姜小山跑到那盆发财树跟前，弯下腰来把它抱到推车上，吃力地推起来往外走。商明河远远地看着她，冷不丁说出一句："你真把自己当超人了吗？不逞能会死吗？"

姜小山趔趔趄趄地推着那盆发财树走出去，并没理睬商明河。

她再次回来时，怀里又抱了一盆豆瓣绿。

商明河指了指头顶上自己的办公室，说："这盆摆那里！"

考拉小跑着带姜小山进了商明河的办公室。商明河把手插在裤袋里，很帅气地跟在后面。

姜小山把豆瓣绿摆好，利落地擦干净盆边的泥土。

商明河的下巴朝着那花，说："这些花儿以后都由你来照顾吗？"

"不知道，这得听老板的！还有，商先生，那天的事，我真的很感谢您。我姜小山虽然什么都没有，但也不喜欢欠人情。我知道您不缺钱，时间也很宝贵……"

"谁说我不缺钱的？你可以打笔钱给我，你觉得你和你儿子的命值多少，打多少就行了！"

商明河说完，转身坐在了自己的椅子上，心情竟然无比愉悦。

姜小山站在原地咬了咬牙，她原本想说的是请他吃顿饭，没想到这人……这人怎么这样啊？算了，人家是开公司、开宝马车的，还在乎你一顿饭啊？我和我儿子值多少钱？切！

02

姜小山的房子抵了债，一家老小住进了秦明月租的一室一厅。

一室一厅分成了男生、女生宿舍。老、中、青三个男同志住一间卧室，小山与秦明月住在客厅，也没什么好避嫌的，秦明月说："我早就把爸当成自己的爸了！"

只是房子只有一个卫生间，早上起来，全家人都大呼小叫的。魔豆占着卫生间就不出来，憋得老姜同志在门外直转圈儿。小山和明月就在门口哄魔豆赶紧出来，不然姥爷等不了了。

老姜同志嫌床小，嘟嘟囔囔，满脸的不高兴："我这辈子就攒下了一个破房子，没叫儿子给败了，倒叫你这死丫头给败了。我这上辈子作了什么孽啊……"

小山权当什么都没听见，里里外外收拾着。她本想着叫姜水搬回家，没想到自己倒要来他这挤。这灰扑扑的人生啊！姜小山很想找个地方大哭一场，但她连哭的力气都没有。

魔豆到底是孩子，跟姜水玩游戏倒玩出点儿感情来了。不知道是不是姜水教过他，魔豆"舅舅""舅妈"地叫着，两个人没孩子，竟然有点幸福的感觉。

他管老姜同志叫姥爷，叫得那叫一个顺溜、自然。魔豆人小嘴甜，哄得家里几个大人围着他团团转。也是，这个家里，几个人别别扭扭的，孩子倒成了黏合剂。

再怎么艰难，日子总还要将就着过下去。

小山在朋友圈里看到一句"心灵鸡汤"："生命就是一支烟，起初洁白规整，渐渐燃烧殆尽，很多没办法接受、不能接受的事，时间长了，也就慢慢接受了。"

老姜同志仍然每天早早地起床，吃着炸油饼，指摘着电视新闻，仍是一副世界尽在他手中的感觉。

第二章 可恶的「芳邻居」

　　秦明月每天早出晚归，只是把这里当成个住处。姜小山很明白嫂子对哥哥恨无力、爱无能的处境，却也爱莫能助。

　　姜水仍是昼夜颠倒地写作，但家里有一个脾气像火药桶、不知道什么时候爆炸的老人，一个看着大人脸色说话的孩子，到底还是很影响他。再加上跟前妻共处一个屋檐下的别扭，姜水心里的苦闷与烦躁姜小山也能了解。了解归了解，她也仍然是爱莫能助。左娜说小山没心没肺。小山倒真希望自己能没心没肺，不会对身边的每个人都心怀体谅又什么都不能做，只会加重自己的无助感。

　　至于魔豆，最初她对魔豆的感情很复杂。心烦得要命时，她真想把他交给警察，爱送孤儿院送孤儿院，爱让人领走就让人领走，自己跟他非亲非故，算怎么回事啊？再说了，何安这安的是什么心啊？害自己害得还不够惨？连自己的终身大事也让他给搅和得无望了。她也的确冲动过。

　　那天下午，外面细雨如丝，在阿正的美发工作室的沙发上，左娜抱着丝绒靠枕仔仔细细地看着姜小山，她说："我一直都没觉得你傻啊？怎么还就在一个坑里跳出不来了呢？姜小山，你说说，一个人在同一个地方摔倒两次够蠢了吧？你管他是何安的儿子还是弟弟，哪领来的扔哪去，我就不信了，这孩子还能粘你手上？"

　　此时，左娜把何安这些年对自己做的那些不堪的事都拎出来说，就像用刀剜姜小山的心一样。

　　姜小山咬着嘴唇，"腾"地站起身，冲回家，一把拎起正偎在老姜同志身边看电视的魔豆说："走，我送你去找你妈妈！"

　　魔豆的眼睛一下子亮了，又马上暗下去，拉着老姜的胳膊不放手："你骗我，你一定是要送我去孤儿院！何安说……"

　　"你再提何安？你再提何安我就真把你送去孤儿院！"

　　魔豆"哇"地哭了起来，他说："你别扔下我，魔豆听话，听话还不行吗？你不喜欢我叫你妈妈，我不叫了，我保证不叫了……姥爷，姥爷救我！"

　　魔豆的眼泪噼里啪啦地往下滚，老姜同志立马冲姜小山吹胡子瞪眼睛："你拿孩子撒什么气？你跟何安是怎么当爸妈的？生了孩子还不想养？当初我跟你妈怎么就没掐死你！魔豆不哭，魔豆不哭，姥爷哪儿都不让你去，咱哪儿都不去！"

魔豆一看姥爷偏向自己，便跑到小柜子那趴下，伸手从小柜子底下掏出一盒烟来递给老姜同志："姥爷，抽烟！"老姜连忙拿眼睛瞟小山，这孩子，不是告诉他不要当着"女魔头"的面拿出烟来吗？

姜小山气得站在门口掉眼泪。老姜同志一会儿糊涂一会儿清醒，真把魔豆当成自己的亲外孙了。

外面的雨下得很大了，雨滴迅速在窗上集合成队，落下去，后面的迅速补上来，世界一片模糊。

魔豆过来抱住姜小山，他说："以后我都不吃零食了，我吃很少的饭，还能帮着你陪姥爷玩……别送我走，行吗？"

他像个无助的小猫，小山的眼泪哗哗地往下淌。她蹲下来抱住魔豆，边哭边替他擦掉小脸上的泪水，她说："哪都不去，咱们哪都不去。你不用吃很少的饭，也不用看着姥爷，答应我，咱们好好的，快快乐乐地生活，好不好？"

魔豆使劲地点头，他的小手也伸过来帮姜小山擦眼泪："我长大了，挣好多好多钱，给你买大房子，还给姥爷买好多好多炸油饼！"

小山紧紧地抱住魔豆，冰冷的心被魔豆融化了。

老妈过世时，小山13岁，这么多年，自己和哥哥跟着老爸，日子过得落魄难熬，将心比心，她格外心疼起魔豆来。大人再怎么样坏，也不关孩子的事。

魔豆很乖，乖得让人心疼。姜小山再恨何安，对这孩子也还是恨不起来。她不想让他有被抛弃、寄人篱下的感觉。

姜小山送花回来，路过一家童装店，进去看了看，衣服都很贵，哪一件都好看，但实在是……店主大概看出了小山的犹豫，拎出一件说："这件你看看，后脖领这里有点瑕疵，不仔细看也看不出来，如果你想要，一百块拿去吧！"

小山回去把新衣服给魔豆，魔豆高高兴兴地跑到老姜同志身边说："姥爷，姥爷，我更新了，您看看我的新版本！"

姜水趿拉着拖鞋出来，听魔豆这样说，魔怔了似的说："这孩子有语言天赋，魔豆，以后长大了继承舅舅的事业，当网络作家吧！"

魔豆很天真地问："那样能挣很多钱吗？"

姜小山拉魔豆的手说："走，小姨带你去买好吃的，咱才不跟舅舅似的那么没出息呢！"

"喂，能不能在孩子面前让我有点儿尊严！"姜水大声抗议道。

小山转头看了老哥一眼，说："哥，你不能待在家里，就不刷牙、洗脸吧？"

"谁说我没刷牙、洗脸了，我……"

秦明月沉着脸进来，默默地进了厨房，把门关上了。过了一会儿，姜水听到隐约的哭声。他倒了杯水，敲了下门，进去了。

秦明月靠着墙，捂着脸哭，身子一颤一颤的，她尽量隐忍着不发出哭声，怕惊动家人。

姜水走到她身边，伸手把她揽进怀里，抱住她。

好半天，明月才推开姜水，擦干了眼泪。

姜水从口袋里掏出一张卡，说："这是我这几个月一天都没断更的全勤奖，我一分都没花，你拿着。还有，以后我的稿费也都往这张卡里打，不多，但我会努力的！"

秦明月突然伸手抱住姜水，再次哭了起来。

"别哭，怎么啦？"

姜水的身体僵硬了一下，心被揪得很紧，生怕听到什么坏消息。

他紧紧地抱住明月，一场雨狠狠地下在了眼里。他不是不爱明月，只是生活灰扑扑的一片，他就不能有个亮堂一点儿的梦想吗？

哪怕那梦想只能带来一丁点儿微弱的光亮，至少比每日守着发霉的仓库而心里灰暗好吧？

过了好一会儿，秦明月推开姜水，擦了擦眼泪说："你就不能听我的话，出去找份正式的工作吗？我不嫌你穷，也不嫌你没本事，我只是想让你好好地过正常的日子！"

姜水看到秦明月的眼角已经有皱纹了，她才三十几岁。别人家的女人这个年纪都牵着魔豆那么大的孩子在享受生活吧？姜水也很心疼明月，恨自己没本事。为了自己喜欢的女人，他咬了咬牙，说："好，我明天就出去找工作！"

"真的？"秦明月的眼里发出亮光来。

"嗯！"姜水使劲地点头。他抚摸着明月的脸说："你说得对，我写了这么久都没写出名堂来，我的确不是这块料！不如趁早……"

姜水怎么也想不到命运会跟他开这样的玩笑，就在他想放弃时，他接到了命运抛过来的橄榄枝。

命运有时就像是自以为友善的猫，叼了一只血淋淋的老鼠到你面前，让人哭笑不得。

老姜同志在门外大声喊着马桶堵了。其实这家人每个人的心里也都很堵。没办法，活着，谁还没点堵心的事？

秦明月在厨房里哭的那晚，关掉灯，姜小山和秦明月各躺在沙发的一头，姜小山说："嫂子，我这两天就找房子，无论如何我们都得搬出去！"

"小山，不是……"秦明月以为小山误会了自己。

小山在黑暗里坐起来，握住嫂子的手，半晌，有眼泪落下来，湿湿的，她说："我们姜家，对不起你！"

秦明月的眼泪也掉了下来。

夜很黑，但并不冷。

03

窗台上那盆豆瓣绿不知怎么回事，叶子都变黄了，一碰就往下掉。

商明河端着那盆花走出办公室，想找人拿去浇水，却一头撞上拎着大保温箱、戴着头盔往里走的送餐员。豆瓣绿差点落到地上，叶子又掉了几片。

倒是大保温箱没禁得起商明河撞，落到地上，砸到送餐员的脚。送餐员的脚跳了两下，赶紧打开保温箱看餐盒散没散。

商明河捂着被撞疼的膝盖，看清了送餐员——竟然是姜小山。难不成她会分身术，一个人能变成好几个？

一天前，商明河跟邹大庆从一家小面馆出来，看到姜小山跟一个男人拉拉扯扯，男人最后掏出几张钞票扔在地上，那地面上有一点儿积水，钞票散落到积水里，姜小山弯下腰一张一张捡起来，用手擦了擦，放进口袋里。

商明河想起她收自己代驾费用时对钱的那种贪婪，嘴角浮现出一丝冷笑。是因为爱钱才被骗做了单身妈妈的吧？这种浅薄、不读书、不上进又有着虚荣心的女孩不成为社会的底层才怪！

商明河把豆瓣绿放到窗台上，手插在裤袋里观察蹲着整理餐盒的姜小山。

"你是孙悟空拔的汗毛变的吗？"商明河像一只饶有兴致的猫。

"对不起啊！"姜小山头也不抬地说。

"你是不是就会说这一句话？你还真是什么钱都挣啊！钱对你来说就那么重要？"其实，他完全是可以什么都不说的。

有个餐盒被摔开了，里面的汤汤水水洒了出来，姜小山麻利地拿出纸吸那些汁水，但很显然，那份饭没办法送了。

"当然啦，没钱，吃什么，喝什么？你们这些大公司里的人哪知道我们底层小民的疾苦啊！"

姜小山抬头，看到商明河，脸微微地红了："是你啊！不好意思啊，又让你产生错觉，觉得我在博同情！"

商明河想，她真是小心眼，还记仇。

"考拉！"商明河探头进办公区喊下属，"你跟凯文把餐盒拿进去！"然后对姜小山说："你跟我来！"

姜小山站起身，为难地指着摔坏的餐盒："这个……"

考拉拍拍姜小山的肩膀说："没事儿，我减肥，算我的！"

姜小山感激地帮考拉拿餐盒，然后小跑着跟在商明河身后。

商明河端起那盆豆瓣绿快步走进自己的办公室，姜小山跟在后面。姜小山听到身后那个细声细气、很娘娘腔的凯文嘟囔着说："大BOSS不最讨厌越界吗？干吗让咱俩做送餐员的事儿？"

商明河坐到椅子上，指着面前那盆蔫头耷脑的豆瓣绿说："你们花卉公司不是包养护？你看这是豆瓣绿还是黄豆芽啊？"

姜小山伸一根手指到花盆里，沾出一点干土来，说："哦，缺水了！我们只负责定期来照看大盆的绿植，这种小盆栽平时勤浇着点儿水……"

"少废话！弄活它！"商明河的手摆弄着那把孔明锁，飞快地拆开，再飞快地拼装上。

她转身找杯子，又跑出去接了一杯水回来，一口气把水灌到花盆里，不想花盆下面没接着拖盘，水渗出来，淌得到处都是。

商明河皱着眉："真烦！赶紧弄干净！就你这样，笨手笨脚的，难怪要做满三百六十行！"

姜小山把桌子上的水抹干净，她瞥了一眼商明河回嘴说："不笨手笨脚的人连一盆豆瓣绿都养不活，又是为什么呢？"

"好用的脑袋不应该用在更重要的事上吗？哎，我看起来是那么好说话的人吗？"商明河对姜小山敢顶撞自己感到颇为惊讶。她不怕自己一怒之下砸了她的饭碗吗？哦，她饭碗多，砸了一个还有另一个。

"更重要的事是指玩这个吗？"姜小山指了指商明河手里的孔明锁。商明河下意识地把孔明锁往桌下藏，像上课时玩玩具被老师发现的调皮学生一样。

"如果我没猜错的话，这个是我丢的吧？"姜小山忍了半天，还是没忍住，问了出来。"别介意，我没想要回来，不值什么钱！"她又加了句解释。

"你的？有证据吗？你那脑子会玩这个？我以为你长脑子就是吃亏的呢！"商明河挑着眉毛问姜小山。

"不好意思，当我没说！"姜小山甩了甩手里的餐单，"请问我该找谁给我签个字？"

敲门声响了起来，考拉探了半边身子进来："老大，你的午饭！"

商明河不耐烦地说："不进来，饭能自己飞过来吗？鬼鬼祟祟的！"

考拉小跑着进来，冲姜小山悄悄吐了吐舌头，放下餐盒赶紧离开。姜小山刚要离开，商明河喊："站住！"

姜小山转过身来疑惑地看着商明河。

"你们卖的是辣子鸡饭还是卷心菜盖饭，怎么全是卷心菜？还有，订餐时没特意告诉你们吗？我不吃姜，这是什么，你看看这是什么？"

商明河夹出姜片扔到餐盒上，顺便把筷子也扔到桌子上。筷子上沾到菜汤又让他很不爽，眉头拧成了大疙瘩。

姜小山走过来拿了纸巾擦。

"沾水擦！真烦！"商明河扔给姜小山一包湿纸巾。

商明河帅是帅，但他那张不耐烦的"面瘫脸"不见一丝笑意时，也真是让人很想踢飞他。

姜小山擦好桌子，拿起筷子把姜片夹到餐盒里，盖好餐盒，说："不好意思，我这就回去让师傅另给您做一份不放姜片的！至于卷心菜太多的问题，我也会如实跟老板反映的！"

"那我们公司的绿植养护呢？告诉你们老板，换人吧！我不喜欢做事三心二意的人。"商明河承认自己是成心的，至于为什么成心，他没有想过。

姜小山瞪着商明河，这个大男人还真是够讨厌，跟事儿妈似的，自己也是倒霉透顶，喝凉水都塞牙，怎么找的活全都会撞到他手里呢？

这也难怪，阿正和左娜帮忙，在这边替姜小山租了房，姜小山带着老爸和魔豆搬了过来，恰好送餐的店和花卉公司都跟商明河的公司在同一区。

"先生，我也不过是苦哈哈地讨一份生活，如果您看我不顺眼，我的出现让您很烦，那我可以从您的眼前消失。但您也可以装作没看见我，您是大老板，何苦为难一个打工的！"

姜小山听到自己的声音颤抖着。这么久，她在所有人面前撑着，今天，温暖的阳光照进这间办公室，自己却冷得发抖，眼泪一直在眼圈里打着转。

"我不过是提醒你出来做事要做得专业。像你这样，就是做一辈子，打八份工，也还是讨生活的！"

商明河看到姜小山眼眶里的泪水，有点儿慌。

"谢谢您的好意提醒！至于我怎么生活，那是我自己的事，不劳您这样的'伸手阶级'操心！"姜小山快步走了出去。

看着那个倔强的背影，商明河心里说不清是什么滋味。

面前的桌子光洁如初，豆瓣绿的圆叶子上还滚着水珠，叶子已经有了精神。电脑里做了一半的程序怎么都进不了脑子，商明河时不时地探身向楼下看，想着姜小山来给自己送餐时，自己要做什么样的表情，说些什么。

敲门声再次响起时，他清了清嗓子，喊了声"进来"。进来的是考拉，她拿着餐盒放到商明河面前。

商明河往考拉身后看了看，忍不住问道："送餐的那个女孩来了吗？"

"这次来送餐的是个男的！"

哦！商明河有些失望，继而是气恼，姜小山这是发脾气给谁看呢？她忘了自己是她的救命恩人了吗？她是单亲妈妈，要养儿子，自己这几句话都听不得？这么"玻璃心"哪是劳动人民的本色啊？自己是"伸手阶级"？

商明河吃了一口辣子鸡饭，还真是够呛，辣出眼泪来了，他气恼地再次扔掉筷子，桌子上再次被洒上饭粒和菜汤，他拿了纸去擦，却越擦越糟，他气急败坏地按了呼叫器。一分钟后，考拉慌里慌张地跑了进来。

真是晦气，碰到那女的就一点儿好事都没有。

可是，自己干吗为一个不相干的人生气呢？

04

秦明月根本没想过自己会那么快跟姜水重新走在一起。十年的婚姻，该痒的早就痒了，剩下的只是疲惫与无奈。更何况两个人之间连个孩子的牵绊都没有，除了那一点点一扯就断的惯性牵念，还有什么呢？只是，人就是这么奇怪的动物，在一起时，彼此厌烦，分开了，心心念念的又都是那个人。

生活也真的像个万花筒，没人知道这一刻和下一刻你会看到什么样的景色。电视上飞机失联了，大楼着火了，矿井爆炸了，船沉了，甚至是一个孩子到医院打一针还得了病，人能好好地活着，已经很不容易了。一个女人孤零零地在这座城市里，如果哪一天失踪了，都不会有人好好地找一找吧？自己在公司的小仓库里感冒、发烧了，想起姜水种种的好来，竟也热泪盈眶。

姜水绝非那种现在市面上流行的"暖男"。秦明月生病了，如果不主动告诉他，他都不会发现。告诉了他，他至多就是过来问一句："你没事儿吧？"

最初，秦明月很生气，气自己找了这么个不会疼人的老公。慢慢地她品出味道来了，他不是不想，只是不会。姜水和姜小山被姜文渊从小带大，能吃饱穿暖已经不容易了，谁教他们如何爱别人呢？爱也是需要能力的。秦明月就告诉姜水该怎么做。让他出去买药，就算是大风大雪的天，就算是再黑的夜，他也肯定二话不说就顶风冒雪地出去。要吃粥，他就守在电饭煲前看着，不让粥溢出来。两个人一直没要孩子，并非秦明月不想要，只是她不想让孩子来到这个世界上活得那么委屈。姜水不这么想，他说："狗不嫌家贫，儿不嫌母丑。他要是嫌弃咱俩，咱俩就……"他扬起手，做出要打人的样子。

"就怎么样？"秦明月瞪了一下眼睛。

姜水的眼角笑出了褶子，举起的手也放下了。

"就教育他呗。你看我跟我妹不也很好。"

一到年底，秦明月就忙得四脚朝天。姜水便成了免费的送餐员。公司的那帮小姑娘们都很羡慕秦明月，她们说："这男人啊，追你没追到手时，你是宝贝；追到了手，对你的好立马大打折扣；等结了婚，对你的心意就变成了负数。明月姐，你这都结婚多少年了，你老公还这么听你使唤！"

秦明月甜在心里，但表面上装得特不屑地说："我倒愿意他忙得没空理我。没本事，没事业，再不听我的，我要他干吗？"

女孩们都笑了，她们说："要真是有本事、有事业的，你恐怕也得偷着哭，现在外面'妖精'这么多，分分钟被勾走啊！"

秦明月以为自己会跟姜水就这样不甜不咸地过完这一辈子，可他还是做了她不能忍的事。

秦明月离了婚，住在公司的小仓库里，同事都很诧异。好在秦明月也不是躲着藏着的人，她直接告诉大家说："他要追逐自己的理想，我呢，就想找个脚踏实地的男人过日子。以后呢，你们见着什么老光棍、离异男，都想着你明月姐点儿！"

话说明了，大家也就不私下里交头接耳了。

计划没有变化快。公司黄了，一时间，秦明月像没头苍蝇一样被扔进了偌大的城市里。秦明月一家一家公司去面试，人家HR（人事）见她过了三十岁，就说："不好意思，秦小姐，我们还是希望能找个年轻些的。"

秦明月跑了半个月，倒真是找到了一家小的仓储公司。只是老板的目光贼溜溜的，让秦明月不太舒服。

可是，找的是工作，难道还要像相亲一样相老板吗？

明月32岁，中等个子，眼大肤白，胸大腰细，是那种丰满的身材。智商正常的女人都会对男人的目光里包含着的不怀好意十分敏感。只是，明白又怎样？前任公公病倒，前任小姑子被追债，房子做了抵押，还有一个孩子，一家子住到自己租的那不足五十平方米的房子里，别的不说，去个洗手间，都得排队……若是从前，也没办法，毕竟是一家人，现在自己以前妻的身份跟他们住在一起，算怎么回事呢？

欠朋友的钱要还，房子要租，秦明月忍下了那让她全身不舒服的老板。

树欲静而风不止。上班第三天，明月正在弯腰点仓库里的货品，老板闪身进来，从背后一把抱住明月。

明月也不知道哪来的那么大的力气，用肘击中老板的腹部，回手就是一记耳光。

从仓库里跑出来，站在春天的阳光下，梧桐树在抽枝发芽，鸽哨响彻晴空，秦明月整个人却像虚脱了一样。整个世界都把她隔离在外。

她想起了一个月前历经生死的小姑子，不禁心疼起来。人在绝境，泛起同情心，会让心境更添一丝悲凉。

秦明月万念俱灰地回到家，想着要不然就回老家算了。回去管他是老张还是老王，随便找一个谁，凑合着把一辈子给过完。还能怎么样呢？

一个家里都没有张能趴着哭的床，明月躲进厨房哭，姜水走进来，递过来一杯水，还有他的卡。那是他这辈子做过的最浪漫的事吧？

她握着那个杯子，水是温的。姜水瘦了很多，整个人像纸糊的似的，估计风一吹都能刮跑……

秦明月知道姜水过着什么样的生活。这些日子，一大家子住在一起，他晚上熬夜到天亮，不能好好地睡觉，还要给爸爸和魔豆做饭，不过是三十几岁的人，看着像四十几岁似的，弓着腰，额角的头发都白了。

她看到他给老爸和魔豆买牛奶、煎鸡蛋，自己却从来不动筷子。现在，他居然把卡给自己……还有，那八万块钱，他也是拿去替小山还债，就算告诉自己，她会不同意吗？不过，他为什么不告诉自己啊？

两个人和好如初后，秦明月狠狠地骂了姜水一通。

"姜水你这个王八蛋，你觉得我秦明月对你们老姜家人不好吗？你们家什么活我没干过啊？我怎么在你心里就变成了爱钱如命的女人了？小山有难，我能坐视不管吗？可是你呢，你把我置于何地啊？亏你还天天在网上写什么东西，你连人事儿都不懂，难怪你写的那玩意儿没人爱看，不接地气！"

姜水急了，急吼吼地翻出一张奖状，很神气地摆在秦明月面前："我跟你说，你还真别有眼不识金镶玉，哪一天我真得了诺贝尔奖，讲起我老婆是如何对我的……"

"哟，哟，哟，我看你还是闭嘴吧！这什么啊？社区文体活动积极分子？你又给社区那帮老太太写表扬信了吧？奖金呢？奖品呢？"

秦明月伸着手向姜水要。

姜水笑："就知道奖金、奖品，你俗不俗？咱这社区住着大几千人呢，得这奖状的你猜有几个？"

姜水很自豪地伸出三根手指："就仨人！在咱小区门口贴了小半个月呢！"

秦明月撇了撇嘴："瞧把你美的，我还以为老太太们把这房奖给你了呢！哎，咱俩说那八万块钱的问题呢，你倒能扯，这都扯哪去了？你知道我为什么生你气、骂你了吗？"

姜水说："就算我没错，还不能让我老婆随便骂着玩啊？"

秦明月给了姜水一拳："贫吧，你！"

姜水正经起来，握住秦明月的手："我就是知道跟你说你也会同意，所以就没说，说了你再着急上火……"

"姜水，你还没明白我说的话是什么意思，我的意思是帮不帮小山还债是一回事，你动这钱告不告诉我是另外一回事。前者是我的人品问题，后者是你的态度问题！"

这些年的财务工作做下来，秦明月渐渐地变成了一块石头，认死理，较起真来，认真得跟做账目一般。

姜水当然知道自己错了，不过，男人的想法是："我告诉不告诉你，你不都不反对吗？结果都一样，有什么分别？"

他嬉皮笑脸地哄明月："我错了，我错了还不行吗？你不都惩罚我了吗？我以为我这辈子就得像我老爸一样孤独终老了呢，我让你看看我写的小说里的一个老人的故事，保准你看得眼泪哗哗的！"

秦明月可不想看他那天上地下几维空间里拯救地球还是银河系的破小说，她想知道的只是姜水的工作找得怎么样了。

一提找工作的事，姜水默不作声了。

好半天，他从键盘下抽出来一沓纸，说："这是我发网文的那家网站给我的合同，他们说签了后会力捧我，你知道，网站力推的作者都有机会成为大神，明月，这回我真不是给你画饼，是真的……"

姜水语速加快，眼睛紧紧地盯着秦明月。秦明月知道他心里的想法，只是，她害怕之前的事重演。

她从包里抽出两张纸给姜水看。一张是月嫂公司的培训单，一张是秦明月欠的账单。

她的手落到姜水的肩上，目光落到地面上。她说："姜水，不是我不容你，不给你实现梦想的机会。如果我是富婆，你在家里乖乖写东西，不，哪怕我不是富婆，只要我们没有拖累，不欠债，我自己出去做保姆、做钟点工，你都可以做你想做的事。只是现实太霸道，硬生生地砸在我面前。我都只能低下头去月嫂公司，还有，你看看小山，没有小山不干的活吧？昨天原来我们公司的一个女孩还在微信上跟我说，小山给她们公司送餐呢！姜水，我知道这可能是个机会，但也只是个可能而已，太渺茫了。我们没有清高到可以不吃不喝……"

　　"给我三个月时间，就三个月，明月，求你了！"

　　秦明月的心还是软了。只是，老周这几天一直打电话来催债，秦明月当然知道老周的想法，不在一个公司了，人如同一滴水一样，落到人海里，哪儿找去？钱最好都落在自己的口袋里才最心安。

　　"这个月底，我必须把这钱还清。如果你有办法解我的燃眉之急，把剩下的三万块钱还上，那你就写吧！"秦明月以为见了亮光的日子又被姜水那一纸合同搅乱了。她不过是想给姜水出点儿难题，让他早点退出来，踏踏实实地找份工作。秦明月去网上百度过，说大多数写手一个月能拿到的只有几百元到一千元。有网友说，想靠写网文爆红，除了非常有才华加勤奋外，还要有中彩票的运气。这些秦明月跟姜水说过，可他根本听不进去。如果不用现实这块冰冷的巨石把他砸醒，恐怕他还真的就在这条路上一条道走到黑了。

　　果然，看到秦明月竟然拿了月嫂公司的培训单回来，姜水再次动摇了。他默默地抱了一下明月说："我明天就出去找工作！"

　　秦明月点了点头，换了衣服说："咱们去看看爸和小山吧，搬到那么远的地方，我还真有些不放心！"

　　走在大街上，姜水一直神思恍惚。网站给的条件算不错了，重点作者，就这么放弃吗？

路过某酒店，有人结婚办喜宴。姜水突然灵机一动，明月说，只要还上那三万块钱的债就再给自己一点儿机会，用三个月来证明自己足够了，故事的框架都在他的脑子里呢！

他说："明月，咱俩复婚吧！"

秦明月转头瞥了姜水一眼："当然要复婚，不然你以为我会跟你不清不楚地过下去吗？"

"我是说，我们办复婚宴，收礼金！"姜水难得两眼冒光。

秦明月一脚踩到姜水的脚上："你还要脸吗？要这样，咱俩这婚就不用复了，不够丢人的！"

姜水跳着脚，龇牙咧嘴地紧跟在秦明月后面，他心里的主意已定，人穷志短，马瘦毛长，况且自己和明月这些年礼金随了多少啊！明月的公司一黄，这笔账不收，可不就成为死账了吗？凭什么啊？还有，自己那些旧同事再不联络联络，恐怕就都没影儿了，现在也不确定能找到几个，总得试试，得好好打听打听，不管怎么说，赚个三四万，应该不成问题……

嗯，秦明月这种现实主义者，他一定有能力说服她。

05

小山新租的地方是一处老旧的大杂院里的一间小南屋。

二十平方米，背阴，又潮，屋子原来是用来堆放杂物的，一进去有一种呛鼻的霉味。屋里又黑又脏。

陪着姜小山来看房的左娜看了一眼就捏着鼻子直摇头："不行，不行，你们又有老人又有孩子，住这种地方……不行，我们再找找！"

姜小山也很失望。但她跑了快一周了，能看上的都贵得吓死人。这间房的房租才一千四一个月，除了屋里状况不大好，外面都还可以。特别是离那所很好的大学不远，那有个挺大的操场，可以带老爸和魔豆去玩玩。

"没事儿，没住人可不就这样嘛。收拾收拾就好了！"小山从口袋里掏出小本，记着要买些什么。

左娜长长地叹了口气，拍了拍小山的肩膀说："亲爱的，你上辈子一定是折翼的天使，这辈子注定吃苦受累，我都恨我不是个男的，我要是个男的，就一定守护你！"

小山看着左娜笑了，她说："你不是男的，也已经帮我很多了。"

左娜有点儿小动情，她跟小山是初中同桌，一路看她辛苦走来，被何安那王八蛋一骗再骗。

"那王八蛋还不接电话吗？"

"如果他想联系，何至于这样？一个人故意藏起来，哪儿找去？"

"那就报警啊，把孩子送福利院去，骗了你的钱还让你带孩子，真当你是观世音菩萨啊！"

"孩子可怜……没事啦，亲爱的，这世界不像我们想象的那么好，但也不像我们想象的那么糟。人的脆弱和坚强都会超出我们自己的想象。你能想象对着拿刀的歹徒我的头脑会那么冷静吗？你知道我笨……"

左娜一向知道姜小山的性格，她能做的只是离开时悄悄地在她的包里塞一千块钱。

院子里那棵老香椿树上的香椿芽已经过季了。阳光从树的枝杈的缝隙里落到姜小山光洁清秀的脸上，世界仍是如此美好。

小山忙碌了起来，找工匠把低矮破旧的窗子换了，又买来涂料，戴上报纸帽上蹿下跳地做起了粉刷匠。

就是那时，她认识了沈良年。

沈良年骑着辆很漂亮的山地车出现在大槐树下面，"喂喂"地冲着小山喊。邻居胖婶赶紧扯着嗓门喊："小山啊，房东来了！"

姜小山戴着报纸帽，脸上、身上全是涂料，站在了门口。沈良年上下打量了一下姜小山，问："自己住？"

"没有，和老爸、孩子一起！"

"离婚了呀？不像啊！"沈良年瘦，一笑就打晃，他像听到了什么开心事。

胖婶赶紧凑过来，有些忧心忡忡地说："哎呀，那你原来住的房子给你前夫了？他是特难缠的那种吗？你不知道啊，原来我租房子时的邻居就是离婚的，那前夫见天儿来找，两人见面就打，打着打着还住一宿……"

姜小山连忙打断胖婶："胖婶，说什么呢？我还没结婚呢，孩子……"

沈良年"啪"地打了个响指："未婚妈妈！酷！这样，看你也挺不容易的，年纪轻轻就带一孩子，房租你给我一千就行！"

姜小山本来还想解释，一听说房租减了四百，哦，未婚妈妈就未婚妈妈吧。年纪轻轻？哈哈，房东年纪也不大啊。不过，现在人都显年轻，还真看不出房东有多大年纪，人很瘦，头发扎成个小马尾，戴着副圆圆的眼镜，挺有书卷气的。

姜小山把手指伸到太阳穴，做了个很帅气的敬礼的姿势说："那就谢谢了！"小山一笑，脸上有两个深深的酒窝。

沈良年吹了声口哨，掏出《合同书》，说："我这人啊，就看不得美女受罪！"

本来有的书卷气被声口哨吹掉了，倒吹出来一丝丝痞气。

小山又笑了，这人，有意思。有个不讨人厌的房东，自己以后的日子会好过些吧！不过，最好还是别麻烦到房东。

姜小山赶紧找了张报纸擦了擦手，握笔签字。沈良年说："一个月省四百块钱，赶紧找个工人帮你刷刷得了，女孩子哪能干这活儿？"

"就是啊，你这细皮嫩肉的，多可人疼啊！哪像我们老皮老脸的，谁理啊！咱们房东啊，还真是怜香惜玉的'宝二爷'呢！"一边择菜的胖婶吃了醋，还是年轻女孩子吃香，一张嘴就给减了四百，自己这房租可是一个月两千，一分不少呢！

姜小山笑着把笔和合同递还给沈良年，说："沈哥，真的谢谢你！这点活儿我自己能做！"说完转身进了屋。

沈良年指着姜小山那屋对胖婶说："不容易，多照顾着点儿啊！"

沈良年骑着车子晃晃荡荡地离开。

胖婶嗑着瓜子凑到小山的屋里说："怎么样，赚着了吧？一减就四百啊！我看啊，沈少对你有点儿意思！你没看那韩剧里，女的离了婚带一孩子，一准能找上'高富帅'……"

"胖婶！"小山拉长了音以示反对。

"也是，你也别多想，人家有钱，咱这破院子才值几个钱？听说他有好多处房产呢，还做着啥投资，他这人也怪，有钱人不都开个豪车吗？他就骑个破自行车！"

"胖婶，就他那自行车，比一辆车还贵呢！"

"真的？那自行车那么贵？"胖婶的眼睛瞪得圆溜溜的，"我还寻思他越有钱越抠，唉，他有那些钱，还能少得了女孩？唉，人这命啊！"

姜文渊搬过来时，好大的不乐意，他噘着嘴不说话。倒是魔豆不知从哪掏出了一根烟塞到老姜同志手里，说："姥爷，抽烟吧，不生气！"

姜水跟秦明月也赶紧过来劝："爸，您放心，我们仨努力工作，将来准给你买个大三居，咱们一家人住一起。"

"指着你们啊？那我得活多大岁数啊？我这辈子再无能，好歹还有个家，这倒好，就一个老窝儿还让你给败没了。我连我儿子都没给啊，你这败家姑娘……"

说着说着姜文渊动了气，抓起桌上的杯子就砸了过去，姜小山一躲，杯子砸到了新刷的墙面上，碎成了片，水溅得到处都是，小山的眼泪也流了下来。

"爸，我向您保证，我一定让您住上自己的房子！"小山说得咬牙切齿。

魔豆"哇"的一声哭了出来，他抱住老姜同志说："姥爷，你别骂小姨，别骂小姨行不行？"

姜水和明月也赶紧帮着劝老爷子。倒是扒着门偷听的胖婶一头雾水："他不是这姑娘的孩子吗，怎么叫她小姨？哦，一定是怕外人知道笑话！"

姜小山把自己变成了一只陀螺，只要是能接到的活都接到手里。可一个女孩子风里来雨里去的，还要顾着家里的老的小的，累和苦可想而知。

更关键的是，一个女孩子在外面，难免会被欺负。那次老板让小山去收餐费，可是那家公司的负责人推三阻四，就是不给。

她站在公司里喊那负责人，公司里的人都瞅过来，负责人赶紧拉着姜小山出公司。在公司门口，那人仍是一副死德行，姜小山一手抓住他的手，一手抓住自己的衣服，说："今儿要是拿不到钱，我这些天也都白跑了，您要不给，那我可喊了，您这么大年纪，公司里的人出来，领导追究起来……"

负责人大概没想到这个秀气漂亮的小姑娘会来这么凶猛的一手，"腾"的一下冷汗都冒出来了，说："你松开，松开我就给！"

小山松开手，负责人从兜里掏出一沓钱扔在地上。刚下过雨，地上还积着水，可小山不在意，她蹲下捡起钱，心里想着，老板说了，能把这账收回来，就给她百分之十五的提成，然后就可以带魔豆去吃点儿好的，再给老姜同志买床电热毯。

她转身走时，看到了商明河的宝马车。那车救过她，她忘不了，不会看错。她的心里像被泼了一盆冷水一样。刚才自己那副样子，他看到了吗？他一定觉得自己很无赖吧？

干吗要在意他对自己的印象呢？他们本来就是两个世界里的人。姜小山这样一想，心里的凉变得温吞了，只是觉得无力。她对这世界能有什么美好的期待呢？也不过是给自己一点儿心理安慰，鼓励着自己支撑下去罢了。

一个人在生存都成问题的情况下，自尊值几文钱呢？姜小山心里的遗憾只生长了两秒钟就缺氧而死了。她得存着力气去干活养家呢！

那块手帕一直放在她随身背的小包里，偶尔拿出来看看，心里也不知道是什么滋味。

06

那段日子商明河忙得昏天黑地。世界都不在他的脑子里，他的世界只有一台计算机，只有鼠标和键盘，只有电脑屏幕和满脑子的代码。每天奋战在电脑前，所有的生活规律都被打破了。

商明河一向是个对生活品质有极高要求的人。从家里搬出来，没要老妈一分钱时，他的生活品质也不曾将就过。租两万一个月的房子，每天七点起床，健身，吃早餐，给公司同事发邮件，然后去公司上班。晚上邹大庆泡夜店时，他回到家里，看看书，上上网。

周末他一定要休息，花几万块钱办了健身卡，严格按照私人健身教练的要求练出八块腹肌。邹大庆不明白他为何这样如同僧侣般刻板地生活，他说："明明可以靠脑吃饭，偏偏折腾身体。"

商明河笑了，那是他想要的生活，一切尽在掌握。他可不想将来有机会去美国纳斯达克敲钟时，是带着一身肥肉去的，创建了公司，积累了财富后，接下来的人生要以药拌饭度日。那不是他想要的生活。

可公司融了资，进入了快速发展阶段，很多事就不能慢慢吞吞地做，时间总是不够用，他要用最快的速度拿出业绩表给投资者看。这个世界上的聪明人太多，别以为什么点子都只有你能想到，别人想不到。只要你偷一点儿懒，分分钟就会被人甩开几条街。

邹大庆没事就喜欢吐槽商明河："我一直想不明白你是什么人。明明是'富二代'，可以躺着吃喝玩乐，偏偏跟我一穷哈哈的'苦二代'拼事业，为什么啊？"

邹大庆负责公司的日常管理，商明河负责技术和找碴儿。

商明河闭关时，邹大庆最自在逍遥。

那天考拉进来几次催商明河下班，商明河不胜其烦，摆手让考拉和同事们下班，自己再工作一会儿。

直到把最后一组代码也搞定，商明河累得像散了架一样。他仰头靠在椅子上好一会儿，才从工作状态切换出来。

关掉电脑，拿了车钥匙，打电话给邹大庆，邹大庆的电话背景声自然是闹哄哄的，商明河突然觉出了一点儿寂寞。

邹大庆说："你赶紧来吧，庆祝一下。"

商明河动了心，心想一定要喝点儿酒，别喝醉，微醺就好。

商明河往外走，突然公司的门开了，他的心"咯噔"一下，进贼了？他下意识地往门后躲了躲，透过玻璃刚好可以看到进来的人。

来的人竟然是姜小山。

她穿了件格子衬衫，手里提着一只袋子，有气无力地走到一盆也门铁面前，蹲下，拿出小铲子，松土，施肥，起身去端水。

从洗手间出来，姜小山脚下一滑，身子一晃，她"哎哟"一声，摔倒在地上，小桶里的水洒了一地。商明河差点儿就奔出去，却停了一下，忍住了。

在暗地里观察一个人，商明河此前没发现自己有这爱好。

姜小山坐在地板上好半天都没起来，她靠着墙，很痛苦、难受的样子。

商明河看到水漫到了她的身下。她是摔伤了吗？地那么凉，再洇了水……

商明河推开门，大步走到她面前，伸过手去想拉姜小山起来。

姜小山的手并没有伸给他，她微微仰起头，看着商明河，有些诧异，声音里透着虚弱问："你还没走啊，加班吗？"

"起来！"他的手伸着。

姜小山略尴尬："稍等会儿，头……有点儿晕！你能去我包里帮我拿块糖过来吗？"

商明河看着地上四溢的水，弯腰抱起了姜小山，三步并作两步地把她放在一把椅子上，然后去翻姜小山的包，那里面还真有几块水果硬糖，他拿了两块递给她。她脸色苍白，低着头接过糖，手抖得剥不开。

他接过来，剥开，想要放到小山的嘴里，小山的脸红了，伸手接过去。

明河也很不自然，心想，自己什么时候会做这样的事了？真是"活久见"，在这只兔子面前，自己真是不断突破下线。

"什么毛病？吃糖有用？"

她的手抬了一下没抬起来，那块糖落到地板上，姜小山人软软地往下倒。

"真烦！"商明河上前一步，当了人肉支撑架。

姜小山倒在了商明河的怀里。

他伸手摸了摸她的头，凉凉的一层汗。他抱起姜小山，迈开大步往自己的停车位走。

商明河的车在马路上飞奔时，邹大庆打电话来问他怎么还不来。商明河只答了一句："有事儿，不去了！"就挂断了电话。副驾驶位子上的姜小山皱着眉头醒了过来，一只手搭在商明河的胳膊上："去哪儿？"

"医院！"

"不用，我就是血糖低！吃块糖就好了！"她竟然还在提那糖的事。

商明河白了姜小山一眼："你可真够逗的，拿糖当药吃，那药店、医院不就都黄啦？"

姜小山不语。绿灯亮了，商明河一脚油门踩下去，嘴也没停："在你眼里，钱就那么重要？比身体还重要？吃糖能救命的话，医院就不用开了。"

姜小山大概头还晕得厉害，眼睛闭着，好半天吐出一句话：

"当然很重要。所以不能去医院！我没事！我的身体我知道。"

"有事没事也得医生说了算吧？要真死了，阎王爷那边估计兼职不好找！"

商明河瞥了一眼生病还怕花钱的姜小山，心里想，在爱钱这一点上，她还真跟老妈有一拼。在老妈心里，钱永远是排在第一位的吧？不同的是，老妈有钱，她没有。

商明河第一次陪人进医院，交了钱后，跑回来看到姜小山已经在输液，昏昏沉沉地睡着了。

大夫说姜小山应该没什么大事，就是过度劳累。大夫挑了下眼皮看了商明河一眼，说："看你的样子生活条件不差，怎么能让女朋友虚弱成这个样子呢？你们年轻人啊……"

什么？大夫想到什么地方去了？商明河反应过来，但他没兴趣解释。他们之间，根本就没这种可能好吗？

商明河本想一走了之，但走进病房，看到姜小山一个人孤零零地躺在病床上，商明河又嘟囔了一句："真烦！"他拉了一张椅子坐在她对面。她的脸几乎是张白纸，整个人像片树叶一样落在床上，他拉了被子帮她盖好，把落到额前的头发帮她拨到耳后。她睡得很沉，偶尔会皱皱眉头。

他碰到她，好像就没什么好事儿，每次都出那么点儿不大不小的意外。也是奇了怪了，最近自己怎么总是遇着她呢？

商明河是最怕麻烦的人，想着打电话找个人来陪她，自己好脱身走人。可是，他想起那天那拿扫把打她的老人，想起那哇哇大哭的孩子……还是算了，自己好人做到底。

她应该没吃东西吧？商明河掏出手机查了一下附近的蛋糕店，在网上叫了一份蛋糕。他去医院门口等着取方格子蛋糕时，一个女人怀里抱着孩子，哭哭啼啼地拉住商明河说："帅哥，帮帮我吧，我的孩子没钱住院……"

商明河瞟了一眼那个女人，她的眼里闪过一丝慌乱，急忙用手去擦眼泪，商明河说："大姐，我帮你抱孩子，我们一起去交款！"

但女人迅速地扑向了出现在医院门口的一对中年夫妻。

商明河提着蛋糕进病房时，姜小山输完液醒了过来，看到商明河，立刻显出一脸歉意，说了一句："又欠了你一个大人情，总还不了，怎么办呢？"

商明河很讨厌她那副总是麻烦你、不好意思的神情。别人帮了她，那是人家自己的事，跟她有什么关系？

"谁叫你还了？"说完这句，商明河又加了句，"我知道我很帅，但你也别想太多，我只是做好人好事！"

姜小山笑了。

"我没胡思乱想那个爱好！我没事儿，你可以走了……嗯，你真的挺帅的，心也好！"说完，姜小山又笑了。

商明河看到笑容浅浅地浮现在她那苍白的脸上，有那么一点点微妙的感觉。

"我都说做好人好事了，就要做到底，把这个吃了，然后我送你回去！"小山犹豫了一下，大概是真的饿了，一块蛋糕几口就被她消灭了。她的唇角沾着蛋糕屑，商明河很想伸手替她擦掉。从前鹿笙就爱吃这家的方格子蛋糕……自己怎么会想到鹿笙？

人总是这样，最开始，心里想的都是她，以为这辈子都不会再有别人。渐渐地，她开始模糊起来，偶尔想起她，会突然愣一下，然后想："哦，我已经多久没想她了。"鹿笙之于商明河就是这样。

那一段爱情逝去，开始时他感到痛彻心扉，慢慢地感觉变迟钝了。现在想起来，恍若隔世。

他扔了张纸巾给她："擦擦嘴，赶紧走！"

姜小山起床时，大概头有点晕，人晃了一下，他上前一步扶住她，伸过肩膀让她靠着，小山往后躲了一下，犹豫着不肯。

"都说了别想太多，我只是不想你再昏倒一次，你知不知道你还挺重的？身体虚弱还这么重，怎么长的？"商明河也不知道一向酷劲十足的自己，为什么啰唆得像个老太婆。

姜小山的半边身子靠在商明河的手臂上，样子有点别扭。

商明河忍不住说她："你不连孩子都有了吗？有什么好扭捏的，心不甘、情不愿的人也应该是我好不好？像我这样帅的人……"

走出病房门，小护士追上来打断商明河的话叮嘱："不用再来输液了，好好休息，多吃点好的！帅哥，对你女朋友好点儿！还有，明天最好过来检查一次。"

小山抬头看了商明河一眼，商明河迅速收回给护士小姐的那脸假笑，姜小山低头笑了一下，小声说："偶像剧看多了！"

"嗯？"商明河没明白姜小山说这话的意思。

"以为你这样的帅哥会有我这样平凡的女朋友啊！那不是偶像剧里的情节吗？她不知道其实你只是雷锋叔叔。"

商明河笑了，侧过头看着姜小山说："你不用这样'自黑'吧！不过，你长得是挺平凡的，关键是这里……内存太低，也没更新版本的必要了！"商明河指了指自己的脑袋。

姜小山瞪了他一眼："在你眼里，谁是聪明的啊？还有，在我眼里，你就是一般帅，比蟋蟀帅那么一点点。"

"我看起来很好说话吗？你跟我很熟吗？"

"不熟！"

外面风挺凉的，姜小山只穿了件衬衫，商明河脱下西装给她披上。姜小山刚要拒绝，商明河瞪了一下眼睛："你刚说完我是雷锋叔叔！"

姜小山笑了。

"笑什么？"

"雷锋叔叔人挺好的！"

就在姜小山刚要往车里坐时，一个抱孩子的女人冲了过来："美女，救救孩子，我儿子……我儿子……没钱住院……"女人膝盖一软，人跪到地上。

姜小山急忙伸手去拉："大姐，大姐，别这样！"

商明河站在车的另一侧冷眼旁观。

姜小山开始翻口袋，翻了半天，掏出两百块钱，再掏出些零零碎碎的钱："大姐，我就带了这点儿钱，这些都给您。孩子病了，您得坚强点儿，您要是病了，就更糟糕了，会好起来的！"

纵使商明河脸盲，也仍能一眼辨认出抱孩子的女人就是刚刚跟自己要钱的那个女人。那个女人长得很像熊，黑熊，一脸凶相。

女人一把抓过姜小山手里的钱："这点儿钱连一瓶药都开不了，您的车这么好，怎么这么穷啊？您带卡了吗，那边就有自动取款机……"

商明河心里骂了句"烦"，大步走过来，一把从女人手里抢过那把钱，训斥姜小山："你只是烫头发时才用脑吗？你这女人真是……"

抱孩子的女人显然没想到钱会被人抢去，手一滑，怀里抱着的孩子掉到了地上，被子散开，里面居然是个玩具娃娃！

"你……"姜小山愣了一下，女人捡起娃娃就想跑，但医院外冲过来两个警察和一对中年夫妻："就是她，就是她骗了我们的钱！"

警车"呜里哇啦"地开走了。

姜小山很气恼地说："这什么胆子啊，敢到医院里来行骗，这招数也太烂了吧？"

商明河把那一把钱塞给姜小山，说："还真别说骗子笨，不还有更笨的受骗者吗？比如你！"

姜小山噘着嘴不语。

"没看出来啊，你不是爱钱如命吗？还想帮助别人哪！"

这丫头到底是个什么人啊，就这样容易受骗吗？就这脑子，打十份工，恐怕也是穷光蛋一枚吧？

商明河想起前些天参加一个聚会时朋友送的一盒瑞士糖果，他找出来，塞给姜小山："这个装包里，下次晕倒前当药吃！"

　　"这个很贵吧？"铁盒子很漂亮，姜小山不敢要，"你自己留着……"

　　"不要钱，送你的！"商明河很生气地回了句。

　　她是什么意思？以为自己要卖一盒子糖给她吗，什么智商啊？怎么她说的每句话都能惹恼他啊？

　　"对了，花了多少钱？我明天去你们公司送餐时还给你！"姜小山又提了一次钱。

　　商明河终于忍无可忍了："大姐，您能不三句话不离钱吗？就允许你救济骗子，不允许我救济一下弱势群体……笨蛋？"

　　姜小山不再吭声。

　　有辆车子突然插到商明河的车子前面，两辆车差点来个"亲密热吻"。

　　姜小山发出"哎哟"一声尖叫，商明河的车子停了下来，他使劲地拍了拍方向盘。

　　"对不起！"

　　"关你什么事？我说，我真不喜欢'凄凄惨惨戚戚'的受气包，你别也是偶像剧看多了吧？友情提醒你一句，偶像剧平凡女主的活你干不了。你有每句话都把人惹生气的特质。还有，你是不是觉得我不发脾气，就很好说话啊？"

　　商明河突然想起一事，创业之初，有一段时间邹大庆简直成了"晒恩爱狂人"，天天在微信上晒他跟一女孩的照片，弄得商明河和朋友们都以为邹大庆终于遇到了"真命天女"。

　　结果没过多久，邹大庆气急败坏地说他上当受骗了。要不是那天在夜店被一个跟邹大庆熟悉的朋友撞到，邹大庆还真以为自己遇到纯洁无比的"小白兔"了呢！

　　那事儿商明河笑了好久，他说："该，玩鹰终让鹰啄了眼！"

　　商明河瞟了一眼坐在副驾驶位置上闭口不言的姜小山，突然觉得可疑起来。那天替自己叫代驾的那个姑娘分明是认识姜小山的，还跟自己讲了她的心酸史。然后，她就不断地出现在自己的面前……可那天被劫持的事儿怎么解释呢？

如果是有意安排的，那她都能演戏了吧？那天被劫持估计是提前没想到的。她若想钓自己，绝不会那么快就让孩子"出镜"。商明河越想越可疑，怎么就那么巧，她给他做代驾，她送绿植，她送餐，她晕倒，甚至刚才她表现出来的善良……演技不错啊，小妞。

"问你一事儿啊，是不是你们这样的女孩都把嫁入豪门当理想？"

"啊？"姜小山半张着嘴，没明白商明河的话。

"你处心积虑地接近我，别告诉我只是巧合！"商明河摆出压迫性的气势来，一张脸冷酷无情，但也非常帅气！

"我接近你？处心积虑？"姜小山半倾着身子，指着自己的鼻尖，脸上露出不屑的神情。

她冷笑了一下，人靠到座椅上坐正。

"我明白了，原来你一直觉得我出现在你面前，是对你有所企图，想骗你钱，嫁给你。那你怎么还做好人好事而不把我送到公安局呢？大哥，我是说你感觉良好呢，还是说你很可怜呢？"

"可怜什么？"

"我以为这世界上就我害怕上当受骗。可现在，我觉得我健康极了。虽然我有过那么惨痛的经历，但我还对人保持着最起码的信任。你有车、有房、有公司，有才、有貌，什么都有，很可惜，世界在你眼里不过是个陷阱。你做好事，帮助我这样的姑娘，都觉得我在设计骗你，你不觉得这样的人很可怜吗？"姜小山倒还真伶牙俐齿，几句话几乎让商明河无话可说。

"喂，你打算教训谁啊？"商明河气恼起来。除了老妈，谁这样跟自己说过话啊？

"不好意思，我没想教训你。我也没这义务。还有，我明明白白地告诉你，我对你没兴趣。天天见着你那张狗都不爱看的臭脸实非我所愿。我只是为了养家糊口，你别想歪了。还有……"

"还有什么？"

什么？她有审美能力吗？难怪每天都穿得那么丑，说他长着张连狗都不爱看的臭脸？商明河一直以为自己成熟到不喜怒形于色，可是，在这惹祸精面前，他总是控制不住自己。

"没什么了，停下车，我到了！商先生，之前我一直对您的救命之恩很感激，您今晚等于又救了我一次，我一样感激。但鉴于您对我行为的侮辱，扯平了。谢谢您送我回家！"姜小山在商明河面前不是不自卑的。他那么优秀，那么帅气，明亮得像天边的一颗星，他再三地帮助自己，但她也真切地感受到了他的轻视。他不通过自己的微信请求，他认定她是"爱钱鬼"，他质疑她出现在他生活里的动机……

这一切都让姜小山很受伤。

商明河还没来得及做出反应，姜小山便跳下车，走进了胡同里。

商明河头探出车窗看了一眼，她住这里？这不就是自己在公司里可以看见的那一片等待拆迁的大杂院吗？自己真的误解她了吗？

"真烦！"商明河觉得自己的情绪再次被这女孩弄糟了。

"哎，你别忘了明天去医院做个全身检查！"他冲着她的背影喊了一句。

她没有回头。这哪儿跟哪儿啊？他商明河什么时候沦落到为一个不相干的女孩操碎了一颗心的地步了？烦！

第二天，商明河睡了个大懒觉，醒来的第一个意识竟然是想起姜小山的那张脸。他极力想摆脱那张脸，心想："看来自己真的要谈场恋爱了，再这样下去会成为怪人吧？"

下午出现在公司时，考拉拿了五百块钱给商明河。她说是那个送餐的姑娘送来的，说还给他。

考拉的目光里满是疑问，商明河并没有满足她好奇心的想法。他捏着那五张脏乎乎的钱，心里五味杂陈。

考拉多嘴多舌："早上我来时，那女孩就等在公司门口了。我开了门，她进来收拾了养护花的工具……"

"是谁把公司的钥匙随便给人的啊？这都下班了，什么人都能进来，咱这不成农贸市场了吗？"商明河心里的怒火接上了前一晚的，熊熊燃烧了起来。

"您忘了是您最后走的，您锁门的吗？"考拉怯生生地回答，老大这脸还真是阴晴不定，早知道就不进来点这炮筒了。

商明河还真是气昏了头……

"出去，把门关上！"

世界安静了。药费并没花那么多，她是不想欠自己的吧？装有骨气？她不是爱钱如命吗？这五百块钱她要送多少花、多少餐饭才能赚到？她真的不是故意摆出姿态钓自己吗？

那盆豆瓣绿水分适中，不再掉叶子了，还长出了几片新叶子，每片叶子都油汪汪的，绿得可爱。商明河抚摸着那些叶子，想起那个倔强又虚弱的姑娘。

邹大庆进来问明河，怎么昨晚说得好好的要庆祝庆祝，却临时反悔了呢？

商明河问："如果一个爱钱的女孩，三番五次以各种理由出现在你面前，会是怎么个情况？"

邹大庆给了明河一个夸张的表情："你不一直都在闭关吗？快说说，怎么桃花还开了呢？"

"什么桃花？是我朋友的事，赶紧给我分析分析，会是什么原因？"

"你的朋友哪个是我不认识的？"邹大庆坏坏地笑，"还有，你什么时候这么关心朋友的这种事了？"

"说还是不说？"商明河的脸拉长了。

邹大庆用了然于胸的表情看着商明河："我跟你说，她多半是知道你是个'多金富二代'，给你下套呢！这'高富帅'爱上不靠谱小姑娘的戏码，言情小说里不都这么写吗？我说老大，如果我是小姑娘，我也倒贴啊！嫁给你，那这辈子不齐活了嘛！退一万步讲，不嫁给你，跟你谈场恋爱，跟那鹿笙似的，也能去英国留学嘛！"

"你说什么？鹿笙去英国留学跟我有什么关系？"商明河的目光灼灼。

邹大庆自知失言，赶紧往回找补。

"能让您老人家这么烦恼的，到底是什么样的美眉啊？让我见见，我老邹火眼金睛，一眼就让妖精现出原形来！"

"不吹牛能死吗？你自己被骗那事忘了吧？哎，我说了不是我！"商明河嚷了起来。

"对对对，你朋友。话说，到底是你哪个朋友我不认识啊？"

"滚！"

"喳！"邹大庆嘻嘻哈哈地"滚"了出去。

商明河的心里五味杂陈，她的晕倒肯定不是演出来的，如果那都能演出来，她都能去奥斯卡拿奖了。

自己还真是，人都帮了，又没骗自己什么，想哪去了？没看出来，她还挺能言善辩的，嘴那么厉害，难道她头不晕了，血糖正常了吗？那盒糖她并没拿走，她……算了，商明河敲了敲脑袋，一个不相干的女孩，自己琢磨这么多，浪费自己的优质脑细胞也太不值得了。

自己一定是太久没有女朋友了，身体的某些机能发生了变化，想法变得匪夷所思了……要不，顺了老妈的意，跟莫北吃个饭？可一想到跟莫北吃饭、说话那份累，商明河就先打了退堂鼓。

商明河想起微信上她发的验证，鬼使神差，他点了通过。手机上出现"我通过了你的好友验证请求，现在我们可以开始聊天了"，明河对着那对话框愣了一会儿，把手机扔到桌上，过了半天又拿起来，看她的朋友圈，全是送餐公司的广告，花卉公司的广告，找兼职的广告……

只有两天，她写到了心情，她说："别人是笑起来很好看，只有你，看起来比较好笑。"另一条，她说："连死都没资格时，你不做'小强'，又能怎样？"

看得出她灰暗的心情。

商明河再次放下手机，握着那把孔明锁发呆。

一连很多天，姜小山都没来公司送餐。来送餐的是个呆头呆脑的男人，有一天又给商明河送来了放姜丝的饭菜。商明河急了，拿了菜出去给正在收钱的送餐员看，他说："今天的饭钱不能付。告诉你们多少遍了，我的这份不能放姜，不能放姜！长脑子是为了显个高的吗？我看起来很好说话吗？"

送餐员哭丧着一张脸说："我算知道那丫头为啥死活要跟我换了！事儿真多！"

商明河转过身来盯着送餐员："你让姜小山来，她来，我就付今天中午的账！"说完，他快步走进自己的办公室，摔上门。

邹大庆很快跟了进来，坐在商明河面前的桌子上，转着一支笔，若有所思地看着商明河。

商明河对着电脑，看也不看邹大庆，说："没见过帅哥长什么样？还不赶紧出去干活？"

"我说老大，不对劲啊！"

"哪不对劲？"

"就算你不吃姜，但以你的脾气也不至于为一餐饭发这么大的火吧？还有，不吃姜的'童鞋'好像对那姓姜的女孩兴趣很大啊？"

"就你最聪明是不是？你是不是吃饱了撑的没事儿做？把这个资料拿去找人翻译，里面是我美国的同学传过来的最新技术动向，注意保密！"商明河把一沓材料扔给邹大庆。

"我说，你都空窗多久了？你老不近女色真不行，容易……"邹大庆继续贫嘴。

商明河拿着文件夹冲邹大庆比画了一下。

邹大庆拿起材料狠狠地瞪了商明河一眼："算你狠！"

一个下午，商明河都不太安心，以为姜小山会来收钱。但是并没有。

倒是考拉进来问明天是不是要换家餐馆送餐。商明河拿着那把孔明锁想了一会儿说："这家店饭菜的味道还可以，还是订它家的吧！哦，对了，中午的餐费他们来收了没？"

"来啦！"考拉答得干脆。

"谁来的？"商明河立马坐直身子。

"那个姓姜的女孩啊！"

"怎么没叫我？"

"邹总说不用惹你嘛。再说了，您不都说了，她来，账就付！我就把账付了！"考拉自作聪明地以为替老大分了忧，却不想弄巧成拙。

商明河气急败坏地推了一把键盘。这都是什么智商？她来了账就付，是说她来让自己看到……

"怎么了？不应该给吗？那我明天……"

"算了！你先出去吧！"商明河摆了摆手。

"还有一件事儿，咱们公司走廊里不是堆了一堆废纸箱、废纸吗？那姓姜的女孩问我这些还要不要，我想着叫收废品的还得找电话号码，那些也不值几个钱，就自作主张给她了！"

"知道了，出去吧！"商明河心里对姜小山的鄙视又增加了两分，还真是爱钱如命，都开始捡破烂了吗？他真的很好奇，什么样的经历会让一个女孩成了赚钱工具。他又想起了鹿笙，她连一百跟五十都分不清。谁给她说了什么东西多少钱，她会立马忽闪着大眼睛问明河："贵吗？"

明河总爱弹她的脑门，说："你这样的傻瓜啊，别人把你卖了，你还得帮人数钱呢！"

鹿笙总是甜甜地笑："这世界上只有一个人有权卖我！"

"谁？"

"你啊！"

商明河被她气笑了。鹿笙捏着商明河的鼻子说："可是啊，你怎么会舍得卖掉我呢？像我这么笨的笨蛋可不好找呢！"

商明河站在窗边，窗外是条繁华的马路。马路对面，是低矮破旧的大杂院。据说那里的原住民早就都搬走了，现在住的都是外来打工的，鱼龙混杂。

电话响起来，是老妈舒培打来的。她说："晚上一起吃个饭吧！"

"我可能会晚点儿！"商明河并不需要加班，但他不愿意跟老妈面对面太长时间。

"我也要开个会，那么我们八点在亚酒店见，莫北说那的牛排不错！"

老妈有女强人的风范，跟儿子说话也像是谈公事，干脆利落。

好吧，那就……见见莫北。

07

小山拖着疲惫的身子用电动车带着那包废纸回到家时，老姜同志正在发脾气。他见了小山便嚷，早知道儿女都不孝顺，不如当初就死了，何必窝囊地活了一辈子，什么好处都没落着……

魔豆像小猫一样缩在破沙发的一角睡着了，他的小手黑黑的，紧紧地抱住自己。小山觉得鼻子很酸。

她把买来的饭菜摆卜桌，招呼老姜同志赶紧吃。自己俯身抱魔豆，不想五岁的孩子有些沉，一下没抱起来，自己也险些跌倒。

魔豆睁开眼睛，伸着小手抱住小山，"吧嗒"在小山脸上亲了一口，奶声奶气地撒着娇说："小姨，我想你了！"

魔豆长得很漂亮，有着长长的睫毛，清澈明亮的大眼睛，圆圆的小脸，无论他再怎么伶俐懂事，终究还是个要人爱的孩子。他小小年纪，不该承受大人的过错，无论是何安还是何安他爸，抑或是那个扔下他的妈妈。

小山回亲了一口魔豆的小脸蛋，抱住魔豆轻声抚慰："小姨也想你了，睡醒了吗？睡醒了吃饭吧！"魔豆乖乖地站起来，小小的手牵着小山的手。

小山越来越心疼魔豆，那么小的孩子，正是依偎在父母怀里任性撒娇的年纪，魔豆却乖得让人心疼。

每天她下班回来，听到钥匙开门的声音，魔豆就飞快地跑到门边给小山拿拖鞋，然后牵着小山的手说，今天看了什么电视，姥爷做了什么。

小山很担心老姜同志突然脾气发作，对魔豆做什么可怕的事，姜水也说实在不行就把老姜同志接到他那去住。可是，老姜同志走了，魔豆一个人在家怎么行呢？再说，哥嫂两个人的感情刚刚恢复，老姜同志再去捣乱，横生枝节……

小山教魔豆背自己的电话，背报警电话，一遍遍地教他正确说出自己家的地址。魔豆很聪明，几遍就记下来了。他眨巴着大眼睛问小山为什么要背这些。小山笑着拍拍他的小脑袋瓜说："为了安全啊！你跟姥爷在家，万一有坏人，你得保护姥爷是不是？"魔豆攥了小拳头使劲地晃了晃，说："我会武功，坏人来了，我就打他！"

就这样，小山也还是不放心，特意买了礼物给胖婶，嘱咐她白天在家时听着点儿家里的动静，胖婶爽快地答应了，她也心疼这小姑娘，家里老的老，小的小，真不容易。

处在社会底层的人特别容易泛起同情心。唯有同情了别人，自己内心滋生出那么一点点优越感，日子才好继续过下去。善良也是真的善良，只是，这善良后面是俗世里一棵葱两毛钱的比较。

胖婶说："小山啊，找个人吧，找个人帮帮你，日子就好过了！"

"好啊，胖婶，你看有合适的就帮我介绍介绍。"女人都有当红娘的欲望，小山随口一说，胖婶立即当了真，眼睛一亮。

"你这条件呢，摆在这儿，咱也别要求太高，只要心眼好，对老爷子孝顺，容得下孩子，就行，是吧？"

小山点了点头，心里落了一大片惆怅。原来自己的斤斤两两在胖婶这被看得真真的，自己的人生似乎还没拉开帷幕就已经千疮百孔了。就算自己真的咬咬牙，狠狠心找个人将就着过日子，又有什么人会将就她呢？小山回头看了看屋子里的一老一少，心里很是酸楚。再一想到那个商明河，她的心里又落了一层灰，怎么能怪他误会自己呢？自己这样的女孩，在他眼里可不就是个笑话吗？

吃饭时，魔豆絮絮叨叨地讲自己跟姥爷看的电视剧。小山挑了肉片夹给魔豆，心想，真应该给魔豆找个幼儿园，天天这样跟老姜同志待在家里，耽误了孩子。可到哪去找幼儿园呢？

吃过晚饭，小山收拾完，给魔豆洗完澡，看着老姜同志吃下药之后，已经十点了。小山又困又累，躺下，却睡不着了，翻看手机，发现商明河竟然通过了自己的微信验证。她想看看他的微信，家里没有网络，又不舍得花流量，想想就算了。

那天去还商明河给自己垫的医药费，那个脸圆圆的姑娘用疑惑的目光看着姜小山，她说："你怎么还借了我们'河帅'的钱？"

圆脸姑娘看小山不明白，解释说："'河帅'就是我们大BOSS，商明河，人长得帅，公司里的女同事都叫他'河帅'！"

小山不自觉地撇了一下嘴说："'河帅'？我看应该是目中无人、横着走的'河蟹'。"

想到这里，小山把通讯录上商明河的名字"冷漠天使"改成了"河蟹"。他是那种女孩喜欢的类型吧？虽然他总是摆出一副欠扁的样子，但心肠还不错。自己还真是像他说的，每次遇到她，他都大小状况频出。

他应该是那种从小到大都很优秀的男孩子吧？优越感都写在眼里，对什么事都是一副不屑一顾的表情。不过，他怎么能想到她是有意接近他的呢？小山苦笑了一下，自己早就过了做梦的年纪，况且自己也从没做过那样的梦。她的梦想不过是找个相爱的人，跟他一拳一脚开疆辟土，然后安守静好岁月，白头到老。可笑的是，就连这个小小的愿望竟然也成了梦想。何安那坏蛋……

想到何安，姜小山的心里像结结实实地堵了块砖。他的电话终于从无人接听状态变成了关机状态，或许他换了新的号码吧。他这种烂人，就算是坑人，怎么能盯着一个人坑呢？他是吃准了她再怎么翻脸也不会把魔豆赶出家门，或者他真有不得已的苦衷，想当年他们俩也曾有过美好的日子……

小山抹了一把脸上的泪，不再胡思乱想下去，但还是没忍住翻"河蟹"的朋友圈。

那家公司叫"芳邻居"，是做什么的呢？他年纪轻轻就经营着那么大的一家公司，真的很了不起。那家公司跟她去的别的规规整整的格子间公司完全不同，那面涂鸦墙可以写字，也可以画画。

她看到有一个人写："一定要娶到袁菲菲！"后面居然就贴了一张女孩的照片。涂鸦墙的中间写着一行字："永不放弃飞翔的权利！——商明河。"字写得很大，一笔一画，像小学生的字，很丑，但很认真。他的确有飞翔的资格，不过，他为什么总是针对自己呢？自己真的那么让人讨厌吗？

那天替代她给芳邻居公司送餐的大黑，回来哭丧着一张脸说："不带这样的啊，那人那么难搞，你让我去？人说了，你不去不给钱！"

老板还没说话，小山倒不是遇事往后退的性格，她皱着眉说："让我去是吧？那我就去！"

她进公司时，抬头看到楼上的商明河正坐在电脑前。她有意往他的视线看不到的地方站了站。圆脸姑娘过来一脸抱歉地说："不好意思啊，我们'河帅'最近连轴转，工作压力大，心情不好……还有，你们真得注意，他不吃姜！"

有些人天生就是让大家宠着、惯着的，命好，羡慕、嫉妒都没什么用。

姜小山抬头又看了他一眼，高高在上，如在云端，她点了点头。圆脸姑娘把账结给她，送她出门。她指着那堆纸箱、纸片说："能顺便帮我把它们都扔掉吗？全是灰，对了，你可以卖掉，这些应该能卖些钱吧？"

姜小山蹲下身认真收拾那堆废纸，心想这堆废纸卖掉后可以换个汉堡给魔豆，竟然很开心。

办公室有些乱，像菜市场，但能看出来，每个人都很努力且开心地在工作。如果自己与何安的公司一直开下去，会是什么样呢？

想到何安，小山咬了咬嘴唇。这个人到底脑子是怎么长的，吃准了她善良到可以欺负的地步吗？把孩子扔给她，他连个电话都不打。

身旁的魔豆翻了翻身，说起了梦话："妈妈，妈妈！"

姜小山的思绪从白天的混乱里抽回来，侧身帮魔豆盖好被子，轻轻地拍着他，慢慢地，倦意袭来。

婚礼，古堡，长长的白纱裙，白色的捧花，老姜同志挽着小山的胳膊，《婚礼进行曲》响起来，魔豆和一个可爱的小女孩做花童，新郎拿着钻戒给小山戴在手指上。

"你愿意娶姜小山小姐为妻吗？"

姜小山很努力地想看清新郎是谁，心里挂着大问号："谁会娶自己啊？"可她越努力，近在咫尺的新郎就越面目不清。姜小山还在想，该不会是个梦吧？快回答，快回答"愿意"，梦里的姜小山甚至还掐了下自己。

"愿意！"

说"愿意"的声音很熟悉，姜小山想从记忆里搜出这个声音，却办不到。她冲着面目不清的新郎微笑，心里松了一口气。

"我反对！"姜小山的后背发凉，不用回头她也知道是何安。

婚礼乱成了一锅粥，新郎的目光又冷又硬，他把捧花摔到地上使劲地踩，口中喊道："骗子！"

全场的人齐声说："你这个骗子！"

姜小山终于看清了新郎的脸，是商明河。

"这就是你接近我的目的吧？"商明河脱掉西装上衣，摔到地上。

"我……不是……"小山的嗓子不知怎么就哑了起来，越急越说不出话来。

小山打了一个激灵，惊醒过来，看了下手机，已是早上六点了。

小山浑身酸疼，想起那个梦，她骂了自己一句："想什么呢？不要脸。"

小山推开门，碰到买菜回来的胖婶，她小跑到小山面前说："山儿，我真给你物色了个人，前两天帮我家收拾水管的那个高个儿，你有印象不？我家男人的表侄子，虚岁33，人挺能干，憨厚，就是穷点儿，穷不怕，是吧？咱这条件也在这搁着呢……"

雾霾天，人心里也压着厚厚的霾，推不开、揉不开的。无奈之下，小山说："胖婶，不好意思啊，这两天太忙了……"

胖婶是个从里到外都透亮的女人，一眼就看穿了小山的不情愿，脸上立刻浮现出嫌弃的表情："你们这种女孩啊，就是心比天高，命比纸薄。房东倒是好，人长得帅又有钱，可他搂得了一时，搂不了一世，再像……"

胖婶瞄了一眼屋里，小山知道她想说魔豆，果然，她说："给你留一孩子，苦日子可不得自己熬？你好好想想吧，我们这表侄子也有很多姑娘追呢！我都没跟他说你的情况，说了，人还不一定愿意呢！"

小山想着魔豆和老爸还得靠这个近邻照看着，自然不敢得罪，只得赔着笑脸说："胖婶，我的情况您也知道，我真不是挑，只是现在家里、外面累得我都喘不过来气，真没心情谈恋爱！"

"谈恋爱要什么心情？你啊，就缺个人帮。得，自己想吧，我得做饭去了，我家小凯今天月考！"

小凯是胖婶的儿子，上初三，全家当祖宗一样供着他。

小山进了餐馆，老板黑着一张脸问她："你搞什么？芳邻居公司打电话来，说丢了重要的材料！"

"材料？"小山的头像被什么东西打了一下，钝钝的，半天反应不过来。

08

商明河问邹大庆要翻译出来的材料时，邹大庆的脑子跟短路了似的。

"什么材料？"

"约翰森发给我的最新技术动向，哎，你不会是根本没找人翻译吧？"商明河已经明显是不耐烦的神情了，他抱着双臂，对邹大庆拉着一张扑克脸。

邹大庆在办公桌上乱翻，翻得一头汗，他说："你先回去，我得想想，肯定能找到！"

商明河拉着一张脸回到办公室，居高临下地看着邹大庆冲着身边的人发火，考拉被喊过来，急急地说了几句什么，邹大庆跌坐在椅子上，考拉开始打电话。商明河打电话给约翰森，想问他能否把资料再寄一份来。

在互联网时代，也终究有网络上不敢放的东西。约翰森的电话打不通，这家伙肯定又在通宵写代码。

商明河往楼下瞟了一眼，看到穿着红色外套的姜小山站在那里。这才九点，不送餐，不做花卉养护，她怎么会在这个时间来公司？

商明河手里的笔转了两圈，终于没忍住冲下楼。

"什么事？"他问。

考拉一脸自责："我帮邹总收拾办公桌，那材料……很可能被裹到那堆废纸里了，那堆纸我给……她了！"

"你卖了？"商明河的目光像一把剑，寒光凛凛地杀向姜小山。姜小山的目光垂下去，轻而急地答："没有……还没来得及！"

商明河伸手抓住姜小山的手腕，拉她大步流星地往外走："带

第二章　可恶的「芳邻居」

107

我去找！"

"很……重要吗？"姜小山被拉着，小跑着才能跟上商明河的步伐。她使劲想甩开商明河的手，但那手像铁钳一样卡住她的手。姜小山心跳如打鼓，难道自己真的要倒霉一整年不成？怎么什么倒霉事都能碰到？还有，自己到底要在这个人面前丢脸丢到什么时候？

坐进商明河的车里，商明河的目光再次像一把寒冰剑："说吧！"

"什么？"姜小山揉着被商明河攥疼的左手腕，有些气恼。

"你接近我的目的！"

"接近你……的目的？"姜小山的语调高了起来。接近他的目的？自己？接近他？他以为他是超级大明星吗？搞笑。

"别装无辜！为什么我到哪都能遇到你呢？如果说是偶然，太牵强了吧？你不说也可以，我们现在就去公安局，警察会让你说的！"

商明河在知道材料被姜小山拿走了的时候，心里的那朵疑云迅速地遮天蔽日。原来她并非是要钓自己，也对，长点儿脑子的人都知道用这样平凡的一个丫头来钓他这种IT精英、商界新贵，那只能是蹩脚的电视剧情节。她的目标是商业机密，居然还真让她得手了。

商明河在心里骂了一遍邹大庆，又骂了一遍自己："那么重要的东西，怎么能随便地交给邹大庆？废纸堆？没来得及卖？想用这样的谎话骗谁啊？真拿我当成是三岁的小孩子了吗？"

"如果说在那堆废纸里，那我去找！"姜小山推开车门要下车。

想跑是吗？商明河一俯身按住了她的手，一个女孩的手竟然那么粗糙。"都什么时候了，还注意这些？"商明河在心里骂自己。

"好！你家是吧？"车子开了出去，"看你演戏还能演到什么时候！"商明河看着身旁的姜小山，她在发抖。

"害怕了吗？"

"那个……很重要吗？值很多钱吗？"她的眼睛竟然泛着泪光。她这是干什么，装可怜吗？他商明河可不是吃这套的人。

又是钱！她脑子里能有点儿别的东西吗？

商明河当然知道大杂院是什么样子，但迈进那院子，他还是吓了一跳。

院子里和院子外完全是两个世界，都不能用杂和乱来形容，每一处都放着各种生活杂物，那些东西黑乎乎的，说不清到底是用来做什么的，放在那又有些什么用。

铺着红砖的地长满了青苔，又湿又滑。商明河低着头小心翼翼地往里走，但还是会被院子里的晾衣竿上的衣服碰到。他一躲，整个晾衣竿就倒了下去，衣服像被推倒的多米诺骨牌，掉了一地。

姜小山急忙弯腰去捡，可是，它们已经脏了，只能重新再洗一次了。

一个胖胖的中年女人见姜小山带了人回来，探头探脑地开着门瞅。

商明河皱了皱眉头，目光投过去，胖女人的头急速地缩回去，又急速地伸出来。这样的环境商明河还真没见识过。

商明河转过头，看到在拖把、水桶、塑料瓶子之间的那捆被压扁的纸箱。

姜小山直接奔向门前的那捆纸箱，门开了，一个小男孩冲了出来，抱住姜小山："小姨，我就猜是你。怎么《熊出没》还没演完你就回来了？"

小山摸了摸男孩的头："乖，小姨要找点儿东西！"

男孩转身看到商明河，他的大眼睛眨啊眨的，说："我见过你！"

商明河有点儿晕，这是那天跟姜小山在车上的男孩没错吧？只是他好像大了些啊，是胖了吗？他叫姜小山什么？小姨？她不是他妈妈吗？

商明河把手插在口袋里，并不搭话。他的目光穿过门缝往里看，屋子很小，里面的光线不好，大白天的，应该是开着灯了吧。这种地方，能住人吗？

门再次被推开，一个高个子、白头发的老人站在门口，说："叫你哥过来，他爸要死了他都不来看一眼。我养你们俩有什么用，不如当初早点死了……"

姜小山顾不上老姜同志的唠叨，仔细地翻那堆纸。

魔豆大概很久没见过陌生人了，很有说话的欲望，他走到商明河面前仰着脸问："叔叔，你喜欢看电视吗？"

商明河摇了摇头，魔豆噘了噘嘴说："我也不喜欢。我想踢球。从前，我们家门口有个足球场，我跟何安一起踢球……"

商明河不知道怎么接孩子的话。魔豆压低声音，仰着头够着商明河说："告诉你个秘密，你不许告诉小姨哦！"

商明河看了姜小山一眼，居然蹲下，冲魔豆点了点头。

魔豆的小嘴凑到商明河的耳边，小声说："姥爷的烟就在床下面的旧鞋子里。他不让我说！"

魔豆笑了，眉眼弯成了月牙儿。他的食指弯成钩，小声说："你要保密哦，拉钩！"

商明河实在没有对付小鬼头的经验，小男孩的手指钩到了自己的指头上。

"我可以叫你哥哥吗？"魔豆歪着头问。

商明河不知道怎么回答，却看到姜小山颓然地坐到了废纸堆里，转头看着自己："都在这了，没有！"

商明河的心冷到冰点，怎么会没有？这种想法一出，商明河自己也愣住了，自己的潜意识里是希望姜小山找到的吗？自己不是认定她是商业间谍，来盗资料的吗？来翻这堆废纸也不过是演场戏给自己看是吧？

"演，接着往下演！"商明河站起身，冷冷地说。

"你们怎么确定那东西就在这里？你觉得我偷你那些东西有

什么用？"姜小山的目光死死地盯住商明河。她说："我知道从一开始，你就看不起我，觉得我穷，觉得我麻烦、没尊严。可是，我不能因为怕遇到你就缩着脖子什么都不干，我没做什么见不得人的事，见到你，给你惹麻烦，实非我所愿！如果我可以选择，我宁愿一辈子不出现在你面前……"

一向坚强得刀枪不入的姜小山眼里汪着泪，哽咽着说不出话来。她索性任由眼泪淌下来，然后伸手迅速地抹一下眼泪，脖子转过去。

商明河有些不知所措，他的人生里从没遇到过这种情况。替他解围的是那扇破烂的门。

门开了，一群人闯进来。

"你们看看有什么办法能把这房子保留下来，我也想把租户都请走，要重新修缮一下。这个院子是我爷爷小时候住过的……"

商明河觉得说话的男人有些面熟，这该死的脸盲症，这人是谁来着？

清瘦的男人看到站在纸堆里眼泪汪汪的姜小山，说："这是在干吗呢？"

姜小山站起来，转过身去，抬手擦掉眼泪。

商明河在脑子里的资料库里迅速检索，终于想起来了，他就是那个傲慢的投资人——全身没有二两肉还考他比尔·盖茨父母是谁的"瘦猴子"沈良年。

邹大庆说，就是这位沈良年后来投了一个跟自己公司同质性很高的网络公司一千万美金。

沈良年显然也认出了商明河："哟，我说胡同口怎么停着辆宝马呢，原来我这小院还站着位大神仙呢！"

商明河顾不上理沈良年，他的目光似锥子一般扎向姜小山："是他雇的你吗？你还要装模作样给我找那资料吗？"

失去资料并没有让商明河那么气愤，让他气愤的是，他一直认为又蠢又笨又爱钱又抠门的姜小山，实在是个精明厉害的角色，刚

才还楚楚可怜地说自尊，一转眼……露馅了吧？

若不是沈良年出现，自己差点儿就被她骗了。他给了她多少钱？若非如此，怎么会这么巧，他那么忙的人会出现在这么破败的一个小院子里！

姜小山转过身来，眼里已经没有泪了，她的头微微扬起，很坚定地说："您不相信我也没办法，您可以报警……"

商明河抓住姜小山就往外拉："要解释跟警察解释去！"

沈良年上来阻止，他拉住商明河，说："这是什么情况啊？"

"不许你欺负我小姨！"刚刚还在和商明河建立友好关系的魔豆这会儿冲上来又踢又咬，商明河的手被咬疼了，他松开了手。

"什么材料？谁雇谁？"沈良年瞪着商明河问。

商明河沮丧地甩开沈良年的手，看着自己手上的牙印，疼得直咧嘴。

胖婶不再满足于扒门缝，直接拿把瓜子出来看这出好戏。她心里感叹着，这小山还真不是个一般人，两个男人为她吵架。难怪她对自己那远房侄子不感兴趣。

老姜同志还在骂："你们俩这没良心的，天天把我关在这么个破院子里，这还不如关监狱呢，监狱还能放个风！"

魔豆像小老虎一样气哼哼地看着商明河。

姜小山弯腰抱住魔豆，眼里又汪着泪水："没事儿，小姨没事儿，魔豆乖，姥爷说什么都别吭声，小姨没做坏事，我出去一趟就回来，我打电话让舅舅过来陪你啊！"

魔豆的眼泪扑簌簌掉下来："小姨，他们是坏人……我不让他们欺负你！"

"乖，听话，没人欺负小姨！"

姜小山松开魔豆，对商明河说："是我跟你走，还是你叫警察来抓我？"

"哎，丫头，你先跟我说说到底是怎么个情况？警察为什么要抓你？"沈良年像个好奇宝宝一样看看姜小山，又看看商明河。

商明河的电话响了，是邹大庆打来的。

商明河走出院门接电话，邹大庆说："老大，材料找到了。瞧我这脑袋，我交给凯文了，竟然一点儿都不记得了。这酒真不能喝……"

"邹大庆，你长脑袋是为了显身高的吗？"商明河冲着电话吼了一句，抬脚踢了院墙，再一抬头看到院门口站着的姜小山和沈良年。

沈良年微笑着说："踢坏了你赔得起吗？这可是古建筑！"

商明河的目光与姜小山的目光相遇，他的目光里是愧疚，她的目光是询问。

"姜小姐，不好意思，您还是需要跟我回公司一趟！"商明河也不知道自己为什么会这样说。他只是想把她带离众人的目光，带离乱糟糟的院子，带离一直骂她的老人和什么都不懂的孩子。

他只想单独跟她说句："对不起！"

坐到车里，商明河的心情坏到了极点，自己究竟是怎么了？松了一口气，却又愧疚得要命，开心得要命，究竟要怎么样？烦！

"材料找到了，是吗？"她问。

"对不起！"商明河的脑子第一次这么钝，钝得想不出第二句话。

"那现在可以证明我的清白了吗？"姜小山的火气能点燃一座山。

"说对不起就有用吗？商先生，我真的不知道怎么得罪您了。您处处刁难我，是因为觉得我是在做灰姑娘的梦吗？您一向自诩智商很高，那您为什么不想想，我得多疯狂才能想出这些烂招去钓您？我姜小山是穷，是爱钱，但我的每一分钱都是我自己挣的……"

姜小山的眼泪涌了出来。

"我是蠢，我男朋友，也就是我的合伙人，卷走了公司所有的钱不算，还弄一孩子扔给我。之后又遇到劫车的，那时我想，我是个连死都没资格的人，我死了，我爸和魔豆谁管？我一再打扰到您，的确对不起，我也不想每次都很丢脸地出现在您面前，但我搬到这边来，我做服务行业，总不能挑剔……您竟然怀疑我为了不可告人的目的接近您……但我也谢谢您，谢谢您让我对这个社会的认识更深刻了。这世界本就没有童话，还有，今天的事，也让我知道了贪小便宜真的挺可怕的……"

他把车停在路边，摸了摸身上，掏出手帕，说："不许说不用！"

姜小山接过手帕，并不用它擦眼泪，只是在手里绞成一团。上次他的那块手帕还在包里，怎么每次都要在他面前丢脸丢得这么彻底呢？

商明河心想，自己跟这样一个平凡女子本无交集，奈何这样三番五次地遇到。

其实他不知，生活里也许我们跟很多人会有很多次谋面，但因为没有交集，就算遇到，也只是你走你的，我走我的。而与某个人发生了一两件令人印象深刻的事之后，反复地遇到，那并不是巧合，而是留意。你留意了她的存在，她就在你的世界里活了起来。从前她也在，只是在芸芸众生里，现在，她成了女主角，如此而已。

他突然拉了她一下，猝不及防，她落到了他的怀抱里。

世界一下子只剩下了他们两个人。他的胳膊用了一点儿力，她轻微地挣扎了一下，他在她的耳边用自己都听不见的声音说："对不起！"

商明河不知道自己怎么了，一切好像都是下意识的，不受思维控制。但一切又都是刚刚好。

好半天，他一只手扶着她的肩膀，注视着她的眼睛，另一只手替她擦掉脸上的泪水。

"去医院检查了吗？"他问，语调柔得他自己都不敢相信。

"不用你管！"她转过头背对着商明河答。

"如果我偏要管呢？"商明河疼爱地看着姜小山。

"放开我，以后我们桥归桥，路归路，谁也不认识谁！"

说完这句，姜小山苦笑了一下："事实上也是，我们之间隔着十万八千里的距离，根本就是谁都不认识谁，不是吗？"

"闭嘴！如果你还想活命的话！"他突然有些恼怒，恼怒她这么不识相，恼怒自己的情感。商明河也从来没觉得自己这么心虚过，以至于他要用严厉的话来镇压姜小山。

车子突然起动，姜小山尖叫了一声。他的手覆在她的手上，两个人都安静下来。

车子开到了医院门口。姜小山绷着脸，固执地坐在车上不肯下来。

商明河的手抹了一把脸，摆出一副死样子。

"别误会，我没什么心情继续做好人好事。只是你多给了我医药费，我也懒得还你。而且刚刚误会了你，算是给你的补偿。"这逻辑商明河自己听听都醉了。他把姜小山揽在怀里，快速地走进医院。她竟然没有再反对。

只是到了检查室门外，她不肯进去。她盯着商明河说："你觉得你是谁？是上帝吗？想怎么样就怎么样！"

商明河很尴尬，但又想极力掩饰内心的尴尬："你别误会，我不是专程陪你来做检查的，医院也是芳邻居网的对口单位，我是顺便来做些考察……这些你也不懂……"

"我什么都没误会，是你误会我有目的地靠近你，先说是想图谋你的人，后说是做商业间谍……"姜小山显然气还没消。

"姜小山，你能不能懂点儿道理？还有，女人最大的美德就是学会忘记，斤斤计较会比较难嫁！"口不择言，商明河跟女生打交道的经验实在是有限，竟然说出了这样一句话。

"我是不懂，我不懂在你们这些人眼里我怎么会是贼。商总，的确很抱歉，我不应该贪小便宜，拿了你公司里的废纸，这是个教训，下次不会再有这样的事了！至于你说我小气贪财，这是我个人的事，我也是靠自身的劳动吃饭……"姜小山说得眼泪汪汪的，她没意识到自己再次强调了自己挣钱养活自己，仿佛这样才能挽回她的全部尊严。

姜小山也不喜欢这样的自己，太过死心眼，比较不可爱。大概是在爱的人面前，每个人都想努力展示出最好的一面，可展示出来的，却都不是自己。就像我们总是希望能穿着最漂亮的衣服遇到心爱的人，结果某天穿了老妈的衣服去街口买盐，却遇到了那个喜欢的人。姜小山此时就是一边不顾形象地回应商明河，一边又在懊恼着。

商明河斜靠在墙上，看着面前这个马尾散乱的女孩，心里很不舒服。他见别的女孩都化着精致的妆，穿得漂漂亮亮的，走路都像踩着弹簧一样自信。可眼前这个女孩，生活一团糟不算，还又倔强，又小气，又爱钱，自己干吗对她那样？

"不都说是误会了吗？你有多了不起，连让别人误会一下都不行？也太'玻璃心'了吧？还有，你是不是缺心眼啊？带着那么一捆废纸回家，那才能卖几个钱啊？万一被车碰了……你爸跟魔豆怎么办？长脑子是为了好看的吗？真是的，我堂堂一个IT公司CEO，每天要忙的事有几百件，我为什么要来跟你胡搅蛮缠啊！"

抵抗不行就只好反攻了。商明河内心其实是想伸手帮姜小山擦去眼角的泪水。可是，嘴里说出来的话却像刀枪剑戟，斧钺钩叉。没办法，哄女孩这一招，他还没学会。

刚刚车里的那一个拥抱，只是一场……意外。只是，他自己都惊奇，一向惜字如金的他什么时候废话连篇起来了？

"我知道您商先生了不起，了不起又怎么样？地球就应该围着你转？我就应该对你有所企图吗？您太高估自己了。我没招惹您，倒是您，有事没事找我茬儿……"

姜小山那些被生活抹平的棱角不知怎么在商明河面前又重新生长了起来，人到了绝境倒也不在乎了。大不了，他通知她所有的老板都不再用她，那又怎样？他真能抓把土把她埋上吗？好像他也不是那么坏的人。刚刚在车里他的那个拥抱真的让她很贪恋。

她像唐·吉诃德一样，一个人面对风车，孤立无援，她多希望能有个拥抱，哪怕什么都帮不到，就是那样抱她一会儿，也好！只是，他这种花花大少爷，怎么会是自己的港湾呢？

姜小山的眼神里露出锋芒，商明河的目光移到远处，轻声说："你没学会得理饶人的道理吗？"

路过的护士、病人都转过头来看他们。商明河那么耀眼，人人都会好奇他们的关系吧。

姜小山张了张嘴，没说出什么来。

听到喊"姜小山"的名字，商明河推了姜小山一下："钱都交完了，退不回来了！"

姜小山狠狠地瞪了商明河一眼："您可以走了！"说完自己笑了一下，补充道："别误会，我没期待您等我！"

欲盖弥彰。

姜小山红了脸，转身进了检查室。商明河松了口气，陪人来医院这种事，他竟然做了两回了，还都是陪姜小山。想想自己刚刚冤枉她，气就不打一处来，她干吗那么委曲求全，她大可以对他不屑一顾。她的人生就这么窝窝囊囊吗？如果邹大庆找不到材料，那她不就白白被冤枉了吗？

商明河打电话给邹大庆，他说："你让我丢了多大的脸，你知道不知道？"

邹大庆夸张地问："为什么？"商明河一时语塞，不知道要怎么讲自己跟姜小山的这段孽缘。他知道如果讲出来，邹大庆一定会笑他。至于笑什么，商明河倒没认真想。

姜小山倒是很快出来了。商明河气恼地挂了电话。

姜小山看到倚着墙打电话的商明河，心里不是没感动的。她刚想说点儿什么，一转头竟然看到秦明月跟姜水走了过来，秦明月脸色苍白，浑身虚弱无力地靠在姜水身上。

"哥，嫂子，你们怎么在这里？"

在这里见到小山，两人显然也吃了一惊。"小山，你怎么了？"姜水的目光迅速地打量了一下小山背后的商明河。

"没事儿，公司例行体检！"姜小山也迅速瞟了一眼商明河，想着要怎么跟哥嫂说这人，"这位是……我公司的同事！"

商明河勉强挤出一点儿微笑。姜水的目光扫过商明河，重新落到小山身上："你是不是太累了，脸色怎么这么不好呢？"

"说了我没事……嫂子哪不舒服吗？"

"回家说！"秦明月看了一眼商明河，没打算继续聊下去。

"真的没事吗？"姜小山的担忧明晃晃地写在脸上，"嫂子，真没事吧？咱们这个家再也经不起……"小山眼里的眼泪摇摇欲坠。商明河看在眼里，心想，她这是怎么了？一向倔强得跟块石头似的，今天变成水做的了。自己真是太过分了吧？人家都已经雪上加霜了，自己还给人家泼了一盆冷水。

"没事儿，小山，你真不用担心。我跟你哥去买菜，回去吃饭！"秦明月努力扯出一点儿笑容来安慰小姑子。

小山点了点头，仍不放心地问："嫂子，你……找着工作了吗？"

秦明月拍了小山一下，说："明天去面试，没事儿，回家说啊！"

商明河在不远处看着这一家人，心里有些羡慕。自己是独子，从小到大，老妈给得最多的就是钱。跟自己最亲的人应该是……邹大庆吧！想到这个答案，商明河有些许不甘心，再往深处想一想，鹿笙的名字冒出来，很快又被他压下去。她的面容已经模糊不清了，走掉了还思念人家，不太可笑了吗？

人世间的事也不过如此，曾经的痛不欲生，心口被戳出了那么大个洞，现在想来，也不过是一场回忆而已。现在自己真的痊愈了吗？面前这个姑娘呢？那个叫何安的男人是怎么把她逼到现在这步田地的呢？商明河，这真的跟你有半毛钱的关系吗？几天前还在怀疑她想钓自己，一小时前还把她当成是商业间谍，现在，你这是干什么呢？他偷偷看了一眼姜小山，姜小山侧着半边身子靠在椅子背上，一绺头发挡住半边脸。商明河的心动了一下，只一下而已。

走廊里人来人往，但在商明河的眼里，世界空寂得恍若只有两个人。他抬头看向窗外，杨树叶子已经有铜钱大小，天空很蓝。

到取检查结果的时间了，姜小山坐在椅子上不动，商明河喊了一声："喂！"小山抬起头，商明河指了指里面，小山舔了舔干出一层白皮的嘴唇："能……麻烦你……帮我取一下吗？我不敢，我害怕……"

商明河的心一软，他知道这丫头害怕什么，她病不起。他转身进去拿结果，自己的心也是颤巍巍的。

还好，一切都在正常范围内。医生说："轻度贫血，多补补，也要好好休息！"

商明河出来，姜小山紧张地看着他。他把检查结果递给她时，看似漫不经心地握了一下她的手，她的手冰凉。他说："没事，离死远着呢！"说完，他转身走在前面，姜小山跟在后面。

到了医院门口，他说："上车！"

"我还要去送餐，您自己走吧，我坐地铁就行！误会我的事，您不必放在心上。还有，我会跟老板说一声，以后你们公司的活，我不会再接。"姜小山不卑不亢地说。

她用了"您"，这是在故意拉远和自己的距离吗？商明河的心疼了一下，她非要这样跟自己划清界限吗？可是，好像要跟她划清界限，怕被她骗的人是自己啊。

"上车！"商明河又说了一句。

姜小山抬头看了商明河一眼，商明河怕她再次拒绝，赶紧拉开车门："是我带你来的，我可不想你有什么意外。对了，你是不是磁场不对啊，怎么那么多意外都发生在你身上？"

姜小山瞪了商明河一眼，坐进车里。

车子开到了一家商场门口，商明河拉着她的手下车。她挣扎了一下，还是没甩开他，下了车，满脸不情愿地说："干什么？"

"有没有人告诉你，女孩最好不要动不动就拒绝别人，尤其是别人的好意？"商明河自己都有些吃惊，对这个女孩，自己的好意未免有些泛滥。

"没有！有人告诉我的是不要随意接受别人的帮助，尤其是男人的帮助！"姜小山绷着一张脸，商明河饶有兴味地看着她。这姑娘越来越有意思了。

"哦？看来你并没有很好地执行啊！"

"关你什么事？"

"这个嘛，我愿意！哎，你像个刺猬似的摆着一张学习委员的脸，不知道的人还以为我在追求你呢！"

"没人会这样认为的！倒是有人会以为我在钓金龟婿！"

"厉害，什么都懂！哎，你不是很能原谅人吗？怎么到我这，就不行了？"

两个人绊着嘴，气氛竟然有那么一点点甜。

进了超市，商明河拉了辆购物车让姜小山推着，自己则像抢购一样噼里啪啦地往购物车里扔东西。平时他从来不逛超市，没想到随便买东西，竟然有满足感。

"你有多饿，买这么多东西？"姜小山皱着眉头嘟囔。

"闭嘴！"

买了足足两大包之后，商明河轻车熟路，把车子开到姜小山家的胡同口，然后下车开了后备厢，把那些东西搬下来，姜小山恍然大悟："这些是送我的？我为什么要你的东西？"

"补偿！我有个跟你一样的良好品质——从不欠别人的。别瞎想，精神伤害也是有价的，如果你嫌少，回头我再补给你……反正，你知道，我有钱！"

商明河的目光撞上姜小山疑惑的目光，急忙"落荒而逃"。

"反正我都买了，是拿回去吃，还是扔在垃圾箱里，随便你！"商明河觉得不说点儿狠话，死心眼的姜小山是不会乖乖听话的。

姜小山盯着商明河看:"不怀疑我了吗?我这种穷女孩费尽心思接近你,钓你上钩,偷你的资料!现在你还给我好处,这会让我起非分之想的,会起掠夺之心,把你拿下,哎,对了,你是吃过女人的亏,上过女人的当吗?再或者说,你很容易被骗,很好拿下?"

"你有完没完?"

"没完!"

"你不是烂好人一个吗?烂好人的特征之一就是不记仇吧?你伶牙俐齿起来,还挺……吓人的。"商明河的嘴角扯出一点儿笑,手在脸上比画了一下。

"我不用你帮我什么,我们相安无事就好。你做你的青年才俊,我打我的工,你也看到了,我的生活已经千疮百孔,即便是那样的房子也要住不下去了……别难为我,我就很感激了!"姜小山的目光与商明河的目光再次撞到一起,她的眼里闪着些许泪光。姜小山在心里狠狠地骂自己,真是丢脸,自己什么样狼狈丢脸的事都落到他面前,自己还能再背点儿吗?好在,他也不是她的什么人。

"看,看,学习委员的劲儿又来了!不许哭!"

"谁哭了?"姜小山别过头。

"你再哭,我又想……"

"想什么?"

"把你拉进我怀里!"

姜小山笑了,她问:"你都是这样安慰爱哭的女孩子的吗?"

"我遇到的爱哭的女孩子就你一个,别人都爱笑!"

"别人是谁?"

"你吃醋?"

"神经病吧你!"姜小山踢商明河,商明河边笑边往一边躲。

胡同里有人进出,好奇地看着姜小山和商明河。商明河有些不习惯那样的目光,他抹了一把脸,说:"打电话给你家人!"

"干什么?"

"难不成你想让我帮你把这些东西搬进去？"

"切！"姜小山笑了。她一笑，露出兔牙，很可爱。

"你嫂子是做什么的？我们公司正在招聘，当然，你就不必了，我们公司又爱钱又蠢的员工已经满额了！"

"她做了快十年的财务，很能干，也很踏实，一直在一家小公司工作，最近那家公司出了一点儿意外……"虽然，姜小山愿意帮嫂子谋个职，哪怕是商明河的公司。可是，他那么冤枉自己……姜小山的心有点儿乱，他们之间谁欠谁，怎么这么快就说不清、道不明了呢？

只是在姜小山的人生哲学里，自尊心并没有强到盖过可以得到的好处。她被打磨到了能吃到一日三餐、好好活下去就要念佛的地步，不到万不得已的时候，自尊心可以退居其次。所以，商明河可以被自己利用一下，也是蛮好的。

商明河打了个响指："明天让她去我们公司找考拉，就是给你废纸箱的那个女孩，说是我让她去的就行。还有，她见到我后，让她提一提你的名字……别误会，我有脸盲症，我怕到时候想不起她是谁！"

商明河都恨自己的啰唆了，还有，自己什么时候变成热心"暖男"了？要是被邹大庆知道，他肯定会大嚷："商明河，你不对劲啊！"

有什么不对劲的？

姜小山往前走了几步，回过头来。她说："希望我们以后都不会再遇到了。这段日子给你添麻烦了，不好意思。"姜小山甚至笑了一笑，挥了一下手，转身走了两步，就被商明河追上了。

这丫头想什么呢？不再遇到？那她不送外卖，不给花做养护了吗？那可不行。

"我会通知你所有的老板，芳邻居公司的业务只给姜小山做，你不做试试？"

商明河说得斩钉截铁。

"咱俩今天的事，我再次郑重道歉，然后翻篇！以后谁都不许提！"

姜小山不置可否，再次转身，心里浅浅地产生一点点喜悦。自然，她没仔细分辨那份小小喜悦的出处。

商明河的心里也是喜悦的。同样，喜悦来自何处，他没来得及仔细分辨。

手机响了起来，是老妈舒培打来的，她说："今天的晚宴一定别穿得那么随便，要不你提前一小时下班，陪老妈逛一逛！"

今天商明河的心情不算坏，本想一个人去吃个大餐，便说自己没空，但老妈却没容他继续找理由。她说："没空也得挤出来空，不来不行！"

09

秦明月怀孕了。虽然她一直想要孩子，跟姜水离婚又复婚，似乎有个孩子会更好。但是，这孩子来得很不是时候。

姜水每天眼睛发蓝，盯着点击率，秦明月找工作找得腿都快跑断了。十年的小公司财务经验，那些大公司看都不看，海归的精英一大堆呢，再说她在这年龄结了婚，又没孩子，HR用眼睛一筛，秦明月就被刷了下来。她去家政公司培训了一周，每天挤进沙丁鱼罐头一样的公交车，整个城市渐渐地绿起来了，天气热起来了，秦明月的心情却是灰蒙蒙的，还在冰点。总恶心想吐，她以为是胃不好，吃了两盒胃药仍没缓解。

某天姜水一边飞快地打字一边说："老婆，女人怀孕，那验孕棒怎么样显示才表示是怀孕了？"

姜水总会询问老婆一些这样那样的生活常识，却没想到那天的随口一问，给秦明月当头一棒："自己不会是怀孕了吧？"

她跑到药店买了验孕棒，果然是怕什么偏偏来什么。

那个晚上秦明月翻来覆去睡不着，起来冲还在电脑前奋战的姜水发了火："写写写，倒是写出什么来了？挣来电费了吗？"

姜水的目光直愣愣地从电脑屏幕移到老婆的脸上。她穿着一身不知道穿了几年的碎花睡衣，睡衣的领口和袖口都磨得毛了边。秦明月的一头短发四处伸展着，如同她喷射出来的怒火。姜水有些恍惚，这还是那个漂亮的秦明月吗？

秦明月和姜水是大学同学。刚入学时，在男生"卧谈会"上，大家讨论系里哪个女生最好看。这个提一个，那个提一个，然后有人说到秦明月，姜水还把她跟别的女生弄混了，说了好半天才搞清楚那同学说的是哪一个，他问了句："好看吗？"问完，他立刻被室友们鄙视。那晚，秦明月居然高票当选。就是在那之后，姜水开始注意到秦明月的，秦明月不是美艳型的，像栀子花，清秀耐看，果然男生们都是独具慧眼的狼。

那时姜水还是个小清新文艺男，爱看书、写东西，知道的东西也比较多。也是凑巧，姜水和秦明月的座位一前一后，一来二去两个人竟然好上了。这一路走来，清秀好看的秦明月竟然成了现在的模样……姜水有些心酸，自己又死乞白赖地把她求回来，真的是对她好吗？自己能给她幸福吗？如果不能，不如放手……只是，自己舍不得，真的舍不得。

"老婆，我知道我没用，我真的很没用……"姜水觉得自己都成了祥林嫂，一遍一遍地跟老婆说这话。可这话如果有用的话，日子又何至于过得这么艰难呢？

秦明月叹了口气，语气平和下来，垂了眼睑，用最轻微的声音扔下重磅"炸弹"："我怀孕了！"

这消息是道惊雷，先炸开的是姜水心里的喜悦。他喜欢孩子，看到魔豆，他总是想，自己如果没被耽误，孩子恐怕也这么大了吧？带着他去踢球，去电影院看《霍比特人》，或者一起联机打游戏，都很有意思吧？可再看一眼愁容满面的秦明月，悲哀在姜水的心里又炸出了一个坑。秦明月一直是个要强的人，她不止一遍跟姜水说过，自己的日子已经过得这么不容易了，不能再让孩子输在起跑线上。她说："如果不能给孩子很好的条件，我们为什么要替他做主，让他来做我们的孩子呢？"这观点姜水是不同意的，那些出生在富贵人家的孩子就一定是幸福的吗？再说了，这世界上贫苦的人家多了，还不照样生儿育女？可这话姜水说过一次就知道是什么后果了，明月翻出一火车的话来说，说得姜水终于放弃了抵抗。

"你想怎么办？"姜水不敢表现出惊喜的样子，因为那样会让秦明月觉得他没责任感，更不敢表现得不开心，那样秦明月会觉得他简直就没有心。

秦明月伸手狠狠地拧了一下姜水："你还好意思问怎么办？让你小心小心，就顾着你自己快活，根本……"

姜水赶紧抱住秦明月，打断她的话："我罪该万死，我罪该万死，但求老婆给个死缓，这孩子……"

"还能怎么办啊？一个在家写文章，没收入，一个下岗，等待再就业，还有，把爸扔给小山，小山还带那么小一孩子，我都很不忍心，咱们再生一孩子……"秦明月在姜水怀里，眼泪无声无息地落下来。姜水的心疼了起来，都这种时候了，她还想着自己的家里人："老婆，我姜水要不混出个名堂来，真对不起你！"

说得好听有什么用？秦明月叹了口气："明天去医院吧，趁早！"

那晚姜水破例早早上床，他躺在秦明月身边，恨不得立刻中五百万大奖。他真的在关电脑前买了一注彩票。他抱着秦明月，彼此听得到对方的呼吸和心跳，心却被千山万水地阻隔着。他什么都替不了她做，而她，是否后悔起当初自己的选择呢？姜水在微信的同学群里看到，当初秦明月的追求者已经做了一家集团公司的财务总监。他没把这事说给明月听，不是怕什么，只是，他不想说。

姜水在手术室外等待时如坐针毡，他的心像个无底洞，说不出来是什么东西掉了进去，也说不清楚掉了多深。只是，整个人都是晕晕乎乎的。也不知过了多久，姜水听到门响，他急忙奔过去，看到秦明月脸色苍白地出来，他过去扶住她，那是他能给她的唯一的依靠。好半天，秦明月才轻声说："我年纪大了，恐怕不要这个小家伙，这辈子没机会了！"

姜水的脚下一软，差点儿给秦明月跪下。他欣喜若狂，说："老婆，你没有打掉咱孩子？我姜水就是拼了老命也一定不让你跟咱孩子受苦！"

秦明月叹了口气，说："我不用你养，只要你别用我养就行！"

两人心里五味杂陈地往外走，却意外地看到了妹妹小山，更意外的是，有个相貌英俊的男人陪着小山。小山生了什么病吗？姜水心里的黑洞更深了。好在，小山说只是做个例行体检，希望那是真话。他们这个家像一叶小舟，真的再也经不起一点儿风浪了。

八卦是女人的天性，从医院出来，刚刚还愁眉不展的秦明月立刻跟姜水说："我打赌咱们小山跟那帅哥有事！"

姜水当然希望妹妹有好的归宿，回家得好好问问小山，别再找个像混蛋何安那样的人。正想着，电话响了。

"对，我就是姜水。什么？您说您是哪位？"姜水迅速走到街角一个僻静处，很认真地听，好半天，他挂掉电话，整个人倚在路灯杆上，和煦的阳光照到姜水的脸上，秦明月看不出那是什么样的一副表情。她的心慌了起来，站在离他十步之遥的地方看着他。

世界成了默片。

好半天，姜水喊了一声："老婆，咱们——有钱啦！"路人纷纷侧目。秦明月的心颤了一下，这个疯子在说什么？

姜水大概也意识到自己这句话不妥，他跑过去，紧紧抱住秦明月："有家游戏公司……看中了我写的小说，要买版权，你猜他们给多少？"

"多少？"秦明月的眼睛瞪得很大，虚弱无力的身体陡然长出了些力气来。

姜水伸出一个巴掌晃在秦明月的面前。

"五万？"

姜水使劲摇头。

"五十万？"那简直就是个天文数字，秦明月想都不敢想。姜水使劲地亲了秦明月一口："没错，五十万，他们还说如果价格不满意，还可以再谈……这肯定是咱们宝贝带给咱们的运气，肯定是……"

秦明月定定地看着姜水，继而眼泪汹涌地流出："这帮人怎么这么讨厌呢！"

"怎么了？"姜水完全被老婆的眼泪给弄蒙了。

"这电话早打一天，何至于让咱俩受这份折磨？刚才……刚才差点儿，就差那么一点点……"秦明月坐在马路牙子上掩面哭了起来。

姜水挨着秦明月坐下，还真是造化弄人，他揽过妻子的肩膀轻声抚慰道："别哭，咱这是双喜临门，日子会好起来的！"

天那么晴，姜水的眼里却下起了倾盆大雨。

10

胖婶帮小山把东西提进院子，她神神秘秘地打听："小山，那是你男朋友吧？我就听人说养儿子是建设银行，养女儿是招商银行。你看你，这不就招来商了，他是个有钱人吧？唉，这眼瞅着你们一家就奔上好日子了，我可咋办呢？沈少说让咱们搬家，这可往哪搬啊？"

胖婶不提醒，小山还忘了这茬儿。还真是，自己这刚刚收拾好东西搬过来，又要搬出去。一提到找房子，小山的头都大了。她问胖婶："我走之后，房东又说了什么吗？"

胖婶茫然地摇了摇头，小山安慰胖婶："没事儿，我打电话问问他，有什么情况我告诉你啊！"

姜水跟秦明月正在厨房有说有笑地做饭。这个家很久没这样热闹、开心过了。

小山进来，魔豆扑上来，那小嘴吃冰激凌冰得通红。他说："小姨，小姨，舅舅说咱们要发财了。发财了你能帮我找妈妈吗？"

小山拍了拍魔豆的脸说："能。不发财小姨也帮你找妈妈！哥，发什么财？"

"先别问我，你去医院，跟那男的……"姜水的心情老好了，红光满面，但回来的路上，两个人都避着孩子的话题不谈，也避着卖版权的事不谈，生怕这些都像个美丽的泡泡，一说，泡泡就破了。

两个人一路上都在猜测小山去医院干吗。姜水说："肯定是不小心怀了孩子，我看那男的就不像什么好人！我们家小山被何安骗个爪干毛净，还不长记性，这男人的亏得吃到什么时候？"

秦明月恶狠狠地瞪了姜水一眼："你不相信别人还不相信自己的妹妹？小山一天到晚打八份工，为了照顾爸，照顾何安弄来那孩子，觉都快没得睡了，哪有心思搞七搞八？再说那个男的我看着就很好，长得帅，穿着打扮也不像是普通工薪族。"

"你们女的知道什么？看人长得帅，就没脑子了！"

"我当时就是眼睛瞎，没看你长什么德行就跟了你！"秦明月回了姜水一句。

秦明月这么一说，姜水倒不吭声了。"不过，我看那男的好像挺在意小山的。小山啊，也值得一个好男人好好爱她，咱家这是时来运转了吗？"

姜水这才兴冲冲地跟秦明月一起憧憬起未来的生活。

小山回来，带了一大包东西，姜水更加怀疑小山去医院的目的。

"我给那男的的公司干活，受了点儿伤，他带我过去查查！"小山讲得漫不经心。

"哦，我说呢。哪儿受伤了？严重吗？"小山脸色苍白，姜水开始慌张起来，千万别病了，他们这个家，可是一点儿风吹草动都经受不起了。

"没事儿，就是没睡好，晕了一下！赶紧说，怎么发财了？"姜小山赶紧结束自己的话题，自己跟商明河那点儿事自己都弄不清楚，要怎么跟哥嫂讲呢？

秦明月从厨房出来，塞给小山一只橘子，叹了口气。

姜水从秦明月身后探出头来说："一个好消息，另一个还是好消息，先听哪一个？"

"要说赶紧说，我还得去送餐呢！回去老板那张脸都够人看的！"小山剥了瓣橘子塞嘴里。

"我们原本打算去医院打了孩子……"秦明月尽量说得平和，老姜同志不知道怎么回事，耳朵好使了起来："谁去医院拿掉孩子了？明月，是你吗？我跟你说，不让我抱孙子，我死不瞑目！"

明月一脸尴尬，魔豆凑过来小声说："别理他们，姥爷，他们这是在说广告，不孕不育医院的！"

小山哈哈大笑起来，明月和姜水也跟着笑了。

"鬼机灵！不是好消息吗？这是哪门子好消息？"

姜水早就迫不及待了："孩子当然没打啊，然后我俩还纠结呢，结果一出医院门，就有家公司打电话说，看中我的小说了，要买游戏版权！猜猜他们给多少钱？"姜水一扫之前的颓废之气，眼睛炯炯有神。

"哇，真是要发财的节奏啊？多少？"小山很愿意配合老哥，表现得十分惊喜，这个家也真是太久没有好消息了。都说福无双至，老天爷也终于开了眼，让好消息一来就是俩。

"这个数！"姜水的右手掌晃了一下。

"别故弄玄虚，也别高兴得太早，拿到手里的才是钱！"秦明月一盆冷水浇得姜水很不舒服。

"哇，哥，你太厉害了，膜拜膜拜。我快当姑姑啦，哇，嫂子，你们这效率有点儿高啊！"小山偷偷瞟了一眼老姜同志，老姜同志的注意力早就转移到了电视上。

"这就是命啊，如果不是医生说，拿掉这孩子恐怕我就没机会再做妈了，恐怕……想想都后怕，现在我倒是铁了心了，不管发生什么情况，都先把孩子生下来再说，我就不信，人家单亲妈妈都能把孩子供上大学，我秦明月差啥？"

"哎，哎，明月，你不对啊，咱这孩子还有爸爸呢，我就要红啦！"姜水还在兴奋中，脸红通通的，"咱一定要喝两杯！"

姜小山也真是很高兴，她也理解嫂子的复杂心理，急忙说："嫂子，我也有好消息。我送餐的那家网络公司的老板，就是你在医院看到的那个男的，他们公司招人，让你明天去试试……"

"你们俩……有情况吧？"秦明月意味深长地笑。

"不行，我得走了，一会儿我把公司地址发你手机上。还有，你们要没事儿，多在这待会儿，陪陪爸和魔豆！"小山赶紧走人。

"哎，妹，哥有钱了，带你去吃好吃的，买好衣服啊！"姜水冲着小山的背影喊。有钱真的是一件太好的事。姜水的幸福感满满的，就要溢出来了。

"行！我等着！"姜小山也替哥哥高兴。网上有句话很不知天高地厚，说能用钱解决的问题就不是问题。有人回帖说："能用钱解决的问题，我都解决不了。"可不是嘛，平常人家要解决的问题都是钱的问题。

"别高兴得太早！"秦明月没有姜水那么乐观，她又浇了姜水一头冷水。其实，没谁比秦明月更希望姜水好，只是，一通电话就给五十万，这事真的能成吗？

"能成，嫂子，你不知道现在网络小说的'大神'都赚上千万呢，咱就等着跟我哥过幸福生活吧？"

"还有我，小姨，舅妈，有我吗？"

"当然有啊！"

"可你们刚才说打孩子！"魔豆有些委屈，噘着小嘴。

"啊？"三个大人反应过来，哈哈大笑。

刚出胡同口，送餐公司老板的电话就打了进来，小山心想，坏了，自己这份工作应该又保不住了。

小山想到商明河说自己总是跟"意外"在一起，还真是。谁愿意总出意外啊？意外的惊喜或者惊吓，小山都不想要，她想要的不过是份平平静静的生活。"河蟹"还真是喜怒无常，怀疑自己偷他的资料？笑话，他那东西给她，她都不知道应该给谁。他认识房东吗？

"喂，老板……"姜小山打起十二分精神接起老板的电话。

"小山啊，你身体不舒服就说一声嘛。不用只休一天，休两天也没事。还有什么需要，你说，公司肯定会尽力帮你的！"一向凶神恶煞的老板竟然隔着电话用甜腻的声音跟姜小山说话。

小山有些发蒙。这是什么情况啊？难不成"河蟹"真的跟她的老板们打招呼说非她不可了？小山的脸涨红起来。

老板继续絮叨："有那么好的资源怎么不说呢？商总说了，他们公司的餐都让咱们送，还有，他还会介绍朋友的公司……小山，你也是，请假自己跟我说一声就行，还动用商总……"

还真的是他打电话到送餐公司给自己请假了？他这人不一向怕麻烦吗，怎么做这样的事？再转念一想，小山的心里竟然有说不出的味道。他这个人还真是……

小山打电话给沈良年问租房的事，沈良年似乎正在忙，他说："你打电话给我助理，电话是……这样吧，等忙过这一会儿，我打电话给你。如果我没打，你再打给我，我怕我忘了！"

小山站在街上，身上出了一层毛毛汗。

天渐渐地热起来了，难得有半天的清闲，不想再回到家里，小山想起了左娜。

左娜没有上班，她说："你来得太及时了，我正愁没人陪我逛街呢！"小山不想逛什么街，她只想躺下好好睡一觉。到了阿正的美发工作室，左娜正在那化眼妆，化了浓浓的眼妆，又往嘴上涂了口红。

小山做出夸张的表情："这是干吗？扮僵尸啊？"

"土吧，你！"左娜兴奋得眼冒红心，"我找了一男朋友，特帅，有八块腹肌，跟铁块似的。开越野车，那激情与速度，哎呀，咱从前都白活了！那才叫人过的日子！"说着，左娜又往唇上涂了一层口红。

"我跟你说，这杰森出身名门，家里有钱着呢，那一块表就值好几十万。哎，你看他送我这手链，好看吧？"

小山接过那根很粗的金黄色镶蓝色宝石的手链看了看，还真是挺漂亮的。不过挺贵的吧？

"我家杰森说了，只要我喜欢，就都不是事儿！我之前还一直希望你能嫁入豪门，我跟着借点儿光，现在看来，你能捡着我的香奈儿包包啦！这人哪，都是命，谁能想到我左娜也有马粪蛋子发光的一天啊！"左娜的脸上放着光，摆出一副对未来无比憧憬的样子。

小山看着闺蜜，笑了，哪有这么说自己的。小山很想提醒她别上当受骗。可越是亲密的朋友，这种话就越说不出来。说了，她会当成是嫉妒。但不说，小山又过不了自己这一关。自己跟何安不就是个例子吗？他们还认识了那么久，爱了很多年。左娜找的这个"高富帅"，靠谱吗？

小山说出了心里的担忧。左娜拿红指甲戳了一下小山的脑门儿，说："我知道你的想法，我自己都很嫉妒自己，这命也太好了吧！要不是亲眼所见，我也不相信我能走狗屎运。可人生呢，一切皆有可能。我家杰森说，他阅美女无数，见了我，觉得遇到了终结者……"

小山有些走神，左娜哇哩哇啦说了好半天，小山突然紧紧地抱住左娜，说："我真的希望你幸福，比任何人都希望！"

左娜也感动了起来，她更有力地抱着小山："我们俩都会幸福的，真的，小山，你也一定会幸福的！"

小山很想跟左娜说说商明河，可是说他什么呢？他瞧不起自己，烦自己，嫌自己是个大麻烦。他对她所做的一切也不过说明他的心肠并不像他表面上表现的那样冷，如果她多想，自作多情，一厢情愿，那真的就太没意思了。

小山万万没想到她心里的困扰很快会变成另外的困扰。

左娜赴约，小山跟着左娜一同出来，还没走到地铁站，就接到了沈良年打来的电话，他说："我在亚酒店，你过来一下吧！"

姜小山刚想说自己只是想问问租房的事，沈良年的电话就挂断了。

有钱人真的都这么任性吗？没办法，她还就今天有一点儿时间，如果房子真的不能租了，那她还真就得早做打算。

11

亚酒店金碧辉煌，姜小山跟何安来过一次这里，门童过来给姜小山开门时，姜小山都觉得麻烦了人家。

那时的姜小山走进去，人仿佛都矮下去一截。没有钱撑着胆，她走到这里，总觉得少了底气。那次见过大老板出来，何安唏嘘不已，说："将来，我们就约客人在这里见面！"姜小山还笑何安痴人说梦。结果还真是一场梦。

但现在，姜小山走进这富丽堂皇的酒店中，倒立得笔直。她不偷不抢，自食其力，她承担不起这里的消费，但她也并不欠这份富贵什么。

经过那次创业失败，何安逃跑，姜小山身上的虚荣早被磨光了。走进这样的地方，她心里尽管唏嘘感叹，但已不像从前那样带着羡慕与希望。经历了生活中那些让人猝不及防的翻捶吊打，姜小山对生活的理解更深刻了一些。那不是绝望，而是像从前发光发亮的瓷器，现在有了一层釉。从前她喜欢打扮得光鲜靓丽，跟人攀比，现在倒更想安稳踏实地做自己了。

沈良年在门口看到姜小山，三步并作两步跑过来说："不好意思，姜小姐，我找你来是想让你帮个忙，待会儿我要见个人，你能冒充一下我女朋友吗？"

"什么？"姜小山的脑子有些发蒙，"冒充你女朋友？"这是什么情况啊？

"没错。我前妻从美国回来，不瞒你说，她是想跟我复婚的。我想让她死心！帮我个忙，七号院的事好说。"沈良年穿着一身暗花西装，头发梳得一丝不苟，跟那天在七号院骑着自行车、穿着中式休闲装的房东完全不同。

"不好意思，沈总，这种事儿……您应该找别的女孩，怎么会找我？"姜小山的头上冒出了一层汗，商明河说得没错，自己身上一定是磁场太过怪异，怎么"意外"总是如同打地鼠一般，这边压下去，那边冒出来？

"我身边当然不缺女孩，但是，你知道我前妻是一种什么样的人吗？她是那种最了解我、一眼就能识破我的人。她知道我跟什么样的女孩只是玩玩，对什么样的女孩才会心动。你恰好是后者……其实我没必要跟你解释这么多，反正就是演场戏，你也不必有多少台词，保持现在的状态，单纯、局促就行！"

沈良年似笑非笑地看着姜小山。小山低头看到鞋子上的灰，很想弯下腰去擦掉那层灰，但也只是想而已。这太荒唐了，冒充他女朋友？单纯、局促？

很显然，沈良年也注意到了姜小山的衣着：牛仔裤，格子衬衫，磨得不像样、落了灰尘的运动鞋。他的眉头微微地皱了皱，抬手腕看了下表，说："还有一点儿时间，我带你去这附近的商场逛逛！"

姜小山站在那里没动，她说："沈总！"

"我还是习惯你叫我沈哥……叫我良年吧，记住，千万不能叫沈总。"沈良年盯着姜小山的眼睛很认真地说，"事实上，我也不是什么总，我只是个靠收房租过日子的……富贵闲人，嗯，最近也在小打小闹地做点投资。"他其实也没必要对她交代这么多，或者提个让她没法拒绝的报酬会不会更好？可沈良年觉得那样会伤到这个姑娘的自尊，他说不出口。

"您不必跟我说这些的！"姜小山在那一刻决定铁下心肠来做场交易了。

"如果您答应把房子租给我……哦，还有胖婶，至少半年，那这个忙我可以帮您！"话说出来，落到空气里，那些在心里盘旋了一下的艰难突然就跑得无影无踪。现实压迫得人不得不开出交换条件，"不好意思"四个字跑得无影无踪。

沈良年像不认识姜小山似的，撇着嘴角打量姜小山，他说："这是在跟我谈条件吗？"

"我没理由无偿帮您！如果您不租房给我们了，那我得赶紧去找房，您也知道，我有老人和孩子需要安顿！"姜小山说得斩钉截铁，甚至动用了一点儿别人的同情心。她在商明河面前最不屑用的同情心，在沈良年这里用得轻而易举。因为，她与他真的就在做交易。能放上的筹码，都放上就好了。

"成交！"沈良年的嘴角挂着一丝微笑，心里想，自己还真是对现在的女孩子不那么了解了。不过，这样也好，这本就是个交换的世界，能交换的就没问题。

再次走进酒店，姜小山焕然一新：穿着蓝白拼色七分袖运动T恤配淡蓝色短伞裙，脚上是一双重归时尚圈的白色贝壳运动鞋，马尾被放了下来，在脖颈处一束。整个人清爽干练又清新得如同踩着弹簧走路的赫本。这话是沈良年说的。姜小山的脸微微地发烫，她低下头不说话。她是个很有自知之明的姑娘，所以她原谅了他那样轻慢的调侃。

"只是见面吃一顿饭就可以吗？"她不放心地追问。

"不然呢？你以为……"沈良年坏坏地扫了一眼姜小山。

姜小山笑了："我明白了！"

他的前妻很难缠吗？直接拒绝不就好了吗？干吗还要找临时演

员出场？他看穿了她的心事，电梯上只有两个人，他说："我不希望把话说得那么绝，总希望彼此就算做不成夫妻，也不必把所有的关系都扯断。但又真的没办法继续……"

沈良年不说还好，一说更乱。但姜小山懂了，男人总是不能爽快地拒绝女人，他们以为这是仁慈，其实是更大的伤害。女人对真相的执着追求有时超过爱情本身。

从电梯里出来，小山低头整理了一下裙子，太久没穿过裙子，还真有些不适应，好在是运动款。

另一个电梯的门打开了，商明河把手插在口袋里走了出来。他穿了一件肩部落了很多字母的白色衬衫配黑色九分裤，和一双棕色图案的休闲鞋，帅气时尚，明亮到耀眼。

很显然，他对在这里见到姜小山也颇为惊讶。再一眼看到她身旁的那个"瘦猴"，商明河的目光像一把刀刺向姜小山，两人目光相接，商明河的眼里凝了冰雪。姜小山不知为什么有些慌，她点了下头，突然又觉得怪异，挺直身子快步与商明河擦肩而过。

沈良年回过头看她，姜小山赶紧小跑着追过去，心扑通扑通地跳。

直到沈良年的前妻吴越进来，姜小山都一直心不在焉的。商明河会误会自己吧？他会把自己当成是为了钱什么都做的女孩吧？反正在他面前自己就没什么形象好吗，何必在意这个？但姜小山的心还是像一张被撕烂的纸，边边角角都是毛毛躁躁的。

吴越打扮得时尚妩媚，整个人精致得像个康熙五彩瓷。她的目光像是X光，姜小山相信她对自己扫描了几个来回，连自己的心肝脾肺肾都纤毫毕现了。不过沈良年给姜小山的定位也就是简单天真的女孩，姜小山也不用讲什么，只管心无旁骛地喝她的西瓜汁就好了。

吴越扫了一眼专心吃牛排的沈良年："你们男人还真是口味一致，想当年……"

沈良年喝了一口咖啡，伸出一只手来让吴越停止："我们不说当年，看未来，未来！"

姜小山的笑浮在脸上，轻轻淡淡的。那么洒脱无畏、闲云野鹤般的沈总竟然有这样的一面，不知讲给胖婶听她能不能相信。

吴越笑靥如花，对着小山说："你看，你看，男人都是这副德行，我是过去，不能说，你是未来，不过，未来都会成为过去，会有新的未来接替你。"

"不带这么吓唬我家小山的。好像我怎么样了似的……咱俩两不相欠，是吧？如果要算账，那咱还真得另找个地方！"沈良年伸手搂了姜小山的肩膀，姜小山很不自在，但又不能拒绝，脸上的笑变得更淡了，几乎要撑不住。

气氛剑拔弩张起来。吴越把手里的杯子重重地放到桌面上，脸上挂着一层霜。姜小山站起身，说了句"不好意思，去趟洗手间"，赶紧起身逃出去。

小山出了包间，刚走几步，好死不死，又见到了商明河。他斜着身子倚在墙上，看着姜小山说："我要说你没跟踪我，谁会信呢？姜小山，你的出镜率太高了吧？"

"您自作多情的功夫见长。不好意思，让您失望了。就算我有心跟踪您，这么高级的地方我也没钱进来！"姜小山横下心来，直言面对。

"哦？"商明河的目光盯着姜小山的眼睛看，像要从中挖出真相来。

"刚刚那瘦子符合你的审美啊？"

"我的审美关你什么事？我说商总，求你放过我吧。我们桥归桥，路归路，从此大路朝天，各走一边，不好吗？我姜小山到底跟你有什么仇什么怨，你总是阴魂不散地针对我，缠着我？"姜小山不想把事情搞大，让沈良年在前妻面前露了馅，进而连累到自己的房子。

"什么？我缠着你？开什么玩笑？不对，逻辑不对，不是你缠着我，总在我眼前晃吗？真烦，想消消停停吃顿饭都不行，你还真是磨人精！也怪了，你这张臭脸上明明白白写着一个'滚'字，竟然很招人……"商明河的脸上阴晴不定，看不出是恼怒还是调侃。

"你……"姜小山有些怒了，他这么羞辱自己很开心吗？

姜小山不想再说了，这人是什么逻辑啊？自己见什么人，做什么，审美怎么样，跟他有半毛钱关系吗？不是他一会儿害怕自己骗他，一会儿又觉得误会了她吗？

姜小山刚走出去两步，商明河追上来拉着她说："你不能走，这事你必须得跟我说清楚。"

姜小山使劲甩开商明河的手："说清楚什么？"

不远处站着个漂亮女孩，看向商明河这边，一看就是和他天造地设的一对。

她喊："明河，怎么了？"

"没事儿！"商明河点了一下头，顺便撒了个谎。

"公司有点儿急事，我去处理一下，马上就来！"

姜小山的心颤了一下，那才是和他相配的女孩，他这么急吼吼地出来审问自己，根本就不是在意自己，而是害怕自己破坏他的约会吧？

女孩进了包间，姜小山的心灰了一层，她退后半步，郑重地说："商总，如果您觉得我打扰到您，那我真的很抱歉。从今以后，在任何场合遇到您，我都可以装作素不相识的样子。您也只当我不存在就好……"

"这话你说过很多遍了！"他的眉毛挑起来，恼怒清晰地写在了那张英俊的脸上。

"不好意思……"

不等姜小山把话说完，商明河拉起姜小山的手大步流星地往电梯里走。

姜小山挣扎着："你干什么，我的包还在里面……"

电梯里只有他们两个人，商明河的双臂把姜小山罩在怀里，他几乎是在她耳边说道："你再动，再动我就吻你了！"

他的长睫毛几乎落到她的脸上，他的呼吸细细密密地包围了她。她的目光遇上他的目光，彼此的脸近在咫尺，一瞬间，她败下阵来，目光落下去，心"咚咚咚"地跳了起来。

姜小山一动都不敢动，整个人像被魔法定住了一样。她望着他，世界消失在眼前。她不知道，被施了魔法的人还有商明河，他也完全不知道自己为什么会那么想吻这个不停给自己制造麻烦和困扰的女孩。

他们都不知道，那个叫爱情的魔法制造者如同一个制造恶作剧的孩子，乐于见到这样的悲欢，乐见其发生。

不然，这人世间，一个萝卜一个坑，多无聊，多寂寞。

好半天，她轻吐朱唇，说了一个字："滚！"

那是个狠字，却被姜小山说得有气无力。

第三章　"薛定谔的滚"

01

邹大庆站在商明河面前好半天，他都浑然不觉，他的嘴角带着一抹若有似无的微笑，手举着那把孔明锁放在眼前，傻笑，若有所思。

邹大庆认识商明河许多年，老友这副"花痴样"他还是第一次见到。他确定这家伙是在恋爱了。

这一段时间，商明河真的有了一些改变，比如，加班时，他会先问大家有没有着急的事，从前，就算谁有急事请假，他都会面无表情地说："出来工作，就要排除万难，不能加班，那不如回到妈妈身边去好了。"

再比如，他会跟大家一起去吃饭庆祝。从前这事都只交给邹大庆，他是不参加的。公司里的人也都觉察出了"河帅"的变化，考拉说，咱"河帅"这是跟国际接轨，管理越来越人性化了。邹大庆倒觉得，皮裤套棉裤，必是有缘故。看来，跟那个姓姜的小姑娘有关啊。能撼动"河帅"的，只能是爱情啊。

邹大庆拉了张椅子坐在商明河对面，手拖着腮，似笑非笑地看他。

商明河惊觉邹大庆在眼前，没皱眉，剑眉星目间的笑容先收了，摆出平常那副半死不活的样子。

"什么时候进来的？怎么不说话？打算吓死谁？"

"你的话有点多！"邹大庆极力忍住笑。

"问你一件事！一个女孩——"

"一个女孩？哦，你朋友的女朋友？"邹大庆的笑几乎要从身体里蹿出来。

"对，一个女孩说让你滚时，是什么情况！"商明河把手里的孔明锁迅速地拆开，迅速地拼合好，然后像个做了坏事赶紧掩藏的孩子，目光追着邹大庆。

"这个嘛！"邹大庆憋着坏笑，差点憋成内伤，他极力让自己装得一本正经的。

"有没有听说过一个定律叫'薛定谔的滚'？"

商明河摇头。

邹大庆兴奋地打了个响指："居然有你不知道的！就是一个妹子叫你滚时，你永远不知道她是叫你滚呢，还是叫你过去抱紧她。此时的你应处于一种'又抱又滚'的量子力学状态，如果想解出该波函数以得知在平行世界你会被踹翻还是被抱紧的概率，这概率的关键是——"邹大庆卖关子。

"是什么？这么复杂？还函数？"学霸商明河的兴趣完全被激发了。

"看脸。老大，就你这张脸，被踹翻的概率微乎其微，'壁咚'她没问题！"

"慢点儿，没听明白！"商明河眉头紧锁，看起来"有点方"。

邹大庆的笑终于山呼海啸般涌出来，原来那么酷的商明河遇到爱情也是这副德行啊！智商呢？为零了呀！

"滚！"商明河终于明白过来，起身抬脚踢邹大庆。

邹大庆一闪身躲掉商明河的脚，手脚并用，做滚的姿势，及至门前还探进头来问："到底是抱了还是被踹了啊？"

商明河假意要扔手里的孔明锁，邹大庆把门关上。商明河跌坐到椅子上，脚跷到桌面上，人傻笑了起来。

那不是商明河修养之内的姿态，但那一刻，他想在修养之外。就像他喜欢那个"尘土飞扬"的女孩，也在他惯常的生活之外一样。这一路走来，都是女孩主动追求他，哪容得他这么煞费苦心？就算是鹿笙，也是她走过来，他接了她的好，两个人并没有这么多故事与波折。最大的挫折是老妈给的。他真的很久没再想过鹿笙了，时间果真是良药。

那天在电梯里，姜小山在商明河的双臂环绕中，两个人的脸无限接近，她说出了那个"滚"字，那个字有气无力地落到明河的脸上，不像是疏远，倒像是亲近，商明河的心像被什么东西弹了一下，浑身是无力的。但他还是向后倚了，那是他的修养，气氛有些尴尬。

解救尴尬的是电梯门开了。

姜小山仓皇地逃出去，商明河跟着电梯一路坐上去，又一路坐下来，人从云端落到了地面上。但姜小山消失不见了。

爱情的可怕之处就在于它把最不可能变成可能，不容置疑。他爱上了这个姑娘，他爱上了姜小山。商明河的心里一再确定这件事，反反复复。是从什么时候开始喜欢上她的呢？从前，一切都在他的控制之内。可是这段感情，像水一样浸入自己的生活。

那天舒培是带着莫北一起来跟商明河吃饭的。在吃饭之前，他们去逛了一下商场。舒培别有用心地让儿子给莫北挑一件首饰。

商明河心不在焉地说："哪有平白无故送女孩这种东西的，这要莫北的男朋友送才可以！"

舒培脸上的职业笑容褪去，露出做妈妈的急迫之情，她说："如果只是时间问题，这就可以忽略。"

商明河的眉头拧成了疙瘩。他不喜欢老妈对自己的事指手画脚。虽然不确定鹿笙的离开跟老妈有什么关系，但一定有她的原因。他从上大学开始，就再没问老妈拿过一分钱。他说了，他不是老妈养的仙人掌和锦鲤，他要按照自己的意愿，开辟自己的事业和感情。

莫北当然不愿意看到这样的局面，适时出来阻拦，商明河松了口气，冲莫北撇了撇嘴。莫北的善解人意很好，但商明河偏就不喜欢这份善解人意。那份恰到好处商明河觉得做朋友刚刚好，做恋人未免少了些吸引力。

这些落到舒培眼里，是两个年轻人的花腔。或者他们只是不愿意在她面前怎么样。她进而又怀疑，他们会不会背着她暗度陈仓？这样一想，竟有一点儿阴霾遮到心头。她是认可莫北做儿媳妇的，但儿子与儿媳妇真的亲密无间了，婆婆的心里还是会打翻一瓶醋的。

商明河怎么都没想到在酒店会遇到姜小山。她打扮得漂漂亮亮的，竟然跟那个瘦得像麻秆一样的沈良年在一起。之前，在她家的院子里也遇到了他，他们之间到底有什么关系呢？

商明河的心里打翻了一瓶醋。如果问那时商明河有没有意识到他在吃醋？答案是——没有。

事实上，吃饭吃了好半天，他都没明白自己的坏情绪来自何方。如果是来自于老妈带莫北吃饭，也真没那么不愉快。相反，他很害怕单独跟老妈出来吃饭，老妈会把训公司员工那套带到餐桌前，一顿饭吃得比见投资人还累。

有了莫北，商明河倒可以随意沉默不语，不必一对一被盯得那么辛苦。

理工男商明河还是抓到了坏心情的尾巴——是因为见到姜小山，见到打扮得漂漂亮亮的姜小山跟在别的男人身后。他不确定那是她的又一个兼职还是她真的被"二两肉"捷足先登了。可这些都跟自己有什么关系呢？有什么理由影响到自己的情绪呢？商明河来不及细想，反正是影响到他了，他不能坐视不管。

意识到坏情绪的缘由之后，他从包间里出来，本想打个电话给姜小山，借口还没想好，就见姜小山慌里慌张地出现在自己的面前。

那一刻，商明河心里的阴霾一扫而光。

就算是一天之后，商明河坐在自己的办公室里，还是会感觉到姜小山的气息，她身上好闻的洗发水的味道，她有气无力地说出那个"滚"字，她的气息落到他的脸上，宛若和煦的春风。

商明河发微信给姜小山："喂，豆瓣绿都快死了，你都不来养护吗？"

长了腿的消息飞了出去，商明河盯着对话框看了好半天，没动静。

真是，这死丫头做什么能做好？售后服务这样能行吗？

怨了一下，他马上又担心起来，会不会她又有了什么麻烦？不会真的跟那个沈良年有什么吧？

该死，那天为什么不问清楚他们是什么关系？可是，自己要以什么立场问这事呢？

商明河从来没这么瞻前顾后过。他在办公室里转了两圈，重新坐回电脑前，手机对话框竟然出现了一条消息。

"不好意思，我给你个电话，你联系他。"

谁要什么电话呀，她是不是傻啊？

商明河总能轻易地被姜小山挑起火来。

"你是不是欠我一个人情？不，是欠好几个人情！"

商明河自己都觉得自己的脸皮厚了一层。反正不是面对面，厚点就厚点。

"好像……你要我怎么还？"

什么好像啊？商明河的手指迅速在手机上打出一行字，怕自己犹豫似的飞快地发出去。

"请我吃顿饭。"

"好！"

商明河盯着那个"好"字等下文，可是等了许久，都没再有下文。他想再追着问，又觉得自己的脸皮已经厚得砍一刀都不出血了，再追问，意图太明显，太伤自尊了。她是个恋爱高手吧，把自己弄得这么魂不守舍？怎么又怀疑起她来了。不对，这不是面对姜小山的"正确打开方式"。

商明河败了兴致，很想去问邹大庆，又怕他笑话，讲什么"薛定谔的滚"。看颜值？"壁咚"不会被打？商明河摇着头笑了。心情莫名地好了起来。

考拉探头进来叫他开会，整个开会期间，邹大庆都在说推广方案，商明河的思想几度溜号，不停地看手机。

手机像哑了一般。

会议结束。

邹大庆的胳膊攀上商明河的肩膀："给你讲个笑话，刚刚失恋了！"

"你失恋？你恋过谁啊？"商明河的注意力还在手机上，很敷衍地回答着邹大庆的话。

"笑话还没完呢，我不叫刚刚，我叫庆庆！"

"噗！能不能不那么恶心！"

"我说老大，我这个情感专家随时等着给你答疑解惑！"

"'薛定谔的滚'？滚吧你！"

商明河回到办公室，还是没忍住拿起手机。

"能不能有点儿诚意？我这样厚着脸皮让人请吃饭，你却没了下文，你考虑过当事人的心情吗？难怪你要做八十样工作，情商太低了。"

消息发出去，商明河后悔死了，自己这么急吼吼的，万一被她看穿，多没面子。

"商总，不好意思，今天不行，明天魔豆要去幼儿园，晚上我要带他去买点儿东西。"

"我也要去。不许拒绝！"

商明河打出了这行字，手指在"发送"键那停留了好半天，又退了回来。

索性就脸皮厚到底，什么样难啃的骨头商明河都没怕过，华尔街那些百般挑剔的投资人商明河都没惧过，何况一个女孩！

魔豆，那小家伙像小老虎一样护着姜小山，还真是没白疼。

她才多大，怎么会有那么大个孩子？不过，像她那么笨的单细胞动物，不被男人骗才怪。

可自己为什么非要死缠烂打，搅进姜小山四处漏风的生活里去呢？

商明河一个字一个字地删掉微信上的字，他不会那么野蛮霸道地去追姜小山，他不想吓到她。或者，他对自己也没有十足的把握。他想到了鹿笙，心被狠狠地揪了一下。带一个女孩进自己的生活意味着什么，他太清楚了。

不过，此时非彼时。彼时，他的肩膀还不足够承担起对一个女孩的责任，强行把一个女孩带到自己的生活里，被慈禧太后般的老妈反对着，纵使自己有倔强的骨头，也只能反抗而无力掌控局面。

现在，若真是爱上一个人，他会倾尽全力保护她。鹿笙离开后，他这几年都没有真正谈过一场恋爱，但他内心早已做了这样的打算，他的爱情只属于他，不会再被任何人影响。

她是那个人吗？商明河想到那张倔强的脸，心里暖了。

莫北的电话打进来。

"明河，我朋友送了我两张大剧院音乐会的票，晚上一起去吧？"

"我约了朋友！莫北，别听我妈的，我们——不会有结果的！"商明河说得斩钉截铁，唯有这样，才不会辜负她，不是吗？他不愿意伤女孩子的心，但他更不愿意暧昧不清，耽误了她的大好时光。

商明河放下电话，手里摆弄着那把孔明锁。

女孩子的好时光如雨后荷叶上的露珠，阳光一出来，停留不了多少时日。并不是说这以后的时光就有多么不好，而是，在这之后，经历了风雨，是另外的好。

商明河突然想起姜小山那个做财务工作的嫂子，她来自己的公司上班了吗？

　　在意一个人，心里的事历经千折百转，最后都会绕到她身上，这种感觉，商明河还是第一次体会到。

　　给豆瓣绿浇了水，商明河重新坐下给姜小山发短信，这回他好声好气地说："去哪儿，我也要买点儿东西，一起吧？"

　　过了好半天，微信响了一声，屏幕上是个跳舞的小女孩，手上举着个"好"字。商明河的心里真像放了烟花般绚烂。

　　口袋里没现金，商明河把考拉叫来，在微信上转了一千块钱给考拉，换成现金。考拉疑惑："老大，您要去哪？现在咱楼下麻辣烫都可以用微信支付！"

　　商明河笑而不答。万一魔豆那小家伙想吃点儿什么呢？魔豆会喜欢自己吗？

　　商明河摆弄着那把孔明锁，想，孩子都是喜欢乐高玩具的，还有变形金刚，他突然觉得有了希望似的，兴冲冲的。

02

　　秦明月的嘴角起了两个大泡，如同挂着两滴水珠。也许就是去打掉孩子时那一股火顶的。还好，还好，秦明月已经很庆幸、很感恩了，一念之间，孩子留下了。可姜水却是另一番心境。

　　姜水躺在床上，两天没起床了。一个大男人，整天窝在床上唉声叹气，这种日子真是比雾霾天还让人喘不过来气。

　　秦明月很气，但又无可奈何。她何尝不知道姜水心里的急切，何尝不知道这对他的打击？可人生要是能靠那些虚幻的梦想支撑的话，每个人的头上就都有一片天了。可是现在呢？不过是大片的乌云。当然，见到了一缕阳光后又被乌云覆盖，会比从没见过阳光更让人灰心丧气，但那又怎么样呢？

　　姜水的游戏版权没卖成。那人打了电话来，给了个很高的价——五十万，就没了声，像蒸发的水蒸气，到底来没来过都让人生疑。

姜水那些天像魔怔了一般，去洗手间都要拿手机看一看。再不然就用秦明月的手机给自己打个电话。铃声哇啦哇啦地响，每个音符都敲在秦明月的心上，她起身看着瘦骨嶙峋的姜水，轻轻地抱住他。

"要不，明天打个电话问一问？"那时已是夜里十二点多了，自然不能打那个电话。

秦明月摸了摸自己的肚子，很想对姜水说："其实，咱不必靠天上掉馅饼，咱俩好好工作，养活一个孩子还是问题吗？那些外地来这里卖煎饼果子、地瓜的，不也照样把日子过得好好的吗？"

可秦明月什么都没说，她说服不了姜水，也同样说服不了自己。

姜水翻来覆去，熬到天亮，秦明月还没上班，他就把小小的出租屋的地拖了一遍又一遍。秦明月起床，吼那个想被认可想疯了的男人："你能不能消停会儿？你还十八岁吗？遇到点儿事这么沉不住气？"

秦明月脚下一滑，屁股摔得生疼。

秦明月心里一惊，这孩子……肚子倒很安稳，姜水"咚"地坐在床上，好半天不吭声。

秦明月"喂"了一声，喊："你不能拉我起来啊？"

姜水起身拉秦明月起来，这才想到问老婆有没有事。

"你还会想到我们娘俩有事没事吗？你的心还在这个家吗？跟你的电脑、你的网文过算了！"

一抬头，秦明月看到他的脸上有泪。她的心软了下来，跟他并肩坐在床沿儿上，握住他的手，说："老公，我们是有困难，但我不希望你变成这样！咱们儿子肯定也不希望你这样。"

姜水的目光虚虚地望着家里的某一处墙角，眼睛仍是湿漉漉的。

上午八九点钟，秦明月故意去菜市场，空出时间来给姜水打那通电话。

秦明月在菜市场买了排骨与冬瓜回来，看到姜水的目光盯着电脑屏幕，眉头拧成了一个大疙瘩。

秦明月不太敢问姜水是什么情况，好在姜水发现老婆回来了。他急切地挥手叫她到电脑前。秦明月弯腰看着电脑屏幕，那个笔记本电脑用得太久了，真该换一台了。

"你帮我看看，这个……这个……两篇文章像吗？"

屏幕上密密麻麻的文字秦明月看不进去，但她还是努力地看下去。

"怎么了？"

"怎么了？"姜水指着电脑屏幕说，"这个叫'美丽妖'的作者抄我的文章，你看这段……这段……抄得一模一样！"

姜水骂了一句很难听的话，秦明月看到姜水满腔怒火，他的拳头砸到了那只无辜的鼠标上，鼠标低声呜咽了一声，电脑屏幕上那些窗口动了一下。

"读者说'美丽妖'的小说跟我的故事差不多，但她的更有想象力。这是抄袭！是赤裸裸的抄袭！"

就好像他咬牙切齿地多说几句抄袭，那个"美丽妖"就会在电脑那端碎成粉末一样。秦明月知道，卖版权的事泡了汤。它就像一个美丽的肥皂泡泡，在阳光下五颜六色的，他们还没仔细看清楚有多少种颜色，它就"啪"的一下碎掉了。

秦明月拍了拍姜水的肩膀，清楚地听到自己说："没事，抄袭是无能的表现。她能抄，你还可以再写！"

秦明月看到姜水愤怒的脸上瞬间绽放出光彩，只有秦明月自己知道，自己的心是怎样碎成了一片一片的。她已经答应人家要还钱，那几万块钱去哪里弄呢？还有，自己怀了孕，还怎么找工作呢？当时自己真该咬咬牙，狠心拿掉这孩子……

秦明月咬了咬牙，给自己一点儿力量，她起身系上围裙，说：

"再怎么样咱也得吃饭，老公，冬瓜排骨汤想吃吗？"

姜水皱着脸说："咱们办婚礼，这事今天就操办起来！"

秦明月刚想说点儿什么，姜水说："老婆，能不反对吗？"

秦明月想，也好，权当江湖救急了。那些钱也是他们当初随份子随出去的，只当是零存整取了，怎么就不行了？

站在什么山唱什么歌，秦明月很想大哭一场，但现在，她得安抚无比失落的丈夫，然后咬紧牙，从容地活下去。

一场复婚的典礼，不怕人家笑话吗？秦明月偷偷看了一眼姜水，姜水正兴冲冲地写名单。由他去吧，秦明月真的累了。

03

商明河拿着车钥匙刚从公司出来，就看到了莫北。

莫北穿着一身绿色长裙，美得像仙子。还没等商明河说什么，邹大庆从后面吹着口哨走过来。

他说："美女，以后出门你得带个千斤坠！"

莫北不明就里，一脸迷惑。

邹大庆说："不然的话，一阵风来了，你这下凡的仙女就飘走啦！"

莫北笑了，眼睛瞟到商明河这。商明河抬抬下巴对邹大庆说："给你个机会，送仙女回去！"

莫北冷着一张脸说："不劳商总费心，我能自己来，自然能自己回去！"

邹大庆讪讪地看了看商明河，又看了看莫北："我说俊男靓女，你们俩这样考虑过我的感受吗？"

"你皮糙肉厚的，感受可以忽略不计！"

"找我有事吗？"

"没事就不能来看看商总？"莫北故意没开车，叫了专车来，就是想跟商明河约会。

"朋友给了两张国家大剧院的演出票，想来想去也只有你能跟我一起去了！"

"这个你在电话里说了，我也说有约了！"商明河说完自己偷笑，约去超市，这个约会真是……

"我以为那只是拒绝的借口……很重要吗？"莫北手里拿着那两张票，不死心。

"嗯，很重要！"商明河想起自己的厚脸皮，像个任性的男孩一样，再次偷笑。他走到自己的车边，看到莫北的盛装，绅士风度总是要有的，还有点儿时间，可以送她回去。

商明河拉开了自己的车门，让莫北坐。莫北犹豫了一下，坐进车里。

"得，原来是俊男靓女拿我耍花腔，损失费你们得给啊！"邹大庆很故意地叫嚣着，手里的电话响了，邹大庆看了一眼，整个人瞬间瘫软了下来。

电话是梁哆哆打来的，她说："大庆，我昨天梦到你了，你连人带车掉到悬崖下边……"

邹大庆倚住墙，眉头皱了一下："我死了也就算了，何苦连累车……"

商明河幸灾乐祸地按着喇叭："'薛定谔的滚'，滚！"

邹大庆冲商明河喊："至于这么幸灾乐祸吗？"

"我电话里不都说了，我不去听音乐会，我约了朋友！"商明河挂着一张扑克脸对着莫北。

"我陪你去！"

商明河愣了一下："莫北——"

"怎么，你那朋友见不了人？抑或是我见不了人？"莫北故意装作轻松地说，手里攥着那两张票，紧紧地捏着肩上挎着的包。

商明河盯着莫北看了一会儿，说："你不是太后派来侦察敌情的吧？"

"我只是想看看我的敌人是谁？"莫北嫣然一笑，但商明河从那笑中看出一点儿树枝的劲道。一向都是等着别人追的女孩，把话讲得这么明白，可见其破釜沉舟的心。这不是个可以持久暗恋的年代。

由莫北，商明河想到自己，自己对姜小山，真的有持久的耐心吗？真的谈起恋爱来，自己恐怕得如同爬雪山、过草地。那个女孩，她的家世，自己的老妈……但爱情来了，怎么办呢？只能兵来将挡，水来土掩了。想着要为自己心爱的姑娘进行一场战斗，明河有些跃跃欲试。

"让我来保护你，让我来守护我们的感情！"那是多豪迈的一句话，很有力，让人感到幸福。

"莫北，我一直把你当成是朋友，我不希望因为我，耽误你！"商明河在斟字酌句方面感觉困难。

"没事，我今天呢，反正也没事，给商总当会儿秘书，不介意吧？"看来莫北心意已决，倒是商明河犹豫了，要把她带到姜小山面前吗？她的麻烦已经够多，自己把莫北带去，会不会……也许，会有另外的化学反应呢！她那样的女孩会吃醋吗？嗯，莫北倒真的是个让女孩嫉妒的对象。也好，就带莫北到姜小山面前，试试她的心意。

心思一动，商明河的车开了出去。

在离姜小山家不远的超市里的游乐园中，商明河看到了陷在海洋球里的姜小山和魔豆。

小山穿着桃红色的T恤、白色破洞牛仔裤，束着马尾，脸上的笑被阳光映得像个小苹果，恣肆、自由，那是商明河从没看到过的姜小山。

04

姜小山都不记得自己有多久没这么轻松地笑过了。抛海洋球，人懒洋洋地陷在那里，一个妈妈过来说："你儿子长得可真漂亮！"

姜小山看了魔豆一眼，摸摸他的小脑袋瓜说："阿姨夸你漂亮！"

魔豆认真地纠正："夸女孩才能说漂亮，夸男生要说帅！"小山开心地笑了，然后礼尚往来，赞美那个妈妈的女儿长得漂亮。两个孩子很快玩到一处。

从海洋球里爬出来，姜小山给魔豆和自己一人买了一支冰激凌，两个人选冰激凌时都很开心，魔豆要抹茶味的，姜小山吃芒果味的。拿到手里，咬一口，嗯，好吃。阳光那么好，天那么蓝，世界那么喧嚣，姜小山咬了一口冰激凌，闭上眼睛，像是在仔细回味那份温暖与美好。

魔豆喊："叔叔好！"

姜小山睁开眼，看到了商明河，也看到了商明河身边站着的漂亮姑娘。小山冲两个人笑了笑，算是打了招呼，人却是虚的。她蹲下身来给魔豆擦手，心里想的是，假装彼此都没看到就好了，省掉了多少麻烦。男人的话还真是不能听，说来找自己，结果一转身就约了漂亮姑娘，居然这么巧，他们会碰到，世界还真是小。

闪念之间，自己面前一片黑，魔豆再次脆生生地喊："叔叔好！"商明河站到了自己面前，挡住了阳光。

躲是躲不过去了。也是，有什么好躲的呢，自己跟商明河是清清白白的关系。姜小山站起身，扯出一丝笑容，看了一眼商明河，又看了一眼漂亮妞。

那女孩一看就是那种从小养尊处优，接受过良好教育的人，长得也真是漂亮，漂亮得闪闪发光。那条裙子也漂亮，还有高跟鞋，是哪本书上说的，高跟鞋是女孩子的自尊心。呵呵，那女孩的自尊心真的在，自己的自尊心离家出走了……

女孩在女孩面前，总会不自觉地进行比较，即使没心没肺到姜小山的地步，也还是会有那么一点点自卑生出来。

"嘿，真巧！"姜小山用手里的纸巾给魔豆擦完手，那个黏黏的小纸团在她的两手间揉来揉去。

"刚刚莫北问咱俩是什么关系，唔，那我就正式介绍一下，这是姜小山，'万能打工小姐'，我女朋友。这是我妈的助理莫北！"商明河没给姜小山一点儿犹豫的余地，拉她站在自己的身旁，一本正经地给莫北介绍。

"你说什么呢？莫小姐，别听他胡……"姜小山面红耳赤地解释。商明河抓住她的肩膀说："之前不是，从现在开始，是了！"

"哇，小姨你有男朋友啦！我要告诉姥爷去！他一高兴肯定能吃两碗饭！"魔豆高兴得跳了起来。

莫北的脸色很难看："明河，就算是你不满意你妈的安排，也不用叛逆到这种程度吧？她不就是那个你救过的开出租车的女孩吗？"

莫北完全没把姜小山放在眼里。姜小山完全就是个普通人，像商明河这样心高气傲的男人怎么会爱上她这样的女孩？太可笑了。

"莫北，你这样无视我的女朋友，很得罪我！"商明河一脸不高兴。

"你这样难道不伤害我吗？"莫北转身拦车离开。

姜小山尴尬地站在那里，不知所措。

商明河摸了摸姜小山的头："我说的都是真的，没开玩笑。从今天起，不，从现在起，做我的女朋友吧！"

姜小山终于还是缓过神来，她冷了脸，说："你是不是觉得我会欢欣鼓舞，喜极而泣，甚至要跪地谢恩？商明河，之前你一直怀疑我接近你的目的，现在不怀疑了吗？你让我做你的女朋友，我就必须接受吗？告诉你，本小姐虽然穷，但还真没穷到要傍大款，要出卖自己的感情的地步！"

商明河笑了，他说："你看，我就喜欢你这样，这么有骨气。魔豆，你小姨发疯了，怎么办？"

"女人啊，就是麻烦。不过，你不是他男朋友嘛，女孩子就要哄啊,何安说,这世界上没有哄不好的女孩子!"魔豆很喜欢商明河,小手不自觉地拉住了商明河的大手。

"何安是谁啊?"

"我哥哥啊,好像……他是小姨的上一个男朋友!"

"魔豆!"姜小山大叫一声。

"你哥哥的女朋友,你叫小姨,这关系还真挺乱的!"明河突然觉得关系微妙起来,原来这孩子不是小山的。难道他这么轻易就搬掉一座山了吗?

"那你有信心打败何安吗?哎呀,你们大人真麻烦,我不知道该帮何安还是该帮你了!"魔豆陷入了深深的苦恼中。

"想吃什么,叔叔请!"

坐在必胜客餐厅,商明河和魔豆头挨着头点餐,姜小山气哼哼地坐在另一张桌子前。服务员来问点什么,姜小山看了一眼餐单,什么都不舍得点,倒是商明河替她要了杯蜜桃果茶。他和魔豆倒要了个四人套餐,故意表现出吃得很嗨的样子气姜小山。姜小山吓魔豆:"一点点好吃的就收买你了,人贩子就会这一招!"

"才不会呢,人贩子又不是你男朋友!"

商明河竖起大拇指说:"你比你小姨聪明,她傻乎乎的,到处上当受骗!"

"不许你说我小姨,我小姨是这世界上最善良、最美丽的大美女。"美食当前,魔豆居然还记得护着姜小山。

"这个嘛,魔豆,你的审美有待提高!"商明河似笑非笑地看着姜小山。

"唉,你们这些虚伪的大人啊,明明喜欢人家,还不承认人家是美女!"魔豆小大人似的摇头叹息。

"你又懂了!"商明河偷看姜小山。两人的目光遇到,姜小山迅速转过头。商明河像捉到小偷一样开心。

姜小山的脸转向窗外,一切都像梦境一样。但是,灰姑娘梦醒了,王子和南瓜车都会不见,就算拥有一双水晶鞋又有什么用呢?

姜小山吸了吸鼻子，眼睛又干又涩。电话突然响了，是姜水，他说："后天我跟你嫂子办婚礼，我们给你留了五十张邀请卡，你要是没事的话，回来填一填，发出去！"

"你们复婚吃个饭就行了呗，弄这些幺蛾子……"姜小山的话没说完，姜水的电话就挂了。

魔豆听得清楚，小大人似的叹了口气，说："我那'啃老'，不，'啃我小姨'，哦，是'啃我舅妈'的舅舅，他啊，一心想当网络大神！"

"魔豆！"姜小山猛地叫了声魔豆，魔豆吓了一跳。商明河偷偷跟魔豆比了个赞，他小声说："以后咱俩的秘密悄悄说啊。"

魔豆很认真地点了点头。他吃了口比萨，沾得满嘴都是，但还是很不放心地嘱咐了商明河一句："女孩子都不喜欢男的还喜欢别的漂亮女孩，我妈妈总为这事跟我爸爸吵，我小姨肯定也不喜欢……"

"小人精！"商明河笑了，"放心，叔叔喜欢上一个人很难。只要喜欢上了，就会一直喜欢下去！"

魔豆从椅子上跳下来，跑到姜小山那，耳语了几句，姜小山看商明河时，满脸通红。

她似乎不再那么别扭，也不是不喜欢商明河。魔豆拉小山过来，明河拉了小山的另一只手。

商明河说，天那么好，他知道有个好地方可以踢球。魔豆开心地抱住商明河，然后眼巴巴地看着姜小山。这孩子在家里闷太久了，天天守着老姜同志，看熊大、熊二，现在能有人陪他玩，那就让他开心一下吧。

那片草坪很好，他们去时，已经有几个小朋友在踢球了。魔豆很快加入进去，商明河做指导。

小山在旁边的长椅上坐着，看着草坪上奔跑的男人和孩子，心想，如果能一直这样多好，平静从容地生活，不用奔波，不用烦心，草坪上是自己爱的老公和孩子……

小山趴在长椅背上，再次闭上眼睛。眼前的光亮还是被遮住了。姜小山睁开眼，商明河的一双手搭成凉棚遮住小山脸上的阳光。

姜小山并没有坐直，她再次把眼闭上，说："我不怕晒黑！"

"因为已经够黑了！"商明河说。

姜小山没忍住笑了，她坐直，商明河坐在她身边，拍了拍自己的肩膀说："可以靠这里。天下第一的靠枕，不试后悔！"

姜小山靠过去，果然很舒服。她说："对我这么好，我会依赖你的！"

"那就依赖！"

"靠山山倒……"

"那是靠错山头了，傻姑娘！"商明河握住姜小山的手，"我没开玩笑，做我女朋友吧？"

两个人十指相扣，阳光如水一般渗透到生活里。真的跟梦一样。哪怕任性一会儿，姜小山都觉得那是最珍贵的礼物。清风吹来，海棠树的花瓣纷纷扬扬地落下来，那么美。

姜小山轻声说："一会儿，一小会儿就好！"

那天，小山讲了很多话，讲了魔豆，甚至也讲了何安。明河一直握着小山的手，他说："对不起！"

"嗯？"小山的目光寻问着。

"我来晚了，让你受了这么多苦！"

小山笑了："你来了，还横行霸道，不知道我有多伤心！"

"真的？"

"假的！"

商明河把小山的手贴到自己的脸上："都是这个坏家伙，又冷漠又自私！"

"才不是呢！"小山的眼睛眯着。

"那是什么？"

"是聪明的大恩人，也是爱吃醋的'暴君'！"

明河笑了："和沈良年的事用不用交代一下啊！"

小山捏着明河的鼻子："那天我不辞而别，沈良年发了火，他是我的房东，那房子我恐怕住不下去了！"

"就那破房子，他是怎么好意思租的？"商明河心里盘算着替小山找个新的地方住。

"要不搬到我家吧？家里就我自己！"

"河蟹！"小山大叫一声。

"叫我吗？"

"当然是！"

"能给我找个帅气一点儿的动物吗，兔子小姐？"

那晚，商明河的微信发来，他说："晚安，我的姑娘！"

姜小山没回，但是她怎么都睡不着。

她不知道自己跟商明河之间隔着多远的距离，也不知道不知人间疾苦的有钱人会爱她多久，她只是害怕自己再一次陷入爱情里，又一次遍体鳞伤。是的，何安给她的伤痛太深、太疼了，让她想想都不寒而栗。

商明河那么出色，那么帅，像莫北那样出色的女孩都喜欢他，自己何德何能让他爱上自己呢？或者他只是厌倦了那些女孩，想换换口味？

姜小山起身给魔豆盖好被子，重新躺下，翻看商明河的朋友圈，看到他转的关于创业的一些文章，他的世界离自己真的那么遥远，遥远得像是天边的星星……几滴泪落到枕边，姜小山悄悄擦去，她不能再给自己一次遭遇伤痛的机会，她连死都没资格，她还要照顾老爸，在何安把魔豆接走之前还要照顾魔豆，还有姜水……

艰难的生活面前，爱情算什么呢？

姜小山的心灰了一层，也狠了一层。她对自己说："姜小山，别人给你几滴水，你就当人家是观音呢！醒醒吧！"

他真的爱她吗？自己每次出现在他面前，都那么丢脸，甚至没有一次是带着喜悦和阳光的，他喜欢她什么呢？

这真是个谜题。不过，哪怕只有那么一点点，小山还是感觉很幸福。是的，幸福离开她太久了。

05

姜小山做了个不太好的梦，梦见自己带着魔豆参加何安的婚礼，那感觉特像秦香莲带着两个孩子去认陈世美。

魔豆抱着自己哭，自己也抱着魔豆哭，心里想的还是："我不是跟这坏蛋分手了吗？怎么还这么留恋他啊？他跟什么妖魔鬼怪结婚，跟自己有什么关系啊？"

姜小山还是醒了过来，侧着身子睡觉，一边的胳膊被压麻了。看到床头柜上姜水放着的红通通的喜帖，姜小山浑身无力。

哥哥嫂子兴冲冲地张罗着办婚礼，自己哪有那么多社会关系，叫人来喝喜酒呢？他们也是天真，人走茶凉都不知道吗？离开了一个单位，如果你出人头地、功成名就，那些社会关系就都在，反过来，还真是身在闹市无人问。小山查了一下自己的银行卡，卡上还有4853块钱，22号了，再过几天，打工的地方会发薪水，留个零头，其余的4000块都给哥哥嫂子吧，他们也不容易。

梦里没好事，醒来也没好事。

刷牙时，胖婶凑过来低声说："山，你跟房东说了没，咱这家搬不搬啊？要是非得搬，得尽早打算，房子且得找呢！"

姜小山想起这茬儿，沈良年说这院子有文物价值，住是不可能的了，要修缮。沈良年也说："我家还有个地，你要住就住过去！"

姜小山不想欠谁太多人情，苦笑着说不用了。她跟胖婶说看来非搬不可了。胖婶的圆脸都拉成长脸了，她甩着头走了两步，折回身问姜小山："你是不是特背？"

小山不明就里，点了点头。

胖婶那变形的圆脸上满是嫌弃："你这样的就是扫把星，走哪哪背。我们都住这里两年了，你这一来倒好……"

姜小山也不知道说什么好，愣了一会儿，心想，就算是扫把星，那也没办法。总得活着吧！

这样一想，她竟然有豁然开朗的感觉。

她在脑子里过一遍今天要做的事：送餐；花店说要做活动，要扮成小丑送花，这样一次能多挣五十块钱；要抽出时间找房子，帮着魔豆找幼儿园。

姜小山出门前告诉魔豆，上午舅舅会过来带姥爷去做身体检查，到时候你就去胖奶奶那玩一会儿，别乱跑。

魔豆很认真地点了点头。

接到送花的订单，姜小山迟疑了一下，竟然是芳邻居公司的。

看来是男孩求婚用的，99朵玫瑰，那么大一捆，姜小山叹了口气，折现多好，这么浪费。如果见到商明河……没事，自己要化小丑妆，他怎么会认出自己来！想到商明河，姜小山的心里还是甜丝丝的。

花店买的油彩是最廉价的，涂在脸上油乎乎的。给她化小丑脸的胖姑娘还提醒说："别乱抹啊，否则就不是小丑，是大花脸了！"

姜小山进芳邻居公司时，对着电梯的镜子冲自己做了个鬼脸，惨白的一张脸上套着红鼻头，夸张的大嘴，五颜六色的卷毛假发，红白波点的小丑装，真的挺丑的。叹了口气，姜小山深呼吸，调整面部表情，一蹦一跳地进去，芳邻居公司本就是开放式办公空间，进来个小丑，办公室里的气氛一下子骚动起来。

收到花的大眼睛女孩先是蒙了，接着问小山，真的是送自己的吗？姜小山把卡片拿出来，女孩看着看着就哭了。

她大声喊："张扬扬，你给我滚出来，你个懦夫，连个名字都不敢署！"

整个办公空间都静下来了。好半天，一个细高个的眼镜男站到女孩面前，女孩紧紧地抱住他，又捶又打："你说声喜欢我，就那么难吗？"

"蓉蓉，我喜欢你！"张扬扬说这话时脸上都是没表情的。

姜小山站在一旁，鼻子很酸，率先鼓起掌来。

"你说什么，我没听见！"那个叫蓉蓉的女孩显然很能折腾，也显然，她等这句话等太久了。

"任蓉蓉，我爱你！"张扬扬扯着喉咙大声喊了一句。

"亲一个，亲一个！"看热闹的同事们自然不嫌事大，一起起哄。两个人羞涩了一下，蓉蓉主动，搬过张扬扬的头，狠狠地亲了下去。

姜小山的眼泪跟着落了下来。她想着自己功成身退，也该去下一家了。突然，她的手被人拉住往外走。她转身看到商明河，他冲她眨眨眼，说："要我当着大家的面喊吗？"

那天，芳邻居公司的员工不光看了场求婚的热闹，还看到他们的老大牵着小丑的手上了楼。

考拉张大嘴巴掐身边的凯文说："老大的口味有点儿重啊，对小丑都下手！"

凯文尖叫着摆脱考拉的魔爪："我最烦你们女生随便摸人家！"

在商明河的办公室里，商明河摘掉小山鼻子上的红鼻头，摘掉她的假发，他说："你还真是三百六十行，什么都行啊！"

姜小山低下头虚虚地问："丑吧？"

"正常！"商明河答。

"嗯？"小山不解。

"你不一直丑吗？"商明河忍住笑。

姜小山噘着嘴瞪了商明河一眼，拿起假发和红鼻头往外走："走了，伤自尊了！"

商明河一把揽住小山，小山跌进他的怀里。他顺势一提，小山坐在了他的老板桌上。他们面对面，呼吸撞着呼吸。

小山的双手挡在两人之间："不要！"

"嗯？"

"我脸上都是油彩！"

"我不管！"他任性地托起她的脸，那个电梯里的未遂之吻变成此刻灼热的吻。

仿佛一个世纪那么长，他松开她，她的目光扫到他的脸上，原本的羞怯却忽然变了风向，她的笑明朗无畏——他的脸上白一块红一块，蹭的全是她脸上的油彩，她忍不住大笑起来，商明河也跟着笑，伸手够到手机，姜小山躲闪着："不行，太丑了，真不行！"

两个人的头挨在了一起，脸上是吻花的小丑油彩，商明河还摆了个鬼脸，姜小山受了启发似的咧开嘴，露出两排牙齿。那是他们的第一张合影，第一个吻。小山害羞起来，商明河又拍了一张。

外面响起了掌声。

"会玩啊，你们！"鼓掌进来的人是邹大庆。

商明河抱着姜小山并不回头，他说："识相点儿，滚出去！"

姜小山在商明河的怀里，埋着头笑。一双大长腿荡在桌边，的确有那么点儿少儿不宜。

"老实点儿！"他在她的左耳边呢喃。他看到书里说，对着爱人的左耳说"我爱你"会更容易打动她，左耳离心脏比较近。商明河想试试。

"老大，想你清风明月，也有今天！连小丑你都要，这口味也太……"

"滚！"

"好，'薛定鄂的滚'是不是？"

邹大庆退出去之前，不忘拿手机给商明河拍了张照。

商明河威胁说："邹大庆，你要是敢发朋友圈，就死定了！"

邹大庆嬉笑着："拿钱赎啊！钱不是万能的，没钱是万万不能的！"

办公室静了下来，两个人仍然像连体婴一样抱在一起。

"怎么认出来是我的？"她的呼吸落到他的脸上，两个命运纠结在一起的人第一次感觉对方那么亲切。

"我一直在等你，早上来，我什么都做不下去，你看看你的手机，我给你发消息、打电话，你都当空气！"商明河说得愤愤不平。

姜小山翻看手机，果然有几十条微信、几十个未接电话，她笑了："商总这风格怎么像个未经世事的小男孩！"

"对，我就是未经世事的小男孩，你很老练吗？"商明河挑衅道。

"嗯，我谈过的男朋友……"姜小山摆弄着两只手，"数不过来，加上脚好像也不行！"

商明河捏姜小山的脸。姜小山意识到自己的那张脸很丑，她说："我们这样面对面，真的好吗？"

"为什么不好？"

"丑！"

"反正我的好看大家都知道，某人丑不丑的，我也习惯了！"商明河突然觉得爱情里的一些门道是无师自通的。比如，在姜小山面前，他一向伪装出来的冷硬形象土崩瓦解，他特别像个小男孩，有那么一点儿顽皮，有那么一点儿幼稚，还有那么一点儿可爱和自私。

"我们是两个世界的人！"姜小山终究还是要回到现实世界的。

"我知道，我是帅哥，你是普通人嘛！"商明河继续幼稚下去。

"我说真的，你不了解我……"

"我可以慢慢了解你，你也要慢慢习惯我的坏脾气。不过，我保证，我会尽量改，所有的坏毛病，我都愿意改！可爱不？"一脸油彩的商明河真的特别可爱，可爱到姜小山很想哭。

"还有，我爱你！"商明河对着姜小山的左耳轻声说。姜小山轻声说："我也是！"

"没听到！"

"我爱你！"姜小山抱住商明河，说，"我是很重的负担，但是，我还是想爱你！"

"把'想'字去掉！"

"嗯！"

时光在那一刻静止不动，该有多好。

"哇！"门还是开了，邹大庆做个了巨夸张的呕吐的动作。

这回商明河干脆转过身来，他说："你与别人情意浓浓时，哪次我嘲笑你了，你就不能当一个安静的美男子？你再这样，我就去找梁哆哆。"

"得，算你狠！老大，你……我说姑娘，你对我们老大做什么了？他可是IT精英，上杂志的人物，这……这还是他吗？"邹大庆照着自己的脸上比画了一下。

"你管我是谁呢？不是让你滚吗？"

"我也想滚啊，不过，慈禧老佛爷来了！你俩要是不怕的话，那就继续！"邹大庆一脸坏笑。

商明河明显慌了："谁叫她来的？"

"拜托，她要来，谁能拦住她啊，气势汹汹的，来者不善哪！我说老大，老佛爷不是在咱公司安插内线了吧？你这一有风吹草动，老佛爷立刻移驾芳邻居公司，棒打鸳鸯……"

"废话太多了！你赶紧下去拖住她，给我十分钟，我把脸洗干净！"

"见你老妈还要洗脸吗？"说这话的是推门进来的商明河的老妈舒培。

姜小山赶紧从老板桌上跳了下来，老板桌有些高，她跳下来时差点儿摔倒，商明河过去扶她，倒把她抱在了怀里。

舒培万万没想到在儿子的办公室会看到这样的情景，她的眉头拧成了疙瘩，问："你们……你们这是什么情况？"

邹大庆机灵："阿姨，我没跟您说呢，我们公司搞活动，商总正在跟员工试验小丑妆。你也知道明河什么事都亲力亲为，我都说了，这么没技术含量的事我来弄就行，他好奇心重……"

邹大庆吧啦吧啦说了一堆的话，舒培只用鼻孔哼了一声，反问道："你就是莫北说的那个带个孩子的姑娘吧？也就是上次我们家明河救的那个出租车司机？你这又是什么扮相啊？丑人多作怪，花样还真多！"

"妈！"商明河看到老妈冷若冰霜，心里"咯噔"一下，他没想这么快老妈就介入了他们的爱情，但他早已做好了保卫自己爱情的准备，他已不再是几年前那个面对老妈的反对只会沉默的商明河了。

06

从零回到零，对当事人姜水来说，如同从云端落到泥潭，让他好几天都缓不过来。

想想也是，姜水一直饿着肚子奔波，突然有人给他画了个大饼，他便觉得那大饼是自己的了，及至最终发现那饼根本就是在梦里出现的，现实中从未得到过，失去的感觉倒是那么真实。姜水就是那样的状态。

办复婚的婚礼这事，秦明月本来并不热衷，相较于老公，她更务实，更想踏踏实实地过日子。但看着姜水那副失魂落魄的样子，她的心还是软了起来。她知道老公是太渴望成功了。如果一直没希望，他的那颗心就一直沉睡着。突然有了个消息，把他炸到三丈高，又重重地摔下来，巨大的落差真的让人很难适应。总得找件事转移一下他的注意力，再迷信点说，冲冲喜也好。

两个人去买了请柬，然后搜肠刮肚地划拉着亲朋好友。

"人到用时方恨少"，城市这么大，每天都能遇到很多人，可真要是想找人时，人在哪儿呢？两个人盘算着，姜水说出一个名字，秦明月的第一反应是："他能来吗？"姜水倒信心十足："当然能来啊，那年他媳妇生孩子，半夜，还是我骑三轮车给送医院去的呢！听说他现在混得不错……"

秦明月的目光撞上姜水的目光，姜水自己心虚了起来："要不，咱把他先放一边，有钱人都忙！"

"写上吧！他欠着咱人情，来不来，那是他的事！"秦明月鼓励姜水，接下来又有另一层担心，写上这些人，万一真的没来几个，对姜水不是更大的打击吗？

"老公！"秦明月柔柔地叫了一声。

姜水从那沓红通通的请柬中抬起头："嗯？"

"咱们当人是朋友，是看情分才请的。来不来，那是他们的事！他们欠咱们的，咱们不欠他们的，是吧？所以，即使他们不来，都不来，咱也不难过，这世道不就是人情薄如纸嘛！"

姜水再木讷也知道媳妇这是在宽慰自己。他抱住秦明月，好半天，他说："我想好了，咱们的婚礼办完了，我就去找工作。我就不信我一个大男人，养不了老婆孩子！"

秦明月笑了，笑着笑着笑出眼泪来。

姜水帮她擦掉眼泪，自己眼睛也是湿湿的。

秦明月赶紧转移话题："快点儿吧，今天要带爸去医院检查身体！"

姜水一看表，赶紧起身。

姜水赶到小院时，老姜同志正满院子追着魔豆跑。胖婶吃着瓜子，一副标准的"吃瓜群众"的样子。

魔豆一眼看到姜水，急急地冲他跑过来，却因为跑得太急，整个人摔了下去，姜水一步跨过去扶他，孩子还是摔在了地上。

魔豆摔了个嘴啃泥，泥上有血。老姜同志赶过来："看你还跑，看你还往哪跑？"

魔豆看着姜水，大颗大颗的眼泪往下掉。

"爸，您这是干吗啊，他一个孩子，摔坏了怎么办？"姜水冲老爸发了火。

老姜同志看到魔豆又是眼泪又是血的，也吓住了。

"快打120，快打120！"

"打什么120啊？赶紧进屋吧！"姜水一把抱起魔豆，看到老爸竟然一只脚穿着拖鞋，另一只脚光着！

看到姜水来，胖婶多多少少有那么一点儿不好意思："姜水啊，你看这一老一小的，喊也不听！"

姜水没理胖婶，开了门，把老的小的带进屋里。

魔豆的牙掉了一颗，姜水给他洗了脸，用药棉清洗了伤口，魔豆疼得直咧嘴，但姜水问他疼不疼，他还使劲地摇头，眼里嗡着眼泪。

老姜同志在一旁跟着襄乱："你又不会止血，得上医院！"

姜水问魔豆姥爷为什么追他，魔豆还没开口，眼泪先涌上来了，他说："姥爷找不到……烟，他偏说是我抽了……舅舅，真的不是我，我只给姥爷拿过！"魔豆一脸委屈地看着姜水，希望姜水给他一点信任和支持。

姜水摸了摸魔豆的小脑瓜："姥爷错怪你了，那烟是舅舅拿的。爸，他一个孩子，在咱家待着就很不容易了，你能不能对他好点儿？"

"谁叫他在这待着了？不爱待走啊！"老姜同志没抽上烟，气不打一处来，嗓门也格外高。

姜水知道跟老爸讲不出理来，便安慰魔豆："姥爷脑子又糊涂了，他不是真的赶你走，回头让小姨训他，好不好？"

魔豆摇了摇头："舅舅，你别告诉小姨，她会难过的。晚上睡觉时，我看到她在哭！"

姜水把魔豆抱进怀里。这孩子小小年纪这么懂事，他们这帮大人都在干什么呢！小小的魔豆软软地扎在姜水的怀里，老姜同志倒消停了，他闷声不响地坐到沙发上。

阳光从狭小的窗户进来，照在老姜同志的脸上，他的脸一块明，一块暗。屋子里的三个人，静默如水。

他们谁都不会想到，随后，还有巨大的危机等着他们。

07

那天，在商明河面前，舒培并没有为难姜小山。在姜小山看来，她并没把自己放在眼里。

舒培上上下下打量穿着一身小丑装的姜小山，心想，为赚钱或者是为接近男人费尽心机的女孩她见过不少，男人总是很简单，觉得那是爱情，其实于女人，不过是算计。舒培不否认自己就是这样的女人。因为是这样的女人，所以她才更瞧不起这样的女人。从前鹿笙是，现在这个姜小山也是，不过，看她这形象，是豁得出去的主儿，至于段位，真不算高。

她甚至对姜小山和颜悦色地笑了笑，轻描淡写地说："姑娘，你先回去，我跟我儿子谈点儿家事！"

"家事"两个字舒培咬得很重。从舒培进这间屋，姜小山就恨不得钻进地缝里。自己真不知道是什么气场，最不堪的打扮总会让最重要的人看到。她会是自己生活里最重要的人吗？她对自己是轻视的，没有一个妈妈看到精英儿子跟自己这样一个小丑姑娘在一起不会火冒三丈，小山看到舒培眼里的怒火，也看到她压下怒火，轻声细语地让自己走开。小山倒也没特别失望，早知道早好。成不成，来个痛快的。她受过情伤，也更害怕受情伤。

商明河过来拍了拍姜小山的头轻声说："待会儿我再联系你，好好的！"

姜小山努力扯出一点儿微笑，她脸上干掉的油彩像是裂开了，一定丑死了，她急匆匆地往外走。

邹大庆跟在后面，回头向商明河做了个"OK"的手势，让商明河心安。

办公室里静了下来，母子对峙的局面，商明河感觉并不陌生。

"看来，你还真得先洗个脸！"舒培笑着跟儿子开了句玩笑。

在洗手间里，商明河看到镜子里的自己，脸上一块白一块红，但仍然英气逼人。他冲镜子里的自己做了个鬼脸，然后很仔细地洗掉那些油彩，其实心里是有些不舍的，还有那个吻……他抿了下嘴，回味了一下，那个傻丫头一定吓坏了吧？不过，这样也好，早早跟老妈表了决心，让她死心也好。

商明河清清爽爽地从洗手间出来时，舒培正在摆弄那把孔明锁。

"现在居然还有卖这个的？你几时想起玩这种东西来了？"

举重若轻一向是舒培的风格。但商明河知道，养花都不允许它们死掉的舒培又怎么能任由儿子随便找个女朋友？这样想，他倒有些可怜老妈养的那些绿萝了。那是她唯一能养活的花，她就只养它们，一盆又一盆。

商明河给老妈端来杯咖啡，然后端端正正地坐在她对面："我知道您想说什么，但我想让您听听我想说什么，可以吗？"

舒培的眉毛挑了挑，喝了口咖啡说："你还真挺会享受的，这咖啡不错！"

她顿了顿，盯着儿子的眼睛说："你不知道我想说什么，明河，妈不会拦着你跟那个小丑姑娘谈恋爱，妈不反对你们！"

这倒出乎商明河的意料，不反对？

"妈错了。当年那么强烈反对你和鹿笙，其实，就算我不反对，现在，你们也早分手了！"

"那你现在也认定我会和小山分开，是吗？"

"妈吃过的盐比你吃过的饭多，走过的桥比你走过的路多。明河啊，当年，妈怕伤害你，都没告诉你，我让鹿笙出个价，那姑娘真不一般，张口就要五十万，妈没还价，开了五十万的支票给她，她也很讲信用，果真没再出现在你面前……"

商明河黑着脸不说话。

"不信你可以问大庆，他知道！"

"那你现在也可以让姜小山开个价，其实，你没觉得五十万换您的儿子，便宜了吗？"

商明河的拳头攥得紧紧的，面前的人是他的母亲，他最亲近的人，说出来的话却句句如刀，割得他遍体鳞伤。他从没告诉她，鹿笙是他的初恋，好几年的梦里他都梦到她。

"所以我说我错了，她那样的姑娘，就算我不开条件让她走，你也不会跟她在一起的！这姜小山，比鹿笙还不如吧？我听说她就住在你公司不远处的破院子里，听说她还有一个来历不明的孩子和一个动不动就发疯的老爹！"

"您最近的生意不好吗？这么闲？"

"再忙我也得顾我的儿子！"舒培脸上气定神闲。

"你调查了她？"

"打听了一下而已！"

"舒总，我也可以明明白白地告诉你，我对姜小山是认真的。我一会儿就告诉她，她要钱，我可以给她，不劳您大驾！"

舒培把孔明锁里的木条一根一根抽出来，摆到桌子上，微微地笑着，她说："人心不足蛇吞象，傻儿子，你低估了贫穷！就算她不拿钱走人，就她那一家人，也会拖得你不耐烦……"

"我倒想试试自己的耐力！"

"那好，妈在终点等着你！心动像感冒，来得突然，找不到原因，没什么破坏力，让人都云里雾里的，儿子，妈也年轻过，知道这是什么感觉……"

"我很久没心动了！"

"你对她，不过是图个新鲜，你周围接触到的都是有教养、高学历的女孩子，像她这样野草一样的女孩，会吸引你，这很正常。但想长久……你别害她！"舒培说的这话倒很触动商明河，他几乎跳了起来。

"我只是爱她，怎么会害她？"

"吃过燕窝鱼翅，再吃糠咽菜，日子还怎么过？于你，可能是一段感情，对那女孩，也许就是整个人生。"舒培没讲女孩的心机，倒是替女孩想了一番，她太知道儿子的弱点，这样说才能说进他的心里。她赌的是儿子对那女孩并没有那么强烈的感情，只是尝鲜。

商明河沉默不语。

"还有，莫北那姑娘的好你现在看不到，错过了她，你会后悔的！"

门开了，又关了。

好好的心情变得糟糕起来。

商明河看着手机上自己跟姜小山的那张自拍，姜小山的头微微向外，是自己的手用力按住它靠向自己的。

他给姜小山发微信："我的小丑姑娘，在干什么呢？"

没回音。

08

商明河的电话打了过去，不想听到姜小山在哭，他的心一下子融化了，他问："别哭，怎么了？"

"我爸……我爸不见了！"

商明河在医院外面的空地上见到姜小山时，她的眼睛已经肿成了桃子。魔豆跟在她身边。

商明河抱了一下姜小山，魔豆说："舅舅要买张彩票，姥爷就在这里坐着，我们回来时他就不见了！"

姜水和秦明月满头大汗地赶过来，一脸沮丧。

"报警吧！叔叔走不远的，也许就是走到哪，迷路了！"商明河掏出了电话，姜水说："我们去了，警察说没超过24小时，不受理！"

"姜水，不是我说你，你这人，就带爸来检查一下身体，怎么……买什么彩票，怎么不把你给丢了！"秦明月忍不住埋怨起姜水。

"得，爸要找不回来，我就跳北海去！"

"你跳北海有什么用啊？"姜小山呛了哥哥一句，"我去找院长，也许他回去找你了呢，再在医院里找找吧！"

"我陪你去！"商明河握住了姜小山的手。姜小山的手冰凉。

"我也要去找姥爷！"

"魔豆乖，跟舅妈在这！"秦明月哄着魔豆，她的肚子有些不舒服。她看着姜水也不顺眼，这人真是没药可救了，买彩票，长那中奖的脑袋了吗？

他们翻遍了整个医院也没找到老姜同志，一个人就那样无声无息地没了。姜小山崩溃了，她哭着踢姜水，说："让你买彩票，看你中的这个大奖！"一会又埋怨自己："光想着挣钱，怎么就不能抽一点儿时间陪他去医院呢？"

小山的嗓子哑了，商明河不停地打电话，想方设法找能帮得上忙的朋友，他让邹大庆在网上发消息，帮忙找老姜同志。

天很快黑了下来，一家人人困马乏地回到小院，胖婶急匆匆出来打探消息，她说："我一直听着呢，没动静！"

商明河叫了外卖过来，他安慰大家："叔叔的意识并不是完全不清楚的，他会回来的！"

秦明月很感激商明河所做的一切，她说："你也累了一天了，先回去吧，小山这有我呢！"

商明河虽然不舍得离开，但也不好留在这里。看着魔豆可怜巴巴的样子，他说："要不魔豆跟着我去吧，魔豆，跟着叔叔回家好不好？"

魔豆犹豫着，小声说："我要等姥爷！"

倒是姜小山站起身，迅速地收拾了几件衣服装进包里。"接下来的几天不知道……"她的眼泪涌了出来，"魔豆，要听叔叔的话，姥爷一回来，小姨就去接你！"

魔豆眼泪汪汪地点了点头，临出门还不忘嘱咐："小姨，舅妈，姥爷回来一定要接我，别忘了！"

小山送魔豆和商明河出来，她哑着嗓子说："麻烦你了！"

商明河一只手紧紧地抱住小山："一切都会好起来的，一定会好起来的！"

车子开动了，商明河从后视镜里看到孤零零地站在街边的姜小山，他暗下决心，一定要好好爱她。

进了商明河家，魔豆"哇哇"地叫，他说："叔叔，你是'土豪'啊？"

商明河给魔豆放洗澡水，问什么是"土豪"，魔豆说："这么好的房子，跟我从前的家一样啊！"

"从前你也是'土豪'吗？"

魔豆眨了眨眼睛，努力回忆着："是啊，我爸爸很老，我妈妈跟小姨一样年轻，他们总吵架，后来我们家就住乱七八糟的房子了。后来，他们都不见了，我跟何安住，何安住的地方像狗窝，这可不是我说的，是他自己说的！"

商明河第一次照顾孩子，有些手忙脚乱。商明河给魔豆打沐浴露，魔豆咯咯笑，一甩手，水弄了他一身。

"何安是谁？"他问过魔豆，但还是又问了一次。

"何安是何安啊！我都跟你说过，你怎么这么笨啊！"魔豆居然有些嫌弃商明河。商明河笑了："再告诉我一次嘛。那姜小山呢，她是何安的前女友吗？"

"当然啦，我知道啦，我小姨是何安的女朋友，她说何安是混蛋、大骗子！"

商明河把泡沫抹到魔豆的鼻尖，这关系还真有点儿乱。那个何安也真是个混蛋，小山的日子过成这样，就是拜他所赐吧？

魔豆很乖，很快睡了。

商明河给姜小山打电话，姜小山周遭嘈杂喧闹，她问了魔豆的情况，嗓子嘶哑得让人心疼。商明河说："挂掉电话，你打字就好！"

姜小山发来的一句是："你看到了吧，我的生活就是这样乱。我们不是一个世界的人！"

商明河说："上帝给你的一切考验，都是为了让你遇到我。辛苦了，我的小丑姑娘！"

那一晚，商明河整晚未睡，他不停地在网上更新消息，他的姑娘没睡，他怎么能睡呢？

清晨，舒培打来电话，第一句问的就是："姜文渊是谁？"

09

整整三天，老姜同志都没消息。城市大得无边无际，每天人们生活在这城市里，能走的路线也就那么长，能去的地方也就那么多，那是因为人们都有方向。老姜同志没方向，漫无目的，会去哪儿呢？

姜小山和哥嫂把能想到的地方都跑了个遍，可是连老姜同志的影子都没见到。

网上发布的消息，姜小山不停地看，大家也都只是表示同情而已。

茫茫人海，一想到也许老姜同志就这样一去不回，小山的眼泪就止也止不住。为什么不让他抽烟呢？为什么不多给他买两回油饼呢？怎么就不能少打份工陪陪他呢？他跟自己说话时怎么就不能语气好点儿耐心听听呢？

姜小山和姜水到处发寻人启事，左娜和阿正也跑过来帮忙。

左娜的妆越发的浓了，只是人却没精打采的。她这几年攒的那点儿钱全被那个杰森给骗走了。

她抱着姜小山，眼里却没眼泪，好半天说："咱们姐俩这命啊！"

小山拍了拍左娜说："别四处乱找了，阿正人不错！"

阿正是不错，他自己开了一家发廊，虽然不爱说话，但人是温暖的。小山去剪头发，他从来不收钱。

大家漫无目的地满城找。偶尔有人提供线索，在地铁站、在某个菜市场见到过长这样的流浪老人，姜家兄妹便马不停蹄地赶过去，可是哪有人呢？

姜水和秦明月复婚宴的日子到了。秦明月问姜水怎么办，酒席的订金交了一大笔，要不回来了。姜水吼了句："人都没活路了，还提钱！"

秦明月也委屈，是他说要办这倒霉的复婚宴，自己在家做准备，没陪公公去做检查，否则能出这档子事吗？

瘦了一圈的姜小山听到哥嫂为这事吵，她说："哥，嫂子，这婚礼我们还是办吧，就当冲冲喜。这一年多，咱家太背了！其实，我也想清楚了，事情到了这步田地，咱们也只能尽人事，听天命……如果爸真的找不回来……"小山说不下去了。

商明河说："婚礼的事，我来张罗。哥，嫂子，你们到时出席就行。小山，你也是，好好睡一觉。没准你一觉醒来，叔叔就回来了呢！"

小山感激地看着商明河。这几天，如果不是他在自己身边，自己早就垮了。

那是个奇特的婚礼。

小山难得地打扮了一下，只是眼睛还是红通通的。商明河带着魔豆买了身小西装，戴上了领结，魔豆不明白舅舅、舅妈不都在一起了吗，怎么还要结婚？商明河耐心地解释给他听，却越解释问题越多。商明河笑着摸了摸魔豆的脑袋瓜："你都成了'十万个为什么'了！"

姜水和秦明月担心不会来的那些老邻居还有同事竟然到了七八成。摆下的酒席竟然只空了两桌。可是，他们根本没有了"捞本"的心情。

姜水和秦明月往台上一站，就开始掉眼泪。姜水先给大家深深地鞠了一躬，他说："我没脸见大家，我把我爸给弄丢了！"

第三章 『薛定谔的猫』

175

姜小山悄悄拉姜水的衣角："哥，说好了，咱先不提这个茬儿的！"

姜水继续说："我爸又当爹又当妈，把我和小山拉扯大，我俩没让我爸过上好日子，临了还……"

小山哭成了泪人儿。

突然门开了，一缕阳光照进来，衣衫褴褛的老姜同志胡子拉碴地走进来，他声如洪钟地骂儿子："你这个败家子，把你爸给扔了，自个儿倒来结婚了，我让你结婚……"老姜同志三步并成二步走到姜水面前，抓住就打。

姜水突然就乐了，乐得满脸是眼泪，他抱住老姜同志跪在地上，说："爸，爸，您可回来了，您真是我亲爹啊，来参加我的婚礼了！"

小山抹着眼泪也乐了："爸，您是故意的，是故意的对吧？"

一家人抱在一起掉眼泪。

全场来宾都跟着抹眼泪。

门口还站着一个人，没人注意到她。

她站了好一会，转身走了。阳光落到她背后，仍然是苗条如年轻时的背影。

那个人是舒培。

老姜同志到底没讲清楚这三天他去了哪里，他只说他想吃油饼，秦明月抹了眼泪说："我这就去买，要是没卖的，爸，我炸给您吃！"

商明河搂着姜小山，悄悄帮她擦掉脸上的眼泪。可那泪刚擦掉，又涌了出来，仿佛擦也擦不完。

第四章　天上掉馅饼

01

对于老妈的态度，商明河还是有些蒙。此前她说，她不会阻拦自己跟姜小山谈恋爱，根本就是不看好这段爱情。

可是那天，舒培把商明河叫回家。大白天，老妈的那间大书房里的窗帘挂得严严实实。那些绿萝长得生机勃勃，鱼缸里，那些锦鲤也长得很好。

舒培问了老姜同志的事，她说："也真难为了小山这姑娘。明河，妈问你，你真的不是一时冲动，撩拨人家小姑娘吗？"

"您觉得我是那样的人吗？"

"如果像邹大庆那样，换女朋友比换衣服都快，那你就尽早……"

"您这是考验我吗？"

"明河，我是很严肃地跟你说。如果你真的喜欢小山，那你答应妈，要以结婚为目的，认真跟她交往！"

商明河拔出插在裤袋里的手，瞪大眼睛看着老妈："妈，您是什么意思？"

"我的意思是，别辜负她，好好对她。如果你要娶她，妈也会好好对她！"

商明河的心里颤了一下，他以为老妈是挡在他和小山面前的一座高山，没想到走到面前，竟然是一马平川。只三天的时间，老妈从不看好自己的爱情到祝福……

"妈，您的身体……"商明河想老妈是不是查出了绝症。

"你妈离死远着呢！"

"那……"

"没有那么多为什么，就是想开了，想支持我儿子的爱情。对了，小山不是正找房子吗？这是你住的那套房子对面的钥匙，房子是我买的，原想着将来你不肯跟我住，我就住得离你近点儿……现在，让他们住吧，你也别不收那姑娘的房租，别处补给她就好！"

"妈！"商明河怎么都没想到老妈会做这些，这些年跟老妈疏离，都不习惯于表达自己的感情了。

舒培握住明河的手，喃喃自语："如果爱，就好好爱。这是缘分，缘分啊！"舒培欲言又止，只可惜，明河被喜悦冲昏了头脑，根本没注意到老妈脸上的表情。

从老妈那出来，商明河兴奋得像个孩子。他打小山的电话，这丫头的电话又是无人接听，不知道是不是又接了什么稀奇古怪的活。看着手机屏保上的那张照片，商明河的嘴角又咧开了。

邹大庆打来电话说，一位投资人要见商明河，他说："哥们儿，看样子是看好咱芳邻居了。"好事成双，商明河吹了个口哨，心情非常好。

那是商明河第三次见到沈良年。他仍然是瘦得跟麻秆一样，仍然是绑着马尾。

商明河恭敬地递上自己的项目策划书，沈良年扫了两眼说："你在追姜小山，对吗？"

"这跟你有关系吗？"沈良年摆出那副姿态，商明河很不高兴。

邹大庆可不想好不容易找到的二轮融资遇到什么障碍。这沈少爷据说投了很多公司，很有钱。

"提醒你小心点儿，那丫头，我也很喜欢！"沈良年痞痞的样子让商明河很想骂句什么。邹大庆是察言观色的能手，赶紧和稀泥。

"大家都是熟人，那就更好说了。姜小山那姑娘啊，'十项全能'！"

商明河瞪了邹大庆一眼："我们是来谈论姜小山的吗？如果是，恕不奉陪！"

沈良年笑了，他一笑，显得满脸都是皮。

"我是说商总果然好眼光，小山那丫头人不错！好了，那咱们就定了，合同要法务部门看一下，资金下周一前肯定到位！"

商明河再次觉得不可思议，幸福来得太快，就像龙卷风。可他又不忘补上一句："这合同跟姜小山没关系吧？"

沈良年瞟了一眼商明河："我自觉我还是个有实力跟商总正面PK的人，不用搞小动作赢得美人芳心！"

"那就好！"

从沈良年的公司大楼走出来，商明河还晕晕乎乎的，他说："大庆，你掐我一下，我看看是不是在做梦！"

邹大庆掐了商明河一下，商明河"嗷"地叫了起来，他说："让你掐，你还真使劲掐啊？"

邹大庆一脸委屈："我说老大，你最近变得有点儿多啊，不就是拉一投资进来嘛，我都没这么激动，你这还……"

"我跟你说，今天的事都顺得让我害怕。先是我妈，老佛爷开恩，说她同意我跟小山谈恋爱，希望我们能以结婚为前提，还让小山搬到我家对门她买的房子里去住……"

"啊？老佛爷不会是弄了啥陷阱让你跳吧？"

"不像，她说得特别认真，语重心长。接着就是这'二两肉'——沈总，这么顺利就给咱们芳邻居投资！"

邹大庆使劲地打了商明河一拳："行啊，哥们儿，这姜小山是咱芳邻居的吉祥物啊！她怎么那么有魔力呢？不就是一……"

"一什么？你小心说话得罪我哦！"商明河心情大好，一改往日酷酷的形象。

"就是一大嫂嘛！"邹大庆嬉皮笑脸地往回找补。

街口冲出来一时髦姑娘，抡起手里的包就往邹大庆头上招呼。

"哎，哎，你怎么打人呢？"商明河赶紧护着兄弟。

"我恨不得打死他！"

"红粉金刚"停下手，还在愤愤不平。

邹大庆喘着粗气介绍："这是我哥们儿，商总，这是梁哆哆！"

商明河这才想起，她就是邹大庆追的那艺术系女生，他见过的，只是因为脸盲症，觉得漂亮女孩大都大同小异，他分辨不出来。

"你们小两口打架，是家务事，我不管，我撤！"商明河才不想卷进邹大庆的"爱情官司"里。

"那不行，你是他哥们儿，你得替我评评理，不是我追他的，是他追我的，我有男朋友，他死皮赖脸地非要追我，这倒好，把我追到手才几天啊，打电话不接，微信不回，装死啊！"

漂亮和任性是对姐妹花，漂亮女孩多是任性的，觉得自己在男人面前有着某种霸权。梁哆哆便是如此。

"哎，你怎么回事，接个电话，回个微信能死啊？"商明河板起脸训邹大庆，训得他自己都想笑。

邹大庆一脸无奈："哆哆，真不是我把你追到手就想甩你，你也太粘人了。我跟你聊天聊得……你看，这大眼袋都出来了，我们公司的同事都说我……"

商明河可不想继续做电灯泡，便脚底抹油开溜了。他的小丑姑娘究竟在干吗呢？自己有天大的好消息要告诉她，老妈还让他哪天把小山带回家吃饭呢！

以结婚为目的的恋爱，商明河自己的心里也没做好准备，他只知道自己爱上这姑娘了。有多爱，他自己也并不清楚。

只是，以他这种冷酷到"自扫门前雪"的性格，能那样奋不顾身去救姜小山时，缘分就注定了。

嗯，如果此生能只爱一个人，好好过下去，应该不错。商明河的心都变甜了。只是，公司里打电话来催他了，要他回去看合同，还要对新的项目进行评估。这段时间，他真的要忙了。

但商明河是开心的，从来未有过的开心。

02

老姜同志平安归来后，小山总有劫后余生的幸福感。

姜水的婚礼过后，小山请哥嫂、老爸和魔豆一起去吃了顿火锅。姜水张罗着喊商明河一起，姜小山制止了。她跟他之间，她还没想清楚，爱是一回事，能不能在一起是另一回事。她不想给他太大的压力。另一方面，小山知道明河忙，忙得让人心疼。

姜水不理解小山的意思，还以为是她害羞，倒是秦明月挡住了姜水，她说："咱们一家团聚，明河要来，有的是时间！"

这两年小山和姜水过得都很紧巴，老姜同志进餐馆的记忆都是很久前的了。他看什么都新鲜："怎么吃火锅还有西瓜？"

"西瓜是送的！"

"那给我抱两个来！"

老姜同志固执得可爱。魔豆豁着牙笑姥爷贪心。小山纵容着老姜同志，她说："想吃啥，可劲儿点！"

老姜同志翻着菜单，看哪个都嫌贵，他说："这些钱能买好几斤羊肉了，你看这盘，才那么一点点！我在电视上都看了，全是奸商！"

那家火锅店的服务好，听到有人提意见，笑意盈盈的服务员立马站在老姜同志面前，亲热地叫"爷爷"，问他是不是吃不惯，想吃什么就说，自己帮他拿。

在老姜同志的印象里，服务员都是黑着脸对人的，哪见过这么满面春风的服务员啊？老姜同志被问得不好意思了，把菜单塞进小山手里："没有不满意的，都满意！"

小山忍着笑，自己做主点了一堆，秦明月一直拦着，说"够了够了"，小山有些心酸，如果自己与何安的公司好好经营下去，何至于吃顿火锅，一家人都这样胆战心惊的。

那顿火锅一家人吃得特别开心，魔豆的小脸上沾得都是麻酱，小山替他擦，他咧着小嘴嘻嘻地笑，问："小姨，明天还来吃吗？"

小山说："小姨好好工作，以后咱们有钱了，想吃什么吃什么！"

姜水说："明天舅舅请客！"

"为什么？"魔豆和小山竟然一起问了出来。

"请吃顿饭，哪有那么多为什么，就让你哥请！"秦明月笑着说。

"一来呢，是爸回来了，爸要是不回来，我真就得跳湖了！二来呢，咱老姜家不是要添丁进口了吗？三来，我打算重入社会，要找工作了。这些是不是得庆祝庆祝，魔豆，你说该不该吃一顿？"

"该！"魔豆喊得很大声，餐厅里好些人都看向老姜家这桌。小山和哥嫂的眼眶都有些湿润，老姜同志听到"添丁进口"四个字，跟着傻笑。

吃过饭，小山去结账，服务台说有人给结了。小山往里看，收银员说人已经走了。

小山问是什么样的人，服务台说是个女的，有点儿年纪，但保养得很好。小山仔细想了想，没想出自己的生活里有这么大方的阿姨。

姜水倒是喜气洋洋的，说："早知道再点两盘肥牛了！"小山回头瞪了姜水一眼，这天下哪有免费的午餐呢！

吃过火锅，小山提议要一起逛逛街，难得她休班一天，秦明月和姜水还都没找工作，老姜和魔豆本就是自由人，大家也兴致正高，便一起逛街，明月给魔豆买了冰激凌，小山给老姜同志买了一身运动套装。老姜同志高兴得手舞足蹈，跟小孩子似的。

路过一个彩票投注站，姜水停下来看，秦明月拉他："还看彩票，你忘了因为买彩票把老爸都弄丢了……"

姜水的眼睛直了，他掏口袋，半天才掏出一张皱巴巴的彩票，声音颤抖着说："媳……媳妇，你帮我看看，看看这号码……"

秦明月接过彩票时还说："你什么时候能不做梦……妈呀，咱们中奖了吧？"

秦明月这一嗓子喊过来好些人，大家帮着看，说："就是中奖了啊！"

小山一手拉着魔豆，一手拉着老姜同志，挤进来，听说老哥中奖了，她愣了一下，接过彩票看了看，说："哥，咱是中奖了！"

否极泰来，一家人觉得老姜同志能回来已经很幸福了，老天爷又额外给了赏赐，真是太慷慨了。

没谁知道生活露出笑脸之后是什么样子，它的善意是糖果还是陷阱，没人知道。幸福只是当下，有那一刻的开心就够了。

开往幸福生活的是艘慢船。

不急，船来了，登了船，慢慢来。

03

商明河对谈恋爱这件事其实是陌生的。

从前跟鹿笙在一起时，他们也不过是一起去图书馆，或者一起去吃顿饭。怎么爱女孩，他才刚入门。

豆瓣绿长得绿油油的，孔明锁成了商明河的心爱之物。魔豆告诉明河一个秘密，他说小姨有个很漂亮的手帕，谁都不让动。有次姥爷拿它擦了嘴，小姨差点儿就跟他翻脸了。

商明河赶紧在微信上问小山，小山好半天回过来一句："那是只'河蟹'给我用来包伤口的！"

"哪只'河蟹'？"商明河笑了，"我的小丑姑娘，我给你买新的！"

"不稀罕。我就要这个！"

商明河心里甜甜的。

考拉进来给商明河送咖啡时，商明河看到她脖子上戴的链子很漂亮，他指了指问："你那个是哪买的？"

考拉一愣，商总怎么会好奇这个？

"万能的淘宝啊，特便宜，我找给你！"

考拉在商明河的电脑上找到那家店铺，那是一家自主品牌的创意首饰店，它设计的东西古灵精怪，令商明河喜欢。只是，小山会喜欢什么呢？索性都买下来，小圆礼帽戒指，站在巨石上的大鸟戒指，荷叶露珠戒指，戒面上摆着几颗钉子……

"我真没发现老大你还藏着颗少女心！"

商明河吓了一大跳，他选得尽兴，完全没发现邹大庆走到了自己的身旁。

"你这老司机也不带带我，你追女孩都是怎么追的？"商明河问。

"很简单，带她去商场，我负责买东西。买个把名牌包，我还是可以的。不过啊，这几年，我的钱也都贡献给了那几个牌子的包，流水的姑娘，铁打的名牌包……"邹大庆一脸遗憾。

"谁叫你花心来着！梁哆哆也这样吗？"

"当然不是啦，不过呢，最终还是包有用，一个包不好使，那就……两个！"

"切！"商明河笑了，他自如地拆装手里的孔明锁，自信满满地说，"小山不是这样的女孩！"

"你忘了，你说她爱钱！"

"那是因为她的家庭负担太重了！"商明河想起姜小山蹲在满是泥水的地上捡钱的情景，心里有那么一些不舒服。

"别怪哥们没提醒你，贫穷会腐蚀人的心灵。就像过于饥饿的人对吃的东西的渴望会异常强烈！"

"你想说什么？"

"我只是友情提示！不想你纯洁的心灵受到伤害！"

商明河把孔明锁扔到桌子上："当年鹿笙拿钱走人，你是知道的？"

"老佛爷告诉你了？"

"你们真觉得我会脆弱到不能接受吗？"商明河的目光射出无数支箭，邹大庆夸张地假装万箭穿心似的晕倒了一下，他说："我们只是不想让你对爱情太失望……事实上，如果那时你真的对鹿笙绝望，也许现在就娶了莫北，一辈子和她相敬如宾地过下去……"

商明河默不作声，当年他爱鹿笙，相信她是有不得已的苦衷才离开自己的，他怎么都没想到那是一场对爱情的背叛，没想到她竟然为了钱背叛了他们的爱情。

"小山不是那样的女孩！"

"谁都别太早下结论。老大，虽然你智商高，是IT精英，但谁都不能扒开别人的心看看是什么颜色，爱情太过虚无缥缈，姜小山这样在最底层摸爬滚打的女孩，不可能是一张白纸！"那不过是哥们儿之间平常的闲聊，但于商明河来说却异常刺耳。

"你不能因为你接触到的女孩都拜金，就认为天下的女孩都爱钱吧，再说了，我一创业的穷光蛋，就算全身是铁，能打几颗钉？"

"你觉得没人知道你是'富二代'，是吧？就咱这芳邻居公司，姑娘们也都把你当成潜力股啊！"

商明河拉下脸："你闲着没事，成心气我是吧？你就不能盼我点儿好吗？我妈都不反对我跟小山，你倒来唱衰……"

"我倒觉得老佛爷肯定憋着啥大招呢，依照她的性格，觉得谁家姑娘都配不上她的宝贝儿子，那莫北若不是卧薪尝胆在老佛爷身边小心伺候着，她都不见得恩准让她靠近你！"

商明河不想自己被身边人的那杂七杂八的情绪影响，他只想单纯地谈场恋爱。他说："爱情不就是奉献吗？如果我能在物质上帮助到她，让她幸福，那我也很开心！"

"有利用价值都是件幸福的事，是吧？你忘了当初是怎么说的啦，你说，你爱的女孩会有能力自己处理她家里的那些事。言犹在耳啊，老大！"

商明河笑了："虽然她那个家有点儿糟，但我喜欢她的家人。真的，大庆，这些年，我跟我妈过得太冷清了。我喜欢他们在一起那种吵吵嚷嚷的样子，喜欢老爷子事事看不惯的样子，也喜欢她哥哥那种傻乐观的样子，还有热心肠的嫂子……我愿意成为那个家里的一分子。"

邹大庆拍了拍商明河的肩膀，叹了口气："我突然很羡慕你，我跟梁哆哆也走到头了。我今天刚给她买了个很贵的包哄好了她，但我觉得没意思极了，真的！"

"那就别再用那个开始！找个人一心一意地爱下去，试试，这感觉挺美好的！"

商明河给姜小山发微信约吃饭时，姜小山刚给一家公司送完绿植。她讲了自己的位置，商明河让她稍等一会儿，他马上过来。

姜小山坐在麻辣烫的摊子前，街边的树都已经长出了很大的叶子，月季的花苞也很大了，麻辣烫的摊主大声地招呼着客人。

姜小山接到哥嫂打来的电话，他们说："小山哪，我跟你哥把奖领了，去了税一共76882元，多是不多，不过，这是天上掉下来的馅饼，咱多幸运啊！这下好了，咱可以租个大点儿的房子一起住……"

"嫂子！咱们会慢慢好起来的。我今天也把欠的零碎的账都还上了……"小山的眼泪慢慢涌了出来。

"小山哪，咱们的日子会过好的，一定会！别哭啊，晚上早点回来，我买了大骨头，我做酱骨头……"

小山挂掉电话，手捂在脸上哭了好半天，有人递纸巾过来，她接过纸巾擦了脸，然后抬头看到对面的商明河。

"又碰上我这样的老板刁难你了？"

小山摇了摇头。

"哪儿不舒服？"

"想吃什么，我请！"小山努力笑出来。

"女朋友哭都不知道为什么，吃不下！"他握着她的手，目光就没离开过她的脸。

坐地铁比开车方便，商明河坐两站地铁来到此处。他第一次在那个时间挤地铁，心里充满阳光，如海鸥飞翔一般，这便是爱情吧。

远远地看到姜小山坐在街边的塑料凳上接电话、抹眼泪，商明河的心沉了一下，他慢慢走过去，看到她捂着脸哭，就很想把她揽在怀里。那么心疼一个人，她流泪的时候，自己也会心疼，这于商明河是种全新的体验。他安静地陪着她，半晌，他递了纸巾给她，她看到他，绽放出笑容来。

"从今天起，本姑娘不再欠债了！所以，这顿饭别跟我抢！"姜小山起身去拿东西。

"多拿点，我很能吃的！"商明河从没在这种地方吃过东西，他有洁癖，不过，他想试试。

他掏出纸巾仔细地擦着塑封的餐具。

姜小山看到这一幕，突然想起他的讲究，她拉着他，说："咱们换一家！"

商明河没动，他抄起筷子，夹了碗里的菜就往嘴里塞，竟然给烫了一下。

姜小山赶紧给他倒水。

喝了水，商明河说："这下圆满了！"

"什么？"

"人家不是说过，没吃过麻辣烫的人生是不圆满的嘛！"

姜小山笑着瞪了他一眼，她很喜欢他这样，从前的商明河高高在上，现在，他愿意融入自己的生活，真的可以吗？

商明河掏出那个站在石头上的斑鸠的戒指递给小山："给你的！"

"啊？"小山瞪大眼睛，又惊又喜。

"网上买的，看着好玩，戴着也挺碍事，收着就好！还有，看到它，就要想起我！"商明河故意说得漫不经心。

姜小山戴在手上，戒指有点重，她摇着手指给商明河看，一副小女孩的顽皮相。

"如果……你喜欢那些名牌，我也买给你！"商明河这句话说得真心实意。

"好，我想要时告诉你！"姜小山伸出自己的手看那只戒指，十分喜欢。这是她收到的第一只戒指，从前跟何安在一起时，两个人开玩笑，他把可乐罐的拉环套在她手上过，那个拉环她留了很久。

"你说还清了债？"商明河问。

"嗯，天上飞来一笔横财，用我家老姜同志的话说呢，这就叫'老天爷饿不死瞎家雀'。我本来攒下钱想租房子的，我哥中了彩票，我省下这笔钱还了债，真的，这一段时间，发生了太多的事……"

"天上飞来一笔横财？哥中奖了？"商明河的心里还是画了个问号，老佛爷说不干涉自己跟小山的事，她会不会暗地里给小山钱，然后对这傻丫头提要求？

嘴干了一层，商明河舔了舔嘴唇，他说："小山，你有什么困难，我希望你跟我讲，我不知道怎么说才能不伤着你的自尊心，但我想，我爱你，我有权利也有义务把你的事当成我自己的事！"

小山握了明河的手，好半天，她说："我知道。我也知道我的困境于你可能不值一提，但是，我想，能让我接受这场爱情，我们就要平等地在一起，而不是我在某种程度上依附你。"

商明河立刻对自己刚才的怀疑感到了惭愧。

"有件事求你，我家对门对外出租房子，你也知道我这人毛病多，不希望陌生人住在我家对面，所以，你能不能委屈一下，搬到我家对门住……当然，房租不能少！"

"你家那得多贵啊，租不起！就算能租得起，我家老的老，小的小，你不嫌烦？"

"你都这么不解风情的吗？怪不得找不到男朋友！唉，也就我吧，爱上你这小丑姑娘，你打八份工，我又忙，不住对门，这恋爱怎么谈？再说了，你住别处去，万一那什么沈公子、良公子打你主意怎么办？"

小山笑了。"敢情是把我喊到身边看着我啊！"她刮了一下商明河的鼻尖，"没看出来商明河原来是个小气鬼啊！"

"现在知道，晚啦！"商明河很喜欢两个人这样饶舌拌嘴。

"那套房的主人急着出国，租金不贵，要不小丑姑娘考虑一下？"

小山很为难，她当然知道这是商明河的好意，但这样真的好吗？她想到商明河母亲那双冷冰冰的眼睛，她摇了摇头："明河，我知道你的心意，我也想跟你住得很近，但是……"

"你知道我的'险恶用心'吗？我想吃你做的饭，还有，想省了钟点工，让你帮我打扫房间！"

"果然是万恶的资本家啊！"

那天，因为吃了麻辣烫，商明河拉了一夜肚子。

天亮时，他几近虚脱地发微信给姜小山，他说："姑娘，你得赶紧搬过来，对我负责！"

04

小山把那个斑鸠戒指给左娜看，左娜拿着手机对着戒指拍了张照，把照片往淘宝上一放，立刻找到了这只戒指："有没有搞错啊！才几百块，他是有钱抠门还是没钱硬撑啊？"

小山不高兴看到左娜这么势利眼，她夺过戒指戴手上，美滋滋地说："都不是，是好玩。他说啦，要是我喜欢那些名牌，也买给我！"

"那就要啊！小山我跟你说，趁他还喜欢你，你就得下手！"左娜的大红唇像要吃掉姜小山一样。

阿正黑着脸端着果盘过来，"咣当"一声放下，转身就走。

小山用下巴指了指阿正："你们俩怎么样了？"

"还能怎么样啊？男人说喜欢你，说愿意在原地等你，可到最后，都跑了！"左娜往指甲上涂五颜六色的图案。

"阿正心里有你！"

"有没有这事谁能说得清啊！男人啊，我算看透了，所以说，你趁着他对你正热乎着，能捞点儿啥捞点儿啥吧！"左娜一副"曾经沧海"的架势。

"别说得跟阿正辜负了你似的好吧？是你辜负了人家！你能不能主动对阿正好点儿，别真让别人给抢了去，你哭都找不着调门！"

"随便吧！"左娜手一偏，打翻了桌子上的一瓶指甲油，猩红的指甲油淌得哪都是。

门被撞开了，几个粗壮的男人嚼着口香糖闯了进来，一个头顶扎着小辫子、胳膊上全是文身的男人把胳膊一抬，手扫了一遍所有人，嚷道："都别吵吵啊，找左娜！"

"你是谁啊，找我？"左娜也不是好欺负的主，挺身而出。

"你是左娜？切，不愧是海少看中的人。说吧，海少的东西在哪儿？"头顶小辫子的男人伸手就来捏左娜的下巴，阿正一闪身挡在了左娜前面："有话咱好好说！"

"你拿人什么了？"小山问。

"没拿什么，谁叫他说话不算话！"左娜说话哼哼叽叽的，小山知道她肯定是拿了人家的东西，那东西还挺重要，不然人家不会找了不三不四的混混上门。

"东西在哪啊，赶紧给人家！"小山真服了左娜，放着好好的阿正不要，这都跟什么人在混啊，想钱想疯了吧？

"还是这妞懂事，赶紧的吧！"

"小辫子"伸手把阿正推到一边，阿正没站稳，撞到了镜子上，镜子"咔嚓"一声碎了，阿正的头出了血。

左娜一看阿正受了伤，跳起来扯了个吹风机就朝小辫子头上砸，慌乱之中还按了按钮，吹风机带着电，"小辫子"没防备，头发被吸到，他嗷嗷地叫。

"小辫子"的兄弟可不是吃素的，见状，"咣咣咣"就开始砸东西。姜小山和阿正左右拦着，"小辫子"从左娜手里抢过吹风机，抬手就想砸左娜，姜小山一个箭步冲上去，吹风机狠狠地砸到姜小山的头上，姜小山眼冒金星，整个人软软地倒了下去。

姜小山睁开眼，看到商明河，他握着姜小山的手看着她。

姜小山想坐起来，却被明河按了下去。他说："女侠，咱俩约会的地方能不能换一换？"

姜小山很无力地笑了笑，问："我睡多久了？你怎么来了？"

"睡了四个小时了。哥哥、嫂子、魔豆他们都来过了，魔豆还哭了，这孩子你没白疼！"不知从什么时候起，商明河开始变得有"人味"了，也开始婆婆妈妈了起来。

"左娜他们呢？"

"都去派出所了。"

"有事吗？"

"左娜拿了那人的一个什么账本！"

姜小山很吃惊，脑子里闪现出一百部港片的故事情节，这死丫头简直胆大包天了。

"你别乱想了，医生说你有些脑震荡，还有就是贫血，营养不良。我商明河的女朋友营养不良，这也太……你得好好的，这是命令！"

姜小山的手紧紧扣住明河的手："有你在，真好！"

"听我的，把那些乱七八糟的兼职都辞了，找一份稳定工作，轻闲点儿的，还有，搬来跟我做邻居！"商明河的温柔连他自己都大吃一惊。

他握着她的手，把她的手贴到他的脸上。小山笑了。

"我要看看我在你手机里的备注是什么。"姜小山提出这个要求后就想自己的脑子可能真的被吹风机砸坏了。因为他在自己的手机里的备注是"河蟹"！

商明河把自己的手机交给姜小山看，他存的是"兔子"。

姜小山不解："兔子？"

"我有脸盲症，你长得又没特点，后来发现你挺像我们芳邻居网商标上的那只兔子……"商明河的上门牙咬住下唇，很搞笑。

姜小山瞪了明河一眼，没忍住笑了出来。

他伸出手来。"什么？"姜小山假装不懂。

"我要看看我在你手机里的备注是什么！"

"别后悔！"

"难道是'江湖第一帅'？"

商明河拿到手机，看了一眼，故意拉长脸："'河蟹'？你还真叫我'河蟹'啊？没改？"

"改成什么？'河帅'？你那时对我吹胡子、瞪眼睛的，一点儿都不帅，像螃蟹……"

商明河捏了姜小山的鼻子："兔子小姐与河蟹先生，有点儿不搭啊！"

"现在是可爱的河蟹啊！"

商明河掏出一个戒面上全是小铁钉的戒指给小山戴上。

"是以后我可以随便扎你的意思吗？"

"以后生活里的那些刺，我们一起面对！"商明河把姜小山搂在怀里，他觉得自己无比有力量。

商明河睡在了姜小山的床边。他真的太累了，从公司出来就守在小山的病床边。

小山很心疼他。自己以后一定要少让他操心，即使不能帮他，也一定不能拖累他。

05

姜水中了彩票大奖，虽然不是五百万，只是几万块钱，但是那几万块钱也让他们夫妻兴奋好多天了。

姜水和秦明月商量来商量去，决定租个好点儿的房子，一家人住在一起。姜水拿着那张卡感叹，真想把钱都取出来，摆在那，自己看一看。秦明月叹了口气："姜水，能不能有点儿出息？"

姜水有些扫兴，感叹了一下："也是，要是五百万该有多好！"

路过一家商场，姜水拉着明月进去，明月小声说："你疯啦，这里很贵！"

"咱今天还就买个贵的！"

进了商场，姜水就傻眼了，那么平常的一件衣服，标签上就写着五千、八千。

秦明月拉着姜水出来，说："你没看见导购小姐给咱们的笑脸都像涂了层蜡似的！"

"等咱有了钱……"

"等咱有了钱也不能随便用啊！网上头呗，回家爱怎么试怎么试，不喜欢还能退回去，也不用看谁的脸色！"

小山出院了，秦明月和姜水过来照顾。小山问嫂子去芳邻居公司应聘的事，秦明月说："小山啊，我跟你哥商量，明河那互联网公司的事，咱也不懂，别去了反倒给他添乱。我们手里除了要付的租金还剩点钱，我想创业！"

"创业？你们挺能耐的！"老姜同志总是选择性听见他们的话，听见了，"当啷"就来一句。

"想做些什么呢？"

"我前段时间不是去家政公司找工作嘛，发现家政行业还真是挺不错的，很多人找不到好保姆，我想开个家政公司……也不知道行不行？"秦明月忐忑地说出自己的想法。她把想法说给姜水听时，姜水并不太赞同，她知道他是心疼钱，害怕五万块钱打了水漂儿。

"嫂子，我觉得行！咱先从小处做起，慢慢做呗！"

"对啊，咱也在网上登一登，对了，商总那个芳邻居网就可以登！"

"行，回头我跟他说一下，嫂子，我支持你！"

"小山，你跟明河谈恋爱，你们俩……"姜水有话想对妹妹说，但一家人都在，又难以张口。

"哥，我知道你想说什么，我知道我们俩差距挺大的，谁也不知道这辈子跟谁能走到最后，就像我跟何安……"

小山瞅了一眼魔豆，魔豆正看过来，看到小山看他，他急忙转过头假装玩玩具熊。魔豆也很不容易，小小年纪便学会了察言观色。

"找对了人，不在乎贫富。我看你们俩挺好的！"秦明月坚定地站在了小姑子一边。

尽管秦明月这样说，小山的心里还是有一些黯淡，每个知道商明河找了她姜小山的人，心里都会有些怀疑吧。

爱情需要势均力敌。而她和他，天差地别，真的能走到一起吗？

夜里，她摆弄着那两个戒指，他干吗一直送她戒指呢？

小山拿出那个手帕包上戒指，又觉得戒指会划破手帕，就把戒指取出来，找了个小盒子，把手帕和戒指郑重地放进去，收起来，像收藏了一个甜蜜的梦。

她给明河发微信："好好睡觉，河蟹先生。"

明河很快回复："兔子小姐，我想你了。"

小山握着手机，一遍一遍看那条微信，像是要把那条微信刻进心里一样。

夜很深了，小山的微信再次响起来："出来！"

小山从屋子里走出来，商明河站在院门外，举着一袋吃的跟小山招手。

两个人在小胡同昏黄的灯光下啃着鸡翅，此时星空璀璨，浩渺无垠。

小山搂住商明河，商明河说："油，手上有油！"那样有洁癖的商明河嘴上说着不可以，身体却很诚实地紧紧地抱住了姜小山。

"睡会儿觉多好！"

"不见你睡不着！"

小山摸摸他的头，他在她耳边说："回去还得洗头！"

"我不管，谁叫你来找我的！"那是小山撒娇的方式，他喜欢。

商明河其实没有睡觉的时间，看她一眼，说两句话，吃点儿东西，他还要回公司加班。创业者恨不得一天当成两天用，拼的就是年轻和精力。这些，明河都不肯告诉小山。

小山抱着明河："你得乖乖睡觉，不然，我再也不见你！"

"嗯！"不知几时，冷漠无情的商总变成了听话的小男孩。他想，邹大庆知道的话一定会笑死。管他呢！

在爱人的怀里，真的不愿意离开。

06

沈良年给姜小山打电话，说："丫头，江湖救急！"

"不是又让我冒充你未婚妻吧？"

"恭喜你答对了。这么短的时间，我总不能换人吧？"沈良年的声音很有磁性。

"她是你前妻，你们分开了，干吗还……"姜小山上次不辞而别，沈良年居然跟姜小山说这场戏演得好，吴越以为姜小山是因为吃醋才走掉的。

"她就要回英国了，咱们就吃顿饭，把她这尊菩萨送走，权当帮我个忙，好不好？对了，用不用我跟商明河说一声？"

"你怎么知道我跟商明河的事？"

"我可是他公司的第二大股东，把那么多钱扔他那，我怎么能不打听打听他？说真的，我是觉得他看人的眼光不错，才决定投资的！"

沈良年都这样说了，好像于公于私，姜小山都得帮他这个忙了。

姜小山怎么都想不到，自己挽着沈良年的情形会被舒培看到。

那天舒培和莫北刚刚举办了一场服装发布会，她们定的庆功地点刚好跟沈良年约吴越的地方一样。

舒培没看清楚，她问莫北："那个女孩是不是明河救的姜小山？"

莫北回答："真看不出这样的女孩还有几副面孔！"

舒培的脸上乌云密布，她说："你替我跟她约个时间，我要会会她！"

莫北说："好像也不用了……"

舒培抬眼一看，商明河刚好进来，他一眼看到站在沈良年身边的姜小山，愣了一下。他走过去跟姜小山和沈良年打招呼："这么巧！"

"明河，我……"小山急着解释。

沈良年彬彬有礼："商总不好意思，小山陪我见个人，失陪！"

"不好意思，姜小姐得跟我走！"商明河不讲理的劲儿又上来了。

"姜小姐现在是我的未婚妻！"沈良年半真半假地说。

"沈总，别开玩笑！"姜小山偷看商明河的脸色。果然，商明河一副要吃人的样子。

商明河拉着姜小山的手腕就往外走，直到把姜小山摔进自己的车里，车子像箭一样开了出去。

商明河一声不吭。

姜小山说："沈总的前妻从国外回来，他让我冒充他的未婚妻，上次你见到我就是因为这件事，这次是因为上次就是我扮的，现在他前妻要回国，所以……"

商明河的嘴闭得紧紧的。

姜小山冷静了下来，她说："找个地方，停下来，我有话要跟你说！"

商明河不管，车子仍然行驶着。

姜小山不再说话。

车子在芳邻居公司楼下停了下来。姜小山坐在那里，并不下车，眼里积蓄了一汪泪，她努力不让眼泪落下来。

商明河停好车，拉开车门："下来！"

姜小山跟着商明河进了办公室。

那么晚了，偌大的办公室里空无一人。商明河拉着姜小山到了楼上自己的办公室，姜小山浑身发抖。商明河倒了杯咖啡给她。

她把杯子握在手里，仿佛从那杯热咖啡里可以得到一点儿温暖。

"你真的就那么缺钱吗？"商明河又变成了那个冷如冰霜的人。他看她的目光是俯视的，是倨傲的。

"是，我是缺钱。在你眼里，不，在你心里，我姜小山从来都是为了钱可以无所不用其极的女孩，是吧？我不光可以为钱假扮沈总的未婚妻，还可以做更多不要脸的事，你要不要听？"小山的目光锐利得像一把刀，直直地砍过去。

这不是商明河想要的答案，不是！

"小山！"他低低地叫了一声。

"怎么？你怕了吗？商明河，我姜小山没骗过你，从来都没有。如果你看错了我，没关系，我们可以再无瓜葛！"

姜小山努力忍着不让泪水涌出来。她把杯子放在桌子上，转身往外走。她一开始就不应该抱有希望的，是自己太傻、太贪了。

商明河起身跑了两步，从背后抱住她，小山挣扎着，但他抱得紧紧的，不肯撒手。小山的拳头落到商明河抱住她的胳膊上，眼泪落了下来。

商明河的脸贴到小山的脸上，好半天，他说："对不起！"

小山的眼泪更加汹涌地落下来，像受了多大委屈似的。

他捧着她的脸，说："是我不好，说了不会让你落泪，还是惹哭了你！我看到你跟别的男人在一起，我害怕，真的，小山，我害怕失去你！"

小山转过身面对明河，明河替她擦掉眼泪。

"傻瓜，配不上你的人是我，害怕失去你的人应该是我，你害怕什么呢？"

"你是想让我钻到地缝里去吗？"

"我说的是真话。明河，你喜欢我什么呢？我长得不漂亮，没有高学历，家里一团糟……这些你都知道。我爱钱，是个麻烦精……"

"小山，不是这样的，你别把自己说得那么不好，我喜欢的就是你。在遇到你之前，我不知道自己还可以这样，可以这样不管不顾地去救一个陌生人，可以这么牵挂一个人，你知道，从小到大，我做什么事，都很少考虑到别人……邹大庆说我变了，公司里的人都说我变了，会笑了，能体谅人了，这都是因为你……"明河第一次跟小山说这样的话。

他并不相信小山会跟沈良年有什么，但是男人都是那样，看到自己喜欢的女孩站在别的男人身边，很难大度起来。他只是耍耍小孩子脾气。

姜小山叹了口气，半天说："明河，我想给你讲讲我的故事！"

之前，商明河和姜小山作对时，小山也断断续续讲过一点关于自己的事，而那个晚上，她是跟自己心爱的人讲自己的故事。

小山很久没讲过那么多的话了。

"好多次，我都想，如果能睡着了，一觉不醒，那该是老天对我最大的恩赐了吧！"

商明河给了姜小山一个拥抱，他恨自己刚刚的小心眼，他知道，见到姜小山和沈良年在一起时，他心里对贫穷女孩的定义又跳了出来。

"我遇到了你。你那么优秀，优秀得像是另一个世界的人！你看不起我，我知道，那天在你家小区门口，我找钱给你，你头都没回！你救了我，我加你微信，你没理我！我去你的公司送外卖、送花，你怀疑我窃取商业机密……"

"是我错了……"

小山捂住明河的嘴："你没错，真的。那天我去收餐费，那人不肯给，我说我会喊'他骚扰我'，他看我的样子，让我自己都瞧不起自己，他把钱扔到有泥水的地上，我一张一张捡起那些钱，那是我生存的方式，我不知道为什么每次我遇到你，都是我最丢脸的时刻。这座城很大，可是，我最丢人的时刻总是会遇到你，我沮丧得要命，可这就是我，我没办法……我不能刻意去讨你喜欢，我也不能因为你是我男朋友，就不去面对我一塌糊涂的生活！"

那是商明河跟小山表白之后，小山就想说的话。她和他，泾渭分明，生活在两个世界，她想知道，爱情能抹平这一切吗？

商明河拉开抽屉，抽屉里居然是各种各样的戒指，他说："这里有23个，加上之前那2个，正好是25个，每年生日送你一个！"

姜小山的眼泪又涌了出来。

他轻轻替她擦去那些泪，拥她在怀里，握住她的手，好像拥有了整个世界一般。

他说："你也听听我的故事吧！"

那么久远的故事，明河以为他都忘了。

明河从有记忆开始，他的身边就只有妈妈。那时舒培在墨尔本给华人做衣服，他的睡梦里总是听到缝纫机的声音。

后来，舒培有了一家小的服装厂，明河上学、放学总是一个人。他对小山说："看到你热热闹闹的一家人，我还挺羡慕的！"

后来，家里有了保姆，有了司机。商明河见到老妈的次数越来越少了。

老妈偶尔会在家里办聚会，明河看到老妈打扮得花枝招展的，她会找来各地名厨做菜，然后假装那些是她做的。他知道老妈的寂寞。有一段时间，一个澳洲男人总来家里，明河以为他会是自己的继父，但没过多久那个男人就消失了。

明河14岁时，他和老妈回到了中国。一路走过来，母子俩的关系不远不近。

大学毕业后，商明河跟邹大庆一起创业，跌跌撞撞走到今天。

商明河说："我妈很奇怪，我从前有个女友被她用钱赶走了，在知道你之前，她给我介绍她的助理，就是你见过的莫北。可是最近不知道怎么了，她不反对咱俩了，还让我跟你以结婚为前提交往！"

"那遇到今天的事，阿姨肯定反悔了吧？"姜小山也很懊恼，自己好心好意帮忙，不过，现在沈良年也应该会急着向吴越解释自己为什么没出现吧？

"谈恋爱的人是咱们俩，别人怎样都没有用！"商明河握着小山的手，想到自己刚才被嫉妒冲昏了头脑，就笑了起来，要是让邹大庆知道，肯定会笑话自己的吧？

"笑什么？"

"以后不许去冒充任何人的未婚妻。你胆子太大了，是不是我对你太好了？"商明河假模假式地吓唬姜小山。

"'亚洲醋王'！"姜小山说。

商明河作势敲姜小山的头："沈良年要是再敢招惹你，看我怎么把他那些骨头拆了！"

姜小山装成小绵羊的样子双手抱头："大人饶命，小女子再也不敢了！"

商明河抱住姜小山："不许这么可爱，不对，只可以在我面前这么可爱！"

　　姜小山抿着嘴似笑非笑地看着商明河："有的人的狼尾巴要露出来了呀，早知道……"

　　"早知道什么？"

　　"早知道你这么可爱，我就不跟你对抗了。你那么'傲娇'，我都自卑死了，觉得你是天上的星，我就是一个普通女孩子，哪会入了'河帅'的法眼啊！"

　　"少来，不是'河蟹'嘛！横行霸道。"他伸出手，做张牙舞爪状。

　　"'河帅'！"小山的眼里是满满的笑意。

　　情到浓处，明河吻了小山。他轻声呢喃："对不起！"

　　"嗯？"

　　"让你等了这么久，受了这么多苦！"

　　小山的眼泪淌下来："我以为这辈子再也不会遇到爱我的人……"

　　"瞎说！"

　　这次是小山主动吻了明河。

　　经历过人生那么多苦难，苦尽甘来，如果之前的所有磨难都是为了现在的甘甜，那小山心甘情愿。

　　只是，命运是个惯于恶作剧的孩子，它不会像电视剧一样给他们一个欢喜大结局。

07

　　莫北打电话说舒总约见面时，姜小山居然有种释然。

　　自己这样的"灰姑娘"，觊觎人家的优秀儿子，电视剧里的老妈都一定穷凶极恶地出来阻拦。况且听"河蟹"说，这老妈还有用钱解决他前女友的"前科"，这回自己落到她手里，她先恩准，那是对儿子的缓兵之计吧？或者觉得自己"段位"不够，想猫捉老鼠……

姜小山把自己有限的几件衣服翻腾到床上，试了试，怎么看都不顺眼，翻出钱包数了数，突然沮丧地把自己扔床上，躺在那，全身的力气都被抽光了一样。

算了，自己再打扮也过不了"时尚女魔头"的法眼，看看她身边的那个莫北，那大长腿，那腰，那胸，还有那些在杂志的封面上才能见到的衣裙，如果自己是男人，会选自己吗？自己再怎么打扮，麻雀也变不成凤凰，索性就做自己吧！

牛仔裤、白衬衫，搭一双白球鞋，姜小山以这样令自己最舒服的样子出现在舒培面前，舒培也没想到。

舒培穿了一条灰色百褶裙，上面搭一件老式娃娃领双排扣的灰色小外套，头发在脑后盘了个漂亮的圆髻，人又优雅又干练。

她把菜单推到姜小山面前，和颜悦色地说："爱吃什么，阿姨请客！"

姜小山看了舒培一眼，感觉这跟自己在电视里看到急于解决灰姑娘的贵妇不一样。

小山把菜单轻轻推回给舒培："我不挑食，什么都行的！"

"那好吧，阿姨点些好吃的！"舒培点了法式黑椒牛柳、西班牙墨汁海鲜饭、流沙酥、芒果布丁。

菜上来，味道果然都很好。

舒培一个劲儿让小山多吃，她说："你太瘦了，女孩胖一点儿才好。"那语气很像个妈妈。

她给小山一张名片，说："有空去公司转转，让莫北带你去选选衣服，喜欢什么风格的，拿去穿就好！"

小山 8 岁时老妈就过世了，一路上被老姜同志当成羊放养，鲜有细致的关怀。

小山先愧疚了起来，好像自己是个小偷，被主人捉到，人家没责备，倒对她以礼相待。

"阿姨，我跟明河，我知道……"小山的目光落到自己的腿上，不敢看舒培的眼睛。

舒培握住小山的手，她的手纤细微凉，小山的手粗糙得简直不像女孩的手。明河送过小山手部护理套装，小山转手送给了嫂子。此刻小山倒很后悔没细致打理自己了。

舒培说："明河喜欢你，你也值得明河喜欢，这就够了。本来我想让明河带你到家里，我们一起吃个饭，后来想还是咱俩先见见面，这样你去家里就不那么拘束了……"

"阿姨……"小山不知道该说什么好。

商明河大步走过来，脸色很难看，坐在小山身边："妈，您怎么能说一套做一套呢！"

"看看，看看，这养儿子有什么用啊，怕我把你吃了？"舒培开了个玩笑。

姜小山笑了："我跟阿姨聊得很好！"

"她不是给你开支票了吧？"商明河一脸紧张的模样。

"对啊，我跟小山正讨价还价，看你值多少钱呢！"舒培冲姜小山使了个眼色，两人一起笑了起来。

"你们……"商明河有点蒙。

"是莫北那丫头给你通风报信的吧？莫北还真是个好姑娘，喜欢你也不搞小动作！"舒培看到商明河的第一眼就猜到肯定是莫北给了他消息。

"妈，当着小山的面不要搞事情好不好？"商明河看了小山一眼，不满地嘟囔。

"我可没某些人那么小气！"姜小山回了句嘴。

"不是跟你说了吗，遇到事情要第一时间跟我汇报，回去看我怎么收拾你！"商明河摆着大男子主义的派头装腔作势。

舒培撇了撇嘴："是跟老妈一起吃呢，还是要我退场，你们秀恩爱？"

"当然是一起吃啦，老妈请客，这儿的龙虾汤超级好吃，嗯，再点个什么呢？"商明河很久没跟老妈那么亲昵了，舒培看到对面的儿子和小山，心里感叹，人生啊，千回百转，欠人家的终归要还。

或许折磨自己许多年的噩梦也终于要结束了。

那天，商明河带着小山去看了他对门的房子，他对小山说的是："我爱你，想给你我能给予的帮助，在这点上，你不需要自卑。"

小山说的是："我是害怕欠你太多，我们的感情就不那么纯粹了。"

商明河摸了摸小山的头，问："那要我怎么办？"

小山轻轻地叹了口气，不管世界怎么样，只要跟他在一起，悲伤都是闪闪发亮的。她从没那么希望自己变得更好一些，再好一些。

明河像看到她心里似的，他拥她入怀，在她耳边说："对我来说，你是最好的，没有更好的了！"

的确，商明河从没那么想要保护、照顾一个人、一家人，哪怕倾其所有。从前，他跟邹大庆说，相爱的两个人要彼此独立，言犹在耳，只是，那已是他痛恨的谬论。

许久之后，商明河为自己让小山搬到自己对门住这个决定后悔过，后来想明白了，就算小山一家不搬到这里，事情也不可能不发生，因为在四十年前的那个漆黑的夜晚，事情的开端就已经埋下了。

命运挖下的坑，躲是躲不过的。

08

那段日子商明河忙成了一只陀螺，但也是幸福的陀螺。他的公司在融资成功后，做高科技的机器人研究，取得了行业内的突破。但很快另一家公司的另一款机器人就问世了，它的功能让芳邻居公司的机器人失去了吸引力。商明河开始焦虑了，不停地跟技术人员开会，研发新技术。

公司里另一组人在做一项研发——一款能让几个社交平台同步的APP。所有的一切都需要商明河做决断。落后一步，也许就再无翻身的可能。移动互联网领域就是这么残酷。

小山搬到了商明河家的对面。魔豆开心地大叫，老姜同志一个房间一个房间地看，一遍一遍地问小山，在这住得花多少钱？

姜水和秦明月也很兴奋，告诉老姜同志要好好活着，享福的日子在后边呢。

老姜同志大声地说："享福？做梦吧！我这辈子就是受苦来的，年轻时好好的，却被人陷害，找了你妈，她又扔下两个孩子早早地走了，我又当爹又当妈，到了呢？弄得无家可归……"

明月问："爸，您总说被人陷害，到底是谁，怎么害您的啊？"

姜小山和姜水一听明月的问话，赶紧挤眉弄眼，劝她打住，这是洪水猛兽啊，把老姜同志的话茬给惹出来，得，这家甭搬了，三天三夜就听他给你细说详情吧！

果然，老姜同志的控诉滔滔不绝，秦明月几次起身找借口想走，都被老姜同志威严地吼了一声"坐下"。

小山与姜水幸灾乐祸。老姜同志有段下乡当知青的经历，那段日子发生了很不愉快的事，至于到底是什么事，小山和姜水也都没搞明白。

那个晚上，秦明月做好了饭菜，让小山喊明河过来吃，小山给明河发了微信，但他没有回。

她知道他在跟团队死嗑那些难题。她跟嫂子说："他在加班，咱们自己吃吧！"

明月找盘子把菜都拨出来一些给明河留着，姜水说："人家是有钱人，什么没吃过，你留什么留？"

秦明月白了姜水一眼，说："吃不吃是他的事，留不留是咱的情分。你这人啊，人情世故都不懂，难怪写的小说没人看！"这句话惹恼了姜水，他立刻把笔记本电脑搬出来打开给秦明月看："你看看，你看看，这点击率噌噌往上蹿，还有啊，我的好多读者都在为我愤愤不平，我也准备找律师告'美丽妖'，我就是要揭下她那张面具，让大家看看谁是李逵，谁是李鬼！"

"请律师得花多少钱啊？我跟你说，姜水，你可别又瞎折腾！"手里刚刚有了一点儿钱的秦明月简直是草木皆兵，前怕狼后怕虎。

姜小山再次为自己跟商明河不在同一世界感到沮丧。他的事业，他的生活，她连半分参与感都没有。这样的爱情会因彼此的新鲜而延续，然后呢？

意识到自己的坏情绪，姜小山赶紧转移思路。

"嫂子，你的家政服务中心怎么样了？"

讲到家政服务中心，秦明月立刻来了精神，她先去一家家政服务中心报了名，她说先得潜伏到行业内部做个卧底，对行业有个深入了解再做，总比盲人瞎马强。

姜小山冲嫂子竖了大拇指，然后冲老哥说："学着点儿，别眼高手低的！对了，你当全职作家，行不行啊？"

小山答应搬到商明河家对面这套房来住时，就让哥嫂也一同搬来住。一来姜水在家，能照顾老姜同志，二来哥嫂买彩票得来的钱大部分都帮自己还债了，这份情小山不知道怎么还。得知舅舅、舅妈跟自己一起住，魔豆高兴坏了，他抬起小脸问小山："小姨，我们是不是变成有钱人了？那何安会回来找我们吧？"

姜小山听到何安的名字就恼火，但是当着孩子的面总不好说什么，她安慰魔豆说："我们是离幸福生活越来越近了！"

"幸福生活长什么样啊？"魔豆正处于问题多多的年纪。这话还真问住了小山，幸福生活长什么样呢？

商明河回了微信，他说："小丑姑娘，你的'河蟹'累瘫了！"

09

小山提着餐盒出现在芳邻居公司的楼下，先看到她的人是邹大庆。他正给梁哆哆汇报这几天的行踪，他说："我们这些创业者要是不努力奋斗，到纳斯达克上市，亲爱的，你的包怎么买呢？"

说尽了好话，安抚了梁哆哆，邹大庆真的有些烦了。不就是谈情说爱吗，怎么每次都把自己弄得跟三孙子似的？邹大庆转头看到姜小山，她低头徘徊着，显然正思考着进还是不进这么重大的问题。

邹大庆那一刻是羡慕老大的，每个姑娘都对他饱含深情。他过来拉着姜小山就往公司里走，他说："你是最好的兴奋剂！"

姜小山站到商明河面前时，脸色绯红，心里又很忐忑，自己不会给他添乱吧？

商明河正在发脾气，声音提高了八度："我们能不能在想办法时，也想想能不能做到，只顾自己眼前的事，这怎么合作？"

众人的目光落到闯进来的邹大庆和姜小山身上，商明河转身看到两个人，目光落到邹大庆拉着姜小山的手上，怒火又被添了一桶油："谁叫你拉着她的？"

邹大庆赶紧抽出手，挠了挠头。

姜小山立马想逃："你们忙你们的，我先回去！"

姜小山刚走到门口，会议室里的人先挤了出来。

商明河过来拉住姜小山："谁让你走的？"

姜小山捏了捏商明河的鼻子："干吗这么凶？"

商明河的表情变得很奇怪，赶紧绽放出笑容："大老板的威严。"

邹大庆捂着脸嚷："我什么都没看见，什么都没看见！"

"算你聪明，没看见就对了！"

　　商明河作势踢他，顺势把门关上，他把姜小山拉到怀里："想我了吗？"

　　"这都几点了，还没吃饭吧？我给你带了……"

　　商明河的吻落到小山的唇上，咬住她的唇，半晌，昵喃："好想你！"

　　姜小山的双臂搂住他的脖颈："我也是！"

　　"来我公司吧，我要每时每刻都看到你！"

　　姜小山抬头看着商明河笑："没想到你是这样的商明河！"

　　"哪样？"

　　"比魔豆还像宝宝！"

　　"我是'河三岁'！小山姐姐，快摸摸我这受伤的心！"

　　"切！幼稚鬼！赶紧吃饭，多吃点儿！"

　　商明河吃饭，小山跟他讲起搬家的事，她说："明河，你确定一个月两千块的房租就可以吗？不会是……"

　　"房东并不在意租金，他只是想找个可靠的住客。你安心住着就好了！"商明河让姜小山安心。

　　"你也把那些乱七八糟的工作都辞了，来我的公司做行政，你肯定能做好的！对了，给我们的IT工程师当解压师。"

　　话说完，明河就后悔了："不行，那帮恶狼，万一哪个人……虽然他们都没我优秀，可也得防患于未然啊！"

　　"切！谁会像你这么没眼光啊！"小山娇嗔地说，心里是甜的。

　　"不行，你总在外面，一会儿碰到沈良年，一会儿遇到沈百年，那些男人我都不放心，你来公司，就坐在我办公室外面给我当特助……"

　　"明河！"

　　"嗯？"小山这么严肃地叫他的名字，商明河的心有些颤。

　　"我不想依靠你太多，真的。"小山想到的是，从前自己傻乎乎地把什么都押在何安身上，结果何安一撤梯走人，自己的人生就崩了盘。但这些怎么跟商明河说呢？

"你是不信任我吗？我是你男朋友，你不依靠我依靠谁？"商明河咄咄逼人，他很生气。他喜欢的姑娘，他想为她做点儿事，她怎么就不能痛痛快快答应呢？

"我没做过行政，大家也知道咱俩的关系，我不想因为我影响到你！"

"借口！"商明河的坏情绪又上来了，他把勺子摔到饭盒里。

"其实，住进了你对面的房子，我心理压力很大，那不是属于我的生活，总感觉像偷来的……"

"又来了，又来了。姜小山，你什么时候能自信点儿？我们是男女朋友，我帮你不是应该的吗？你还真别想多了，以你的条件并没有傍大款的资格！真没谁会这样想。"商明河的话很伤人。

"这点我很清楚，不用你提醒。正是因为没有傍大款的资格，所以我才要努力像一棵树一样跟你在一起，而不是做一根藤缠着你。商总，拂了您的好意，不识抬举！对不起！"姜小山强忍着眼泪，收起饭盒往外走。

她走到门口，听到他踢倒了垃圾筒的声音。

从芳邻居公司的办公室到最近的地铁站还有一段路，路上人已经很少了。但姜小山并没在意这些。她心里还在懊悔自己来的这一趟，本来是给他送饭的，却惹他生了气。自己和他的这场爱情，到底能走多远呢？这样一想，心像被剜了一样疼。

身后有脚步声，姜小山刚要转身看，嘴突然被一只大手捂住了，还有另外一个人抱起了姜小山的腿，姜小山的脑子"嗡"的一下，遇到坏人了。

他们想要什么？姜小山使劲挣扎，那两个人好像把她往一辆面包车上拖，姜小山使劲咬了那只捂住她嘴的手，那人手一松，姜小山透过气来。她说："大哥，你们要包、要手机都给你们，求求你们……"

"你老实点儿，我们是不会动你的。左娜是你姐们儿吧？是她惹的事，她躲起来不见了，我们老板没办法，这才想抓你回去的！"

姜小山的身上出了一层汗。

那次他们救左娜进了医院后，左娜说事情都解决了："谁知道那破玩意那么重要，就一破账本，我还给他们了！"

小山说："你啊，跟阿正好好过得了，瞎折腾，再把小命给折腾没了！"

两天前，阿正还在朋友圈发他的第四家"正好造型屋"开业了。看来左娜并不像她说的，把账本还回去了。这帮人还真是，居然能找到自己。自己也是太粗心大意了，他们跟到这里，肯定跟了不止一时半会了。

小山被塞进了车里，借着车内微弱的灯光，小山看清楚抓自己的那两个男人中，有一个就是那头顶扎一缕小辫子的男人。

小山说："大哥，上次的事你也看到了，我就是左娜一姐们儿，我现在就给她打电话，肯定劝她来把事情给交代清楚……"

那人一把抢了小山的手机："我可信不着你们这些娘们儿，你拿着手机不会是想报警吧？"

"那你们抓我有什么用啊？我又不知道左娜跟你们老板发生了什么。我跟你说，你们不找她，她可什么事都能干出来！"

车里另一个瘦子使了个眼色给小辫子，小辫子把手机递给姜小山："打电话让她赶紧来十号仓库，不然，阔爷的手段她应该是知道的！"

姜小山拨了左娜的电话，没人接。这死丫头连自己的电话都不接，这不是往死路上逼自己吗？

她跟小辫子说："我可以在微信给她留言吧，我知道她的另一个微信号。"

小辫子示意她快点儿，姜小山点开了商明河的微信，她说："小娜，我被阔爷的朋友请去喝茶了，你手里有什么东西赶紧拿来救我啊，小娜，你可别害我……"

姜小山发完微信立刻把手机声音给关了，她害怕小辫子发现商明河给她回微信。

她说："我知道有个人知道左娜在哪儿，我可以给他打个电话吗？"

小辫子说："你这小娘们儿眼睛咕噜咕噜转，指不定想啥坏招呢，得了，她爱来不来！"

手机再次被抢了去。

窗外漆黑一片，姜小山在心里祈祷明河能尽快听到自己的那条微信，然后想办法救自己。

姜小山害怕得要命，左娜肯定是拿了他们极重要的东西，他们不惜用绑架自己的方法逼左娜出来，万一左娜真的躲起来了，商明河又到哪找自己呢？如果自己真的死了，那今天真不该跟他吵架，如果能好好地享受跟他在一起的那几分钟该多好。

姜小山的眼泪淌了出来。

姜小山坐的车子突然加速了，小辫子冲姜小山吼："后面那辆车是你叫来的吧？"

姜小山转头一看，隐约觉得那辆车应该是商明河的车，心里一阵惊喜，他怎么会……

瘦子转着方向盘："车好了不起啊？我就要让你看看什么叫速度！"

小辫子"嘿嘿"地笑了两声说："我看了，就一人，咱们去仓库，小娘们儿，临死抓个做伴的也不错！"

小山听得害怕了："大哥，你们不就是找左娜吗？我帮你们把她找出来不就行了吗？"

"晚了。你让后面那家伙卷进来，这事还能简单吗？"瘦子恶狠狠地说了句。

小山手脚冰凉，自己这回真的害死明河了。自己怎么就又求助他了呢？自己命薄也就算了，连累了明河……

车子七拐八拐地开进了一个货场，小山看到后面的车子紧紧地跟着，她试图跟小辫子沟通："让我给他打个电话，他跟进来会很麻烦，真的……"

小辫子瞥了一眼小山："你觉得我还能信你吗？我跟你说，卷进这件事算你倒霉，他敢掺和到阔爷的事里来，也算他倒霉！"

车子外面黑了下来，小辫子把套子套到小山的头上，又用胶带捆住小山的手，把她推下车。小山摔倒在地面上，地面冰冷，她的膝盖被撞得生疼。

小山感觉这是一个很空旷的地方，不远处有人打斗，很快，打斗声消失了，随之而来的是巨大的声响，似乎是一扇很大的门关上了。

"小山，小山？"小山听到明河的声音。

那声音像来自天堂，巨大的喜悦包围了小山，但很快，更大的恐惧席卷了她。明河真的跟自己到了这里，这里是哪儿，谁来救他们呢？

"明河，是你吗？"姜小山怯生生地问。

10

姜小山离开商明河的办公室的那一刻，商明河就后悔了。姜小山的脾气不一向都是如此吗？倔强，认死理，什么事都自己扛着。如果她不是这样，自己还会喜欢她吗？

明河的心痛了，那傻姑娘该有多难过，自己明明是因为项目不顺利、情绪焦虑才乱发脾气的，他追了出去。

追到办公室楼下不见人影，跑出去几步，他才影影绰绰看到拐弯处姜小山跟两个人进了一辆面包车，姜小山的手向外挣扎了一下。

商明河喊了一声，无奈太远，她听不到。

商明河三步并作两步地跑向自己的车。

他刚坐进自己的车里，微信就响了一声，是小山的声音，她叫他小娜，她说阔爷请她去喝茶……

商明河知道小山遇到危险了，发动车子紧跟前面的面包车。

手机再次响起，商明河戴上蓝牙耳机，电话居然是沈良年打来的。他说："商总，关于今天的事……"

"你认识一个叫阔爷的人吗？他把姜小山抓去了！"商明河只是情急之下说的，其实下意识里他已经把沈良年当成了可以信赖的人，或许是因为他也喜欢姜小山吧。

"确定是阔爷？"沈良年的话让商明河心里有了一点儿底。

"我这就跟过去，我会随时发送位置给你！"

挂掉电话，商明河发现前面的车在加速，显然是发现了自己。商明河一踩油门，疯狂地跟了上去。

车子七拐八拐地进了一个货场。这样的情形只在电视里看到过，商明河的手心出了一层汗，但已由不得他多想。前面的车子冲进了一个大仓库，过了一会儿，有两个人晃晃荡荡地走出来，就是他们把小山塞进面包车的吧，怎么办，下车还是开车冲出去？

他不能把小山一个人扔在这样的地方。

商明河拉开车门下车，试图跟那两个人沟通："那女孩在哪儿？我是她朋友，咱们有话好好说！"

瘦子率先动了手，他一拳把商明河打倒在地。商明河爬起来，心想，看来也只能用拳头解决问题了。商明河很后悔当初老妈送自己去练跆拳道时没坚持下来，好在自己一直在健身，身体没那么差。商明河一脚踢向瘦子，小辫子冲过来抱住他，三个人打到一块。

很快，商明河躺在地上，脸上有黏稠的东西淌下来，那应该是血吧。

此时，瘦子接了个电话，电话的声音在空旷的仓库里很响，电话里的人喊："一群废物，我们要找的是账本，抓人有什么用？"

瘦子问小辫子怎么办，小辫子犹豫了一下，说："把他俩先关在这儿再说吧！咱俩走。"

"哗啦"一声，巨大的卷帘门落了下来，仓库里一片漆黑。

商明河恍惚了一会儿，然后喊小山的名字，很快就听到小山的回应。两个人喊着对方的名字靠近彼此。

商明河紧紧地抱住小山，小山哭着说"对不起"。

"傻丫头，有什么对不起的？遇到这样的事，你不找我找谁？"

强忍着疼痛，商明河帮小山拽开套在头上的头套，撕开手上的胶带。

姜小山的手摸到商明河的脸，摸到黏乎乎的东西，她意识到那是血："你流血了，明河……"

"没事，离死远着呢！这里真安静，是谈情说爱的好地方！"商明河故作轻松。

"你还有心情开玩笑，现在怎么办？"

姜明河脱下外套，让小山坐在上面，然后他躺在小山的腿上，他说："就这样，等着人来救咱们！"

小山居然掏出了商明河上一次救她时给她包伤口的那个手帕，用它按住明河的伤口。

"你报警了？他们能找到咱们吗？"

"应该能！我觉得老天爷给了我一次机会，下次我再不敢惹你了。"商明河的头有些晕，他握着小山的手，小山的手冰凉。

"是我不好，自从认识了我，你就麻烦不断。也许，我们真的相克，不应该在一起！"小山的眼泪落到明河的脸上，明河的手伸过去擦掉她脸上的泪。

"这才是命中注定好不好？每次我都可以英雄救美，这是多少男人的梦想啊，小山，在你这，都帮我实现了！"

小山破涕为笑。

纵使是夏天的夜晚，仓库里还是很凉，是那种渗入骨头里的凉。

小山穿牛仔短裤和T恤，人冷得打哆嗦。

商明河坐起来，抱住小山："这样会不会暖和些？"

小山点头，担心地说："我们会不会死在这里？"

"死并不是件容易的事，我们离死都还远着呢！"

"其实，我倒宁愿……明河，我知道你都是为我好，可是，我真的不能什么都依靠你，你不知道我的过去。我原来爱过一个叫何安的人……"

那天小山跟明河说起了何安，说起那个她曾经全身心爱过的男人。

那是她的初恋，她傻乎乎地一头扎进那份爱情里，她以为那是她人生的全部，直到他消失，她都以为他有不得已的苦衷，她都以为他出了意外。她扛下所有的债，不敢在老姜同志面前哭，不敢在任何人面前提何安这个名字，她以为自己就快忘了他的时候，他又给她弄个孩子过来，她能怎么办呢？把那孩子扔街上吗？她做不到……

商明河紧紧地搂住小山，心疼地说："对不起，对不起，我来晚了！"

"明河，遇到你之后，你不知道我有多难过，我多希望自己的心是完整的，是没有一点伤的，我的爱情是一张白纸，我能像当初一样全力以赴、赴汤蹈火地去爱你，可现在，我做不到，无论我多努力，我都做不到！"

"傻瓜，你只要爱我就可以了，我愿意我爱你多一点儿！"商明河在黑暗里摸索了半天，从口袋里掏出一枚戒指，"嫁给我，我的小丑姑娘！"

小山的泪涌了出来，她主动吻商明河，她知道自己爱他，经历过生死的考验，她真的爱这个人。

商明河的脸烫得像火一样，小山慌了起来，两个人没有手机，别人怎么知道他们在这里呢？

明河说："我进这里之前发送了位置，他们应该能找到！"

时间过得无比漫长。明河说："再给我讲讲你的故事吧，什么都行！"

小山点头。她说起妈妈过世后的生活。那时老妈病了，小山和姜水守在老妈跟前，家里一分钱都没有，小山去找老姜同志，他冲她吼："你爸窝囊，跟着我，不如死了！"

那晚，老妈咽下了最后一口气。小山说："我特别特别害怕，但还没意识到我再也看不到妈妈了，我一直想，明天她就会醒过来，真的，那时候我十三岁，应该明白死亡是怎么回事，可我就是反应不过来，好长一段时间里，我都没有意识到我再也看不到妈妈了……

"妈妈过世后，我爸拉着我和姜水的手说，以后，咱爷仨过，你俩都好好的。那天，我看到他哭了，哭了很久。就是在那时我原谅了他！"

小山听不到商明河的声音，慌了："明河，你在听吗？"

"在听！"明河的声音微弱，他的手用了一点力，抓住小山的手。

"明河，你不该跟来的。我妈说，有人给我算过一卦，说我命硬。我死不了，可我会连累身边的人！"

"不许胡说。我不信这个！"

"给你讲个笑话。有次我下楼去买水，刚掏出五块钱，一不小心钱被风刮跑了！我追了半天没追到。我很心疼，五块啊，够吃顿早餐了。我又从兜里掏出五块钱，故意让风刮跑，想看看风往哪里刮，结果……我丢了十块钱！"

明河笑了："笨都笨得这么有创意，一不小心还成'风投'了。以后投我吧！"

"所以，我这么笨，你还要娶我吗？"

"娶！"

小山开始给明河讲自己闹过的那些笑话，明河的回应渐渐微弱，他的意识不那么清楚了。

小山吓坏了，跑去敲卷帘门，可除了"咚咚"的响声外，根本就没人回应。

小山在仓库里转了一圈，她进来时就闻到仓库有很刺鼻的味道，这里究竟储存的是什么呢？

左娜那死丫头到底拿了他们什么要命的账本呢？阔爷抓她不就是为了逼左娜交出账本吗？现在把她和明河关在这里，闹出人命来，不是对他更不利吗？

小山回到商明河身边，抱着商明河喊他醒醒，她说："明河，你刚刚跟我求过婚不是吗？我答应你，你也答应我，一定不要让我再次失去依靠，我说的都是假话，我不是不想依靠你，我是害怕失去你，真的，'河蟹'，你醒醒，快醒醒……"

明河睁开眼睛，有气无力地说："你答应了，不许反悔！"

明河说："还记得咱俩第一次见面那次吗？你被你爸追出来，头发乱了，人站在我的车前……还有，还有，在十字路口，你被歹徒劫持……"

那一幕一幕，小山都清晰地记得。

她做代驾，明河摆着一张臭脸，动不动就是"不行""不许"……

在十字路口，她对他心存最后一丝希望……

在公司里，她告诉他哪个是豆瓣绿，她的餐盒撞到他，还有，她昏倒，他送她去医院……

他怀疑她窃取了公司的商业秘密，押着她回家翻那堆废纸……

她假扮沈良年的未婚妻，在电梯里出现那似吻非吻的一幕……

送花去芳邻居公司，她做了他的小丑姑娘……

小山泪眼蒙眬，她问："那张照片你还留着吗？"

"当然留着！想你时，不开心时，我就看看。会笑！"他喘着粗气。

小山紧紧地握着他的手，泪水落到他的手上、脸上。

"别哭，我没事的！你再哭，就真的是小丑姑娘了！"

两个人紧紧地依偎在一起，那是相依为命的感觉。

"你总说你配不上我，其实，一直以来，我都很喜欢像向日葵一样的女孩，无论……怎么样，都努力乐观地活下去……"

"别说了，明河，真的别说了……"

卷帘门缓缓地上升，一束刺眼的光打进来，晃得小山睁不开眼睛，但她心里却满是喜悦。

"明河，我们有救了！你醒醒，醒醒啊！"

警察冲进来，沈良年跟在后面，还有左娜，她抱住小山就哭，她说："那王八蛋不得好死！"

姜小山喊："快叫救护车！"

噩梦终于结束了。

姜小山守在明河身边，握着他的手说："亲爱的，你一定要好起来，答应我。"

眼泪落到明河的脸上，滚落下来。

第五章　大雨将至

01

商明河在重症监护室待了整整两天，小山就在病房外滴水未进地守了两天。左娜陪着她，坐立不安。

多亏了沈良年。沈良年认识阔爷，他打电话给阔爷问这事，阔爷还很硬气，说左娜那死丫头复印了账本，那账本可是要命的。沈良年说别的他不管，阔爷抓的那两个人是他朋友，阔爷不能动。

阔爷挂了电话，沈良年报了警。

警察按照沈良年给的位置，费了好半天劲，才在离城很远的地方找到了那个废弃的仓库，在那仓库里发现了大量的化工原料。

警察联系到阿正，阿正联系到躲起来的左娜，说小山被阔爷抓了，左娜立刻到警察局投案，交出了复印的那本账簿。那居然是一个制假药窝点的账簿。无意之中，警察竟然破了个大案。

阔爷一伙人被通缉。

舒培见到小山，小山以为她肯定要打自己。可是舒培看了看小山，只是叹口气，说："孽缘啊！"

倒是莫北伸手给了小山一耳光，她说："你以为你是谁？商明河选择了你，你就应该好好跟他在一起啊！他的命是你能赔得起的吗？"

沈良年过来抓住莫北的手，一脸严肃地说："我警告你，你再动这丫头一个手指头，别怪我不客气！"

莫北也不示弱："我倒想看看是怎么个不客气！"

沈良年倒没遇到过这样的姑娘，看着像大家闺秀，说话倒是一股子匪气，他说："人家情侣之间的事，是生是死，关你什么事？"

莫北倒哑口无言了，只是咽不下这口气，她说："姜小山的社会关系也太复杂了吧？一边连着假药贩子，一边还有个大烟鬼给她出气！"

"你说我大烟鬼，小心我告你哦！"沈良年觉得这花瓶一样的土匪姑娘生起气来特别地……嗯，动人。

姜小山不停地转着手上的戒指，那是一枚小小的山树叶形的戒指。商明河用它在那么冷的破仓库向她求婚。

小山的心被一汪泪水泡着，如果他真的有事，自己要怎么活下去呢？

"早就说不让你跟那左娜一起玩了，你就不听，那丫头野着呢，你看看……"老姜同志未见其人，先闻其声，姜水和秦明月带着老姜同志和魔豆赶了过来。

姜水看出小山脸上的不悦，解释说："爸说，他得好好谢谢明河救了你！"

小山看向老爸，正想着说点儿什么，却看到老爸的目光落到她身旁的舒培身上。

老姜同志摇着头，一副沉浸在回忆里的神情，自言自语："怎么这么眼熟呢！"

舒培也看着老姜同志，脸上的表情很复杂。她的目光躲闪着，不似她从前的模样。

小山觉得奇怪，他们不是第一次见面吗？

"阿姨，这是我父亲姜文渊。爸，这是……"

护士出来喊："商明河家属，商明河家属，病人醒了……"

小山和舒培顾不得别的，扑向ICU病房门口。

那道隔着生死的门终于露出了一道缝，小山的眼泪扑簌簌往下掉，舒培拉着小山，轻声念叨："没事就好，没事就好！"

大夫说明河很快就能转入普通病房了。舒培不停地抚摸着胸口，她真的吓坏了，她唯一的儿子真要有个三长两短，自己这一生所有的努力又有什么意义呢？小山了解舒培的恐惧，她垂下眼向舒培道歉，舒培伸手拍了拍小山的肩膀安慰她："没事就好！"

转眼之间，小山没再看到老姜同志。

莫北一脸不高兴地说："你父亲突然跑出去，跟疯了一样！"

小山的心一沉，老姜同志是受到什么刺激了吗？她急忙追出去，不见老爸的踪影，给姜水打电话，他说他带老爸回家了，让小山放心。小山问哥哥老爸出了什么事，姜水说不出所以然来，他说："老爸一路上念叨着眼熟，他是跟明河的妈妈见过吗？"

小山回到医院犹豫地问舒培是否认识父亲。舒培面露难色，好半天才说："这些年记性越来越差，好多人、好多事都记不清了！"这算是给了个回答，又像是什么都没答。

小山很纳闷，舒培明明在生意场上做得风生水起，怎么会什么都记不清了呢？她真的跟老爸有什么吗？

左娜去买了油条、豆浆，让小山吃点儿，小山吃得没滋没味的。

左娜眼泪汪汪地说："小山，我没帮上你，还给你惹了这么大的麻烦，我真是该死！"

一向化着大浓妆的左娜，这两天头不梳、脸不洗的样子，让人看了觉得陌生，小山摸了摸她的头，替她擦掉眼角的泪，说："小娜，珍惜你身边的那个人吧，遇到个真正对你好的人不容易！"

左娜回头看了看阿正，默默地点了点头。

莫北陪着舒培回去休息，小山在病房外守着。临近傍晚，明河被护士从重症监护室里推了出来。小山过去握住他的手，他的手温暖干燥，小山的心一下子热了。

明河仍然在沉睡。小山守在病房里，握着他的手，趴在他的身边。病房里的灯并没有开，两个人就那样彼此听着对方的呼吸，像是世界末日时的生死相依。

小山记得上大学时读过张爱玲的小说《倾城之恋》，里面写道，生与死与离别，都是大事，不由人们支配的。比起外界的力量，人是多么小，多么小！可是人们偏要说，我永远和你在一起，我们一生一世别离开。好像自己做得了主似的。

是的，人是多么渺小，渺小到无法知道下一秒会怎么样。唯有在爱时，紧紧地握着爱人的手，那一秒的真心传递是无比珍贵的。

"我梦见洪水把我冲走了，原来是你的眼泪……"

那是明河清醒后说的第一句话。

小山赶紧揩眼泪，泪中带笑说："你醒了，吓死我了！"

"我不会死的，我死了，我的小丑姑娘不就嫁不出去了吗？"

小山更多的眼泪涌了出来。

人真是很奇怪，不幸福时都没有眼泪，现在，在爱的人面前，眼泪却没完没了。小山不想这样，可她控制不了。

"哎呀，想我号称'芳心纵火犯'，竟然被你的眼泪给点着了，你的眼泪是酒精做的吗？"

"切！"小山笑了。明河能够"毒舌"了，这说明他真的好起来了。

"我毁容了吧？"

瘦子那一铁棒让明河的头缝了十八针，但是伤口在头顶，并没在脸上。

"没有，你还是'芳心纵火犯'，不过，我是消防员，你再没机会出去'纵火'了！"小山抓着明河的手贴在自己的脸上。

"我想你亲亲我！"

小山愣了一下："幼稚！"

"快点儿！"

小山的唇落到明河的额头，他的手帮了个小忙，让她的唇落于他的唇上，微凉变火热，那是爱情的功力，亦是爱情的魔力。

"以后，我任性的时候，让让我好吗？我会对你好的！"这竟然是商明河的请求。

小山的眼睛笑成了弯月亮，宠溺地抚摸着明河的脸："以后，我都让着你！"

"那不行，我不舍得你受委屈！"

那是爱到深处的人说的自相矛盾的话，是胡话。

02

与明河病房里的春色旖旎不同，老姜家正鸡飞狗跳。

搬家搬过来的东西很多还没来得及拆包，老姜同志在一堆纸箱前疯了似的往外刨东西。姜水很好奇，老爸翻箱倒柜地找什么东西？姜水跟着问他在找什么，秦明月跟着捡他扔出来的东西，魔豆倒从那堆旧东西里找出了新奇的东西："舅舅，舅舅，这个木头块是玩具吗？"

姜水接过魔豆手里的孔明锁，那是小山为了锻炼老姜同志的手指和脑力买来的："嗯，这是姥爷的！"

老姜同志把一个好好的卧室变成了战场，衣服到处都是，他不让扔的那些旧书还有多年前的旧报纸到处都是。

姜水崩溃了："爸，您在找什么，您说！我和明月帮您找，你瞧瞧您这一回来就开始瞎折腾……"

老姜同志一屁股坐地板上号啕大哭："你们这帮败家子啊，肯定是给我扔了啊。我这辈子的冤啊，可没地方申诉了！"

魔豆一看到老姜同志哭，很懂事地过去抱住他："姥爷乖，姥爷不哭！"

老姜同志还哭，魔豆又说："姥爷，你要什么，让舅舅、舅妈帮你找，再不行叫小姨去淘宝给你买，那上面什么都有，真的什么都有！"魔豆是个小人精，就没有他不知道的事。

老姜同志哭得认真且打算打持久战，被魔豆一抱，意志有点不坚定，他说："你们都是一伙的，都是来坑我的！我都看出了那人是我的敌人，你们还跟她坐一起，你们这帮坏蛋啊！"老姜同志的声音悠长，竟然像是一首老歌。

秦明月瞪着眼睛，靠后倚着墙，不知道该怎么办好！

姜水蹲下身面对面地问老爸谁是敌人，老姜同志的意识又模糊了，嘴里嘟嘟囔囔，听不清说的都是些什么。

秦明月没忍住，说："爸，咱不闹了行不行？咱家刚出了那么大的事，幸好小山没事，明河为了救咱小山伤成那样，咱什么忙都帮不上，消停会儿行不行？"

老姜同志像突然被点着的炮仗一样爆炸了，他抓起件衣服跃身而起。

老姜同志胖且疏于运动，平时的动作都是迟缓呆滞的，那一刻却如同猎豹一样轻巧灵动，以至于衣服抢到秦明月头上，秦明月还没反应过来是怎么回事。姜水先反应过来，他一起身被一堆书绊了个趔趄，站稳后去拉老姜，老姜同志一个反身，那件旧棉袄直接扣在了姜水的头上，姜水努力摆脱那件棉袄的束缚，老姜同志的玩心却起来了，觉得用棉袄把姜水当成一只陀螺控制很好玩。

秦明月过来帮姜水撕扯，她说："爸，您这是干什么？"

老姜愣了一下，人像撒了气的气球一样瘪了下去，他腿一软，坐在地上继续号啕大哭："你们都欺负我，你们是想让我死，我知道，你们一早儿就想让我死了，我死了，死无对证！"

姜水的头从那件旧棉袄里挣脱出来，无奈地看着老姜同志，魔豆被这场面吓住了，"哇"的一声哭了起来，只哭了一声，便意识到不能出声哭，他使劲忍着，小嘴撇着，眼泪一双一对地往下掉。

秦明月过来搂住魔豆，替他擦眼泪。

老姜同志突然想起了什么，一拍大腿，屋子里的三个人都吓了一跳，惊恐地看着他。

老姜同志的眼睛雪亮，声音洪亮："我就说嘛，我就说嘛，

我就说嘛，我认识她。闻舒培，她就是闻舒培，化成了灰我都认识她，这个女人，她竟然敢出现在我面前！"

动作迟缓的老姜同志此刻竟然敏捷如豹，说话含混不清的老姜同志此刻竟然声如洪钟，秦明月看着姜水问："谁是闻……舒培？"

老姜同志再次站起来，在扔满旧物的屋子里来来回回地走着，手不停地挥舞着，嘴里念念有词，他又回到了他自己的世界。

姜水说："要不，咱送爸去医院看看吧？"

"谁想把我关医院去？做梦！你们别做梦了。我姜文渊……我姜文渊……"老姜同志两只手都握成拳头，使劲地舞动着，他姜文渊要怎么样，他显然没想好。

秦明月再次倚着墙，一脸疲倦："爸在医院受什么刺激了吧？怎么陈芝麻烂谷子的事又想起来了？"

姜水恍然大悟："爸认识明河的母亲吧？自从看到她，爸的神色就不太对！不过，明河妈很年轻啊，爸怎么会认识她呢？听说是个老总，做服装的！"

秦明月也疑惑："她该不是咱爸的初恋情人吧？"

"拉倒吧！我爸这辈子能结婚，我都觉得我老妈功德无量，像明河妈妈那样的女人会看上咱爸？"姜水擦了一把脸，想改变个思路。

"咱们做饭吃吧，你不还要给小山送饭吗？"

"哦，哦！"秦明月拖着疲惫的身子站起来，人一动，肚子拧着劲疼了起来。姜水吓坏了："老婆，老婆你没事吧？"

"扶我……扶我到床上去！"明月脸色苍白，额头上的汗都出来了。

姜水试着抱了一下秦明月，没抱起来，他用肩膀架着秦明月往卧室里走。

秦明月的身子虚得不行，她也害怕了："老公，不行，赶紧打电话，我害怕孩子保不住……"

姜水赶紧把明月放到床上，转身去打电话。

老姜同志还在碎碎念，时而嘀嘀咕咕，时而慷慨激昂。

魔豆一脸泪痕地缩在墙角。姜水看着孩子可怜，打完电话赶紧开冰箱找了蛋糕和牛奶出来，递给他，说："你是男子汉，要坚强。不要哭，好吗？"

魔豆脸上挂着眼泪，点了点头。

姜水自己倒抹了一把眼泪，回到明月身边。秦明月的脸色苍白，如同一张白纸。她说："老天爷，不会……吧？"她想要从姜水这得到答案。

姜水也紧张，但只能尽力安慰老婆。

"当然不会！你什么都不要想，一切都会好起来的！咱们那么多难事都挺过来了，还会被这样的事难住吗？会好起来的！"

人在难过的时候，不停地给自己打气，给自己心理暗示，一切都会好起来的，这样想，心里的难过就会少点儿。可是，磨难真的会少吗？

那天秦明月进了医院。医生说要住院保胎。秦明月还跟医生讨价还价，她说自己家老的老，小的小，病的病，自己再一躺倒……医生对她说："没了你地球还不转了呗？反正这事随你，你要是不想留住这孩子，执意出院，谁也不能拦着你。"

姜水有点儿急，吼了秦明月一句："这个家不还有我呢吗？"

秦明月不再吭声了。

魔豆睡在了秦明月的床头，秦明月抚摸着魔豆的小脸蛋感叹："这孩子还真是命苦，到了咱家，一天好日子都没过着！"

邻床的一位老太太搭话说："你们夫妻这是要二胎啊！老大都这么大了！"

秦明月看着魔豆，怜爱地亲了亲他的小脸蛋，然后赶姜水回家，老姜同志那种状态，一个人在家没准真出点儿什么事，这个家真的再禁不起一点儿风吹草动了。

姜水从电梯出来，就觉得出事了。

门是大敞四开的。

屋子里哪还有老姜同志的影子？姜水冷汗都下来了，老姜同志这次的状态还不如上次，上次回来都是侥幸，有一次，会不会有第二次？

姜水腿都软了，他再次被绊倒在地上，不禁大放悲声："这究竟是怎么了？"

03

姜水不知道，老姜同志坐上出租车，口齿无比清楚地报出了明河住的医院。人在某种时刻，精神和能力都像是回到了年轻的时刻，一往无前，什么病啊，痛啊，都不在话下。

那个医院里的人进进出出，每个人都很忙的样子。老姜同志甚至在心里感叹了一下，现在的医院再不是从前的医院的简单模样，真大，大得像个迷宫，大得足以承载下那么多人的痛苦和哀伤。

老姜同志在医院里还是迷了路。

他努力地回忆着那个风雪之夜他走进的那间医院的模样，越回忆却越陌生。

医院已经不是从前的模样。从前的医院，不，只是个农场的卫生所，只是一间屋了，只有四张病床，有人进来，就拉个白帘子遮住。

现在的医院像个巨大的迷宫。人走进去，七拐八拐，以为走了很长的路，最后居然绕回到原处。老姜同志不服输的性子又上来了，他重新再走，周围的人像森林里的树，一排排从身边过，脚下像踩着厚厚的雪，走，拼命地走，往前走，往后走，世界仿佛只剩下了他自己，一个人，并不觉得孤单，心里面好像记挂着一个人，是谁，又想不清楚……

人终于撞到了"树"，是"白桦树"吗？树上的雪纷纷扬扬地落下来，哦，不，不是树，不是雪，是护士，是她手里的药片，是她瞪着大眼睛问自己是否需要什么帮助。

老姜同志在那站了好长时间，脑子里万马奔腾而过，他却捕捉不到想要的记忆。自己来这里干什么？话就在嘴边，却说不出来。身边的人匆匆而过。有好心人过来跟他说句什么话，他听不清，也听不进。他快步往前走，四周都是白的，仿佛置身于冬天的雪景里。他的人生是从那一天毁掉的，他想要找什么呢？

他又站住了，看周围那些或是焦虑，或是难过，或是面无表情的人，他们都是谁呢？

不知道出了什么事，一群人急匆匆地闯进医院里，那情形似曾相识，当年，那群人也是这样出现在自己面前的……打了一个激灵，老姜同志从混沌的状态里清醒过来。

不是冬天的白桦林，不是年轻时的知青点，不是那间简陋的医务室，这里是医院，现在是四十年后的一个夏天的傍晚。

他嘟囔着讲出商明河的名字，又抓住了一个从他身边走过的小护士，那个护士恰巧是ICU病房护理过明河的护士，她喊人带老姜同志去商明河的病房。

利落的短发护士脚下生风，老姜同志小跑紧跟着，他怕自己跟丢了，他几次想让她慢点儿，又怕她真的慢下来，他的心比她的脚步还要急。

他终于站在了那间病房外。短发小护士说："就这！"说完立刻消失了。

老姜同志站在那，再次握紧了拳头。他的脑海里闪现出四十多年前的情形，他站在医务室门外，一个男人蹿了出来，他还没明白是怎么回事，里面就涌出来一群人，后来他才知道那些人是从窗户进到医务室的，医务室里漂亮的女医生闻舒培衣衫不整，披头散发。

而他姜文渊的胳膊就被那群疯狂的人扭在了身后，他不过是因为准备参加高考上了火，来医务室拿几片去火的药。

那是他这一生噩梦的开始。

没有人知道自己的命运会在哪一刻被完完全全地改变。

没人能预料。

此刻，站在现代化医院的某一间病房外，他突然有了勇气，他要个清白，不然，就来不及了，真的来不及了。

他没想到踏破铁鞋无觅处，得来全不费功夫，他没想到有生之年，竟然还能遇到闻舒培。老天爷让他见到这小妖精，就是让他姜文渊报仇的吧？

他推开门。门竟然有千金重，他推不开；腿有千金重，他迈不开；嘴也有千金重，他张不开。

那个被困在肉身里的灵魂很想跑出去，可是肉身死命地拉着他，死命地拉。姜文渊重重地倒在了商明河的病房门口，如同一扇门一般。

走廊一头电梯里出来的舒培一眼就看到了那个庞大的身躯，她的心一颤，整个人都晃了晃，幸而莫北扶住了她。

她说："快喊医生，快点儿！"那声音竟如四十多年前一样沙哑，她整个人也如四十多年前的那个傍晚一样虚空。

那一年，她18岁，风华正茂，容颜正好，虽然到了极艰苦的生活环境中，但理想与爱情的希望都还在。

舒培那些淡忘的记忆竟然清清楚楚地浮现了出来，如同电影胶片，清晰如昨。

那些在她梦里反复做过的噩梦，还是清晰地延续到了现实中。她想："这样也好，总要有个了断。"

04

明河睡着了，小山也刚刚眯了一会儿。听到门前发出巨大的闷闷的声音，她吓了一跳。推门却推不动，透过窗户看到焦急万分的舒培，看到医护人员跑过来，门终于开了，小山看到老姜同志像硕大的布袋子一样被抬到病床上，护士们小跑着，人群嘈杂，很多病房的门开了又关了，像在梦里，小山多希望睁开自己的眼睛，长长地感叹一声："幸好是在梦里。"

可并没有。

舒培在小山耳边说："没事的，有大夫呢！"

小山回过神来，向着护士们离开的方向跑。兜里的手机响了，电话里是姜水急吼吼的声音："爸……你知道……"

"爸晕倒了，大夫正在抢救！"小山答得很轻，生怕惊动了谁。

电话那端的姜水"哦"了一声，悬着的心放了回去，身体倒十分委顿，蹲了下去："老天爷啊，你到底想怎么样嘛！"

老天爷不会理会谁的情绪。

事实上，老姜同志也没那么严重，只是血压突然升高，人晕了过去。

很快他就醒了过来。他的眼珠像鱼的眼睛，一动不动，盯着天花板的某一个地方，事实上医院的天花板干净得连个苍蝇都没有，但他还是牢牢地盯着某一处。

"爸！你怎么……"小山轻轻地抚摸着老姜同志的头发，他的头发又长了，该带他去剃一剃了。

老姜同志仍执着地盯着天花板的某一处，丝毫不敢放松，仿佛一旦放松，那个地方就消失不见了。

"小山，闻舒培是谁？"他的声音有些哑，但咬字无比清晰，仿佛身体里所有的力气都用了上去。

小山愣了一下："爸！"

"那个女的是谁？"

"哦，爸，您问……那是明河的妈妈！"

老姜同志的目光收了回来，直刺到小山的身上，他一字一顿、无比清晰地说："她是我的仇人，你爸这一辈子就是她毁的！"

一个闪电划过窗子，病房里被映得雪亮，然后黯淡下去，紧接着是一个响雷。姜小山从小就害怕打雷，但此时，老爸说出来的话比雷电更让她害怕。

"爸!"小山的声音拉得很长,仿佛这样才能抓住一点儿什么。

老姜同志拉过了小山的手,他有多久没这么讲话了?此时,小山倒像是那个混沌不明的老人。怎么会是明河的母亲?怎么会这么巧?

"山哪,爸不糊涂。爸说的都是真的。你去问问她,她是怎么坑害你爸的,如果不是她,你爸这一生不会是现在这个窝囊样,你爸曾经是知青点最有希望考上大学的……"

老姜同志痛苦不堪地闭上眼睛,眼泪渗了出来,很快渗进皱纹里。一生真的短暂又漫长,仿佛一眨眼,就到了书的最后一页,也仿佛撑了那么久,每一步都有万斤重,才走到今天。老姜同志无数次地想,如果能重新活一遍该有多好,自己就是再上火,被身体里的火烧死,病死,也不会在那个傍晚站在医务室的门外。

可是,人生没有如果,一切无法回头。

"爸,一切都过去了!"

小山不是置老爸的痛苦于不顾,只是年深日久,这些搁置在岁月深处的恩怨再掏出来晾晒到太阳下,真的有意义吗?

"过不去。就算我死,这事也过不去。你是我女儿,你姓姜,你不能跟闻舒培的儿子谈恋爱,绝对不能!"老姜同志的目光再次聚焦到天花板的某一处。

又一个雷响了起来。小山坐在原处不能动弹,她的手还握着老爸的手,那手温暖无力。另一间病房里躺着她爱的人,真的要做二选一的题吗?

"爸,什么都别想,咱们都好好的!"

"山,爸求你!"

老姜同志的目光不再是刀枪剑戟,而是微弱的火苗,小山的心像被揪住了一样,她突然很想知道那年究竟发生了什么。

兜兜转转,怎么会这么巧?

怎么偏偏是明河的妈妈？

"山，爸求你！"老姜同志又重复了一句。那之后，他一遍遍重复这句话，每一句都像是刺在小山的心上。他求她，她能做什么呢？她能手刃仇人吗？明河也是她的恩人，救过她两次。

"爸，明河救过我两次，两次，咱扯平了不行吗？"姜小山有气无力地说。

"不一样。他们冤枉了我，污蔑了我。我这一辈子抬不起头来，闻舒培心里明镜似的，但她不说，她是存心的！这口气我憋了一辈子，山哪！"老姜同志的泪水再次涌了出来。

窗外出现了一道闪电，接着是一连串闷声闷气的雷声。

一场暴雨就要来了。小山不由得打了个寒战。

05

那是靠近后海的一幢外面看上去很普通的四合院，走进去却别有洞天。院内古树参天，花繁草盛，白墙青瓦，曲径通幽。但此时姜小山完全没心情欣赏这些。

莫北带她进了一间屋子，屋子里的墙上挂着几件风格迥异的衣服，彰显着主人的职业特征。

姜小山以为这便是终点。可莫北带她穿过这间屋，到了更里面的一间，那间应该是卧室。舒培着一身中式绸缎睡衣，坐在一张茶台前，茶台上放着天青色的茶碗，还放着另一个表面是黯蓝色绸缎的长方形盒子。

舒培示意姜小山坐下，莫北很知趣地退了出去，悄声把门带上。

午后的阳光透过院中的海棠树荫从花格窗户照进来，房间里并不是很明亮。舒培给小山倒上茶，她说："小山，我跟你父亲的事，我不知道你知道多少，不管你知道多少，我都想亲自讲给你听！"

小山点了点头。

时光穿越到四十多年前，那一年，闻舒培18岁，姜文渊22岁。那是个疯狂的年代，那更是一段不堪回首的岁月。

那一年，闻舒培和姜文渊乘一列火车去了大东北。

年轻人带着改天换地的革命热情、敢叫世界换新颜的心情，来到那片土地。可他们没想到会那么艰苦。夏天还好，冬天，大烟炮儿一刮起来，整个知青点的人都猫在窝棚里。

好不容易熬了几年，有了高考的消息。大家都努着劲想靠高考这根绳把自己从这里拉回到城里。

姜文渊上高中时本就是个尖子生，如果不是这场运动，他恐怕已经快大学毕业了，只是谁都无法改变历史的洪流。姜文渊在知青点也仍然是个爱读书的书呆子，得知高考的消息时，他兴奋不已，以为这是命运给了他新的契机，他一定要抓住才行。

舒培那时是场部的赤脚医生，一个姓鞠的副场长的儿子鞠亮亮看上了舒培，舒培没看上他，但不敢得罪他。

舒培心里是有个喜欢的男人的，那人叫沈家栋，他是舒培的师兄。沈家栋高大英俊，人也浪漫，会吹口琴，还会拉小提琴，唱《喀秋莎》。舒培表面上应付着鞠亮亮，暗地里跟沈家栋谈着恋爱。花季的少男少女在一起，难免过了线。

某一夜，沈家栋从下面的连队到场部看舒培，风雪太大，他就留宿在舒培的医务室。

初尝禁果后的一对年轻人如同吃了蜜的孩子，爱上了这一口。

那之后，沈家栋频繁地往场部跑，往舒培的小医务室跑。

天下没有不透风的墙。鞠亮亮听说舒培跟一个男知青眉来眼去的，醋性大发，一心想要捉奸捉双。

那天下着小雪，连队里没有出工。沈家栋想，这种天，舒培的医务室肯定也没人，心里便蠢蠢欲动。但他又怕人看到，磨蹭到傍晚才奔向场部。

果然，医务室里只有舒培一个人。一见面，沈家栋便狠狠地搂

住舒培，之前连队一直在搞基建大会战，沈家栋好些日子没来舒培这了，两个人干柴烈火一般，却不知早有盯梢的人把消息告诉了鞠亮亮。

鞠亮亮带着人分兵两路，一路堵门，一路爬窗。结果堵门那两个人中途上了趟厕所，沈家栋夺门而逃，不幸的是，来医务室拿药的姜文渊被不明就里的鞠亮亮的人马给摁倒。

姜文渊无数次地解释，他因为复习高考，再加上冬末春初，没有吃到青菜，缺乏维生素，嘴角烂了，所以来医务室拿药，可没有人听他说这些。

那之后，闻舒培为保护沈家栋，一口咬定姜文渊试图强奸她。鞠亮亮眼看着到嘴的鸭子飞了，恼羞成怒，把所有的怨气都发泄到姜文渊身上。

姜文渊在监狱里蹲了十八个月。

舒培看着窗外，她说："小山，我知道你们都不会理解那个时代，我也不想为自己的罪恶辩解，我对你父亲的确犯下了不可饶恕的罪孽，当我知道你是他的女儿，找人调查了他这些年的生活，我就一直失眠到现在，我以为老天爷在为我的罪恶做补偿，让明河爱上你，让他可以替我这当妈的还当年欠下的债……我以为一切都过去了……"

小山整个人像坐在一块冰上。她终于明白了舒培为什么同意自己和明河的婚事，原来她是想用这个赎罪。

从自己记事开始，父亲就一直说自己冤屈，可是自己居然从没仔细听过，甚至怨恨过他，母亲生病时，他都不在……

小山的手紧紧地握着一只小茶碗，想喝那口茶，可是手太抖，茶洒了大半。茶入口很苦，虽有回甘，但那苦让人清醒了过来。

小山站起来抓住自己的布包，她很想说点什么，可又好像什么都说不出来，最后说出口的话是："那我先回去了！"

舒培急忙站起来抓住小山："我希望不会影响到你跟明河，明河真的爱你！"

小山转过身，盯住舒培的眼睛："明河的父亲是沈家栋吗？"

舒培的目光垂了下去，她摇了摇头："他是个懦夫。我曾经后悔过，我说我们去坦白，谈恋爱又怎么样呢？可他不同意，甚至不敢见我。后来，我家里人帮我办了回城，一年后我投奔亲戚出了国。我结婚很晚，后来生了明河。明河还不满周岁，他的父亲就死于一场交通事故……我再没见过沈家栋。"

小山只想快点儿离开那里，只想快点儿回到父亲身边。

后半段的故事是老姜同志讲给小山听的。

那个傍晚，已有秋意。老姜同志倚在病床上，输液管里的药一滴一滴往下落。老姜同志说："我在监狱里整整蹲了549天，没死真是奇迹。我想过死的，不止一次。支撑我走出监狱的是恨，我连她闻舒培的手都没摸过，他们怎么能把那么大一个屎盆子扣在我头上？我是要参加高考的，他们太损、太狠了。"

时间过了那么久，姜文渊说起这件事，还恨得咬牙切齿，眼角是模糊不清的泪水。

小山拿了纸巾替父亲擦拭掉。她想，自己太不孝了，折磨了父亲一辈子的事，自己和哥哥竟然什么都不知道，甚至还怨恨过他。

她握住父亲的手，说："爸，您别激动，看，血压又高了上来！"

"可是我从监狱里出来，什么都变了。闻舒培回了城，沈家栋不知去向，鞠亮亮死于一场打斗！唯有我的罪明摆在那里。我去闻舒培家找她，得知她出了国。山哪，你明白吗，就像你用尽全身的力气打出去，却打在棉花包上……"

姜文渊抹了眼睛。他这一辈子竟然就这么虚弱无力地过到了现在，原本那些理想、那远大的前程，有谁会提起呢？一个人，一个鲜活的生命，因为那样一个错误，变成了现在这副不堪的模样，他的灵魂像被压在了巨石之下。现在，仇人出现了，她不但没受到惩罚，还过得那么好，这世界太不公平了。

小山坐过去，给了老爸一个拥抱。

缓了一下，老姜同志继续说下去："后来我也回了城，没有单位要我，我就干最苦、最累的活。有人给我介绍了你妈，你妈身体一直不好，没人敢娶。我就想，反正我的人生都毁了，能有人跟我过日子还挑什么呢？有了你哥和你，我也劝自己认命了，翻篇算了，可是不行，那口气一直堵在这，咽不下去……小山，你爸这辈子得窝囊啊，要不是闻舒培那个恶魔，我能过成现在这样吗？她倒好，成了有钱人，什么都没受影响，不公平啊，不公平啊！"

小山不知道要怎么安慰父亲。将心比心，换了谁，这事也都难以释怀吧。

"爸，是我不好。这些事从来没有认真听你讲过，但我们总得往前看，日子总得往前过，她过得好不好，那是她的事，你得好好的，我和我哥还想让您跟我们享福呢！"

小山抱着老爸，自己印象里，就没跟老爸有过这样亲近的拥抱吧？

"小山，爸求你，咱别跟那商明河，他妈太坏了！我不能让自己的女儿嫁给仇人的儿子，答应爸，嗯？"

小山想到明河，心如刀割。她点了头，说："爸，您快点儿好起来，魔豆都想您了！"

姜水提着雨伞进来，说："我还真跟医院干上了，从你嫂子那出来就来这，这雨下得跟泼的似的……小山，你怎么了？"

小山急忙抹了把眼泪："没事儿。哥，你看着爸，我出去一趟！"

"去看明河吧？待会儿我也过去看看他！"

"不许提那坏蛋的儿子，不许提！"老姜同志脸涨得通红，情绪激动起来。

"爸，我不去，我哪儿都不去！"

小山含着泪坐回到椅子里，姜水一头雾水。

老姜同志闹累了，昏昏沉沉地睡了过去。

姜水拍了拍小山，示意她可以出去了。

小山进到明河的病房时，明河已经在用电脑工作了。小山过去抢过电脑说："是不是不要命了？"

　　明河夸张地叫："野蛮女友啊，你！你……怎么了？叔叔情况不好吗？"

　　小山坐在明河身边摇了摇头："没事儿，就是……你快点儿好起来！"

　　"医生说我再观察两天就可以出院了。我身体素质这么好，哪像邹大庆。小山，咱们结婚吧！"商明河拉过小山的手，看她那十指上光秃秃的，自己送的戒指不见踪影，就不悦地说："戒指呢，怎么不戴？"

　　小山从衣领里把戒指拉出来，它挂在一条细链上，做了项链。

　　"戴在手上，这是宣誓主权，知道吗？"

　　小山看到商明河的床头放着心形的孔明锁，就伸手拿起来。

　　"我是让大庆帮我带过来的。还记得它吗？咱俩第一次见面，你落在我的车上的，虽然不知道后面咱俩的缘分这么深，但我还是一直把它带在身边……"商明河竟然有些不好意思。

　　"那个手帕被我收起来了，它上面沾了咱们两个人的血！"

　　"扔掉吧。我给你买新的！你要什么，我都买给你！还有，公司里的豆瓣绿我让考拉照顾了，这些都是咱俩的记忆。"

　　小山眼泪汪汪的："我不喜欢这样的东西，分开时，看到它们，都是伤口！"

　　"是甜蜜好不好？干吗说分开？姑娘，你今天不对劲啊！告诉我出了什么事，快点儿！"他像个黏人的孩子。

　　"真的没事，就是下雨天有些伤感吧！想吃什么，我回去给你做！"小山故作轻松地说。

　　"我只想你在这里陪着我。"

　　"好！"

　　"这么乖？"

　　小山主动亲吻商明河。商明河轻声说："医生看到咱们亲热，说要克制……"

说是这样说，他还是深深地吻了小山，他心爱的姑娘。

敲门声响起。两个人恋恋不舍地分开。门开了，进来的是个高个子姑娘，她说："明河，还记得我吧？我回来了！"

06

秦明月回了家，医生说真的不能再受刺激了，她本来年龄就大，身体素质又没那么好……后面的话医生没说，姜水早已点头如捣蒜。

秦明月躺到床上愁眉苦脸："我的家政公司那边一堆事呢，这孩子来得真不是时候，还不如咬咬牙……"

姜水立刻打断了秦明月的话："不许胡说啊，我告诉你，这孩子历经千辛万苦来到咱家，咱得好好对人家！再说了，他是咱家的幸运星，你看啊，他一来，咱就中了彩票，他一来，咱就住上了大房子……"

"大房子是小山……对了，你说要是咱爸跟明河妈真有些恩怨，小山跟明河咋办？"秦明月的脸上习惯了乌云密布。

"那能咋办？都是过去的事了，还能像罗密欧和朱丽叶似的啊？这都什么时代了，一码算一码，只要小山跟明河感情好，谁也分不开他们俩！"姜水很笃定。他神神秘秘地拿出了一个漂亮的盒子。

"那可不好说，要说小山这命啊……你那个是什么？"

"闭上眼睛！"

"切！"秦明月虽然嘴上不屑，但眼睛还是闭上了。因为怀孕，睡眠不好，脸色发黄，眼袋发黑，明月整个人都像老了好几岁。

为这个，秦明月早上出院前照镜子时还发了通脾气，她说："姜水，我这孩子还没生呢，咱俩就成姐弟恋了，我像大你七八岁似的！"

姜水当然知道秦明月为什么生气，但他故意夸张地单腿跪下哀求："媳妇儿，我知道你嫌我幼稚、嫌我没用，但你千万别想甩了我，门儿都没有！"

病房里的人都捂着嘴笑。秦明月狠狠地瞪了姜水一眼，不想理他。

"好啦，睁开眼睛吧！"

明月睁开眼，看到一个漂亮的杯子里装着一支淡紫色的蜡烛，蜡烛被点着了，很漂亮。屋子里有淡淡的薰衣草的香味。

"这是你买的？"

"对啊，我问过了，说这是植物精油做的，对孕妇没影响，你不是睡眠不好嘛，我就想这个可以帮助你睡个好觉。还有，你不是闻不了油烟味和饭菜味嘛，这个也可以遮遮那个味道……"

"多少钱？"秦明月看到那蜡烛杯子上的外文，便知道这东西便宜不了。

"没多贵……"

"没多贵是多贵？没价啊？"秦明月最烦姜水搞这种惊喜。他笨手笨脚的，不会浪漫就不要浪漫，一浪漫就弄这些没用又烧钱的东西。

"988元，我是挑好的买的，我害怕不好的会影响孩子！你平常总嫌我在二手市场买那些便宜货，这回咱买个贵的，为了咱孩子，为了你，我……"姜水也知道这会使秦明月愤怒，说得小心翼翼。

"姜水，就这么个东西要988元，你有钱烧的是不是？"秦明月火冒三丈，她知道肯定会很贵，但贵的程度还是超过了她的预计，一杯这么小的蜡烛竟然要将近一千块钱。

姜水知不知道自己用的化妆品都没超过五百块钱？睡不着觉？他买了这么贵的东西，她秦明月能睡着觉吗？

"媳妇儿，你别生气。我这不是想让你开心点儿嘛，你闻闻，你闻闻这味道，真的挺好闻的！"

"拿上你这破玩意，滚！"秦明月说得有气无力，心里又开始衡量起自己跟这个男人受的辛苦值不值得。

自己原想着开家家政公司，努力经营，就算姜水写网文不赚钱，只要他在家里好好的，自己没后顾之忧也就行了。可是……眼泪涌了出来，自己想得太简单了，怀孕了，她一会儿晕倒，一会儿吐得天翻地覆的，这哪还能创业开公司啊？熬过怀孕这段，生完孩子就算"卸货"了，孩子那么小，自己又没三头六臂，想想都绝望。

"明月……"姜水把蜡烛吹灭了，迅速地收了起来。

"你好好睡一觉，我去买菜！"姜水离开房间，外面的门也响了一声，整个房间安静下来。

秦明月浑身无力，不高兴，她想了想，除了心疼那买蜡烛的钱，还有哪不高兴呢？说不清楚。

姜水也是浑身无力。他把那支很贵的蜡烛塞进盒子里，路过垃圾箱时，很想把它扔进去，终究还是不舍得。他是个连八十块的裤子都嫌贵的人，花988元买一支不能吃、不能穿的蜡烛，他会不心疼吗？他只是想明月跟着自己，那么不容易，什么福都没享着，平常一支口红都舍不得抹，这么辛苦怀了孕，怎么就不能奢侈一下呢？

姜水也不知道要买些什么才算奢侈，他本想给明月买支口红，可被卖香熏蜡烛的给拦住了，店员很会推销，那味道也真的挺好闻的，是纯植物的，怀孕了也可以用，还有助于睡眠，姜水咬咬牙就买下来了，没想到……

姜水坐在了马路牙子上，人虚飘飘的。做人真是太累、太难了。自己简直是太没用了，如果自己能多挣点儿钱，像路上那些开豪车的男人那样，老婆会嫌一支蜡烛贵吗？

姜水手里拿着那个漂亮的蜡烛盒子看来来往往的人。不知从什么时候起，街上的人跑了起来，举起了伞。雨水从姜水的脸上淌了下来，姜水擦了一把脸，不知道那是雨水还是泪水。

电话响了，是个陌生的电话，姜水拿起电话就吼："我没钱，一分都没有！"

挂掉电话，他起身就走。走了几步他才想起来，那支很贵的香熏蜡烛没带，再拐回来，幸好它还在那里。

浑身被淋得很湿，姜水也终于清醒了过来。恍如隔世，自己所遇到的窘境一点点浮现出来：倒霉的网文作者，即使中了彩票也没能解决多大问题的失败男人，老婆怀了孕，老爸住在医院里，为凑钱举办了一场复婚典礼，最后算了算，所有的礼金刚好够支付结婚的费用，刚刚好而已……

电话再次响了起来，仍然是刚才那个电话号码，姜水直接给按断了。再怎么样，日子不还得如常过下去吗？姜水进了菜市场，买了冬瓜、排骨，买了鲫鱼，买了小山爱吃的香瓜和葡萄，往家里走时，看了一眼塑料袋里的那支香熏蜡烛，苦笑了一下。

这段日子，小说仍然在更新着，再怎么着，网站的全勤奖金一定要拿下来。自己没什么出息，那就照顾好明月和老爸吧，还有小山和魔豆，自己的能力有限，但可以好好爱他们。

这样想着，姜水似乎有了些力气。

在进家门脱掉那件湿透了的外套时，他看了一眼手机，手机上赫然出现了一条短信："我是刚刚打电话给你的飓风影视公司，我们想买你的小说版权。"

姜水愣了一下，手里装菜的袋子掉到地板上，那支香熏蜡烛掉了出来。

07

明河怎么都没想到，有生之年还会见到鹿笙，但见到了也没什么特别的感觉。他对她，早就没了当初的感情。

鹿笙还是那么美，美得飘飘似仙。一头及腰长发，一身绣花

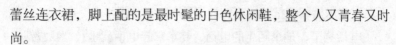

蕾丝连衣裙，脚上配的是最时髦的白色休闲鞋，整个人又青春又时尚。

先怯懦下去的是小山，小山穿着牛仔短裤，配着再普通不过的T恤，齐肩长发随意地绾成一个丸子，素面朝天。

鹿笙笑吟吟地说"明河，我回来了"，然后过去抱住了明河，就像早上刚刚和明河分别一样。

小山往后退了退，她说："明河，你有朋友来了，我先去看看我爸！"

鹿笙站起身，瞟了一眼小山，说："我来照顾他就好！"

明河伸过手来，不容分说地抓住小山："给你们介绍一下，这是我女朋友姜小山，小山，这是我前女友鹿笙！"

小山看到鹿笙的脸色涨红，但她很快换上了笑脸，笑得很甜，她过来抱住小山说："哎呀，不好意思啊，我跟明河随便惯了，你可别生气啊！"

小山的身体本能地拒绝鹿笙的拥抱，她还不习惯这种社交方式，她不习惯假装和别人很亲密，她也不习惯这个女孩身上的香水味。

"小山！"明河想说什么，小山在被他握住的手上用了用力，说："你们聊会儿，我很快就回来！"

小山从病房里出来，她的心里是鄙视自己的，她在心里问自己："姜小山，你是多没自信？莫北出现时，你自卑难过；鹿笙出现时，你想做的只是逃跑。你是对商明河没信心，还是对自己没信心呢？"

很快，小山心里的另一个自己说："姜小山，你真的有自信吗？莫北身材好过模特，人又知性又优雅；鹿笙美得像天使，从外国读书回来，曾经明河那么爱过她……现在你们之间又有着家仇，那么大的鸿沟，你真的能跨过去吗？"

强势的小山指着懦弱的小山骂："他现在的女朋友不是你吗？你这样患得患失，怎么留得住爱情啊？爱一个人，不就要为他好吗？如果他能幸福快乐，你就当做了一个美梦，又怎么样呢？"

她的心里像烙了一张饼似的，翻过来调过去地折腾。

小山走到了老爸的病房前，心再次沉了下去。他是父亲仇人的儿子，父亲求自己离开他，可他也是救了自己两次的恩人啊！

老姜同志并没在病房里，邻床的阿姨说他跟一个挺漂亮的女人出去了。

阿姨还啧啧感叹："你爸还挺有本事哩，我看那女的就是富婆，那脸上细皮嫩肉的，跟剥了皮的鸡蛋似的！"

小山赶紧跑出去，老姜同志那脾气点火就着，他恨了这么多年闻舒培，这要是真出点儿什么事……小山吓出一身冷汗。

小山打电话给老爸，手机关机。她边跑边想着要不要给明河打电话，一抬头看到不远处的长椅上，老姜同志和舒培坐在那里。两个人的表情居然……都很平静。

小山跑过去，舒培站起来说："小山，没告诉你就和你父亲出来……"

"没事，在大庭广众下，没人会冤枉我！"老姜同志的话说得响当当的，倒让舒培和小山都不知道怎么接才好。

"小山，你跟她说，我们姜家人就是穷死、饿死也不会拿她一分钱，我姜文渊的女儿就是老死家中，也不会嫁给她儿子。你跟她说！"老姜同志的话说得斩钉截铁，完全没有回旋的余地。

"爸！"小山喊了一声爸，老姜同志立起了眉毛："怎么，你不听我的话是吧？小山哪，你知道你爸这辈子过的是什么样的日子，你知道当年我是要考清华的……我就是让她没办法还这笔债，就是让她一辈子都愧疚着……"

"姜大哥，这些年，我都在惩罚我自己。咱们这一辈人的事，别影响了孩子！"舒培试图说服老姜同志。

老姜同志的脸涨得通红："你惩罚自己？那你现在过得要风得风，要雨得雨，没有试图说明真相？还有，如果不是因为小山是你愧疚对象的女儿，以她的出身、她的学识，你会让她嫁给你儿子吗？"

姜小山突然觉得自己还真是误解了老姜同志，一直以为他像只昏睡的猫一样，每天除了发牢骚就是睡觉，可他的脑子清醒着呢，无比清醒。

一个护士跑过来拉着一张脸训斥道："谁让你出来了？赶紧回去，该打针了！"小护士一转身对小山说："你是他家属吧，去医生办公室拿检查结果！"

老姜同志跟在护士身后回病房。看着老姜同志臃肿的身体和花白的头发，小山鼻子泛酸，她对舒培说："阿姨，我爸他这些年过得太不容易了！"舒培扶了一下小山："是我错了，我毁了你爸爸的一生！"

小山不知道该说些什么。她也不知道该如何处置自己跟明河的关系。小山没想到，命运根本不允许她自己做出选择。

村上春树说："命运就像沙尘暴，你无处逃遁。只有勇敢跨入其中，当你从沙尘暴中逃出，你已经不是跨入时的你了。"

姜小山在医生办公室拿到检查结果：肺癌，晚期。

小山愣在那里，人轻飘飘的，没有一点儿重量。

小山回到病房，老姜同志正在吃姜水送来的冬瓜排骨汤。看到小山，他把小盆往边上一推，气哼哼地说"不吃"。小山过来拿起勺喂他吃，他侧过脸不吃。小山说："爸，你想怎么样，你跟我说，我都办得到！"

话说完，他的眼泪落了下来。

"你给爸写保证书，写不收闻舒培一分钱，写不跟商明河有任何联系，就算我死了，你们也不能在一起！"

"爸，你这是干什么？明河招你惹你了？"小山去医生办公室时，老姜同志把事情的来龙去脉大致跟姜水说了一遍，姜水也很震惊，老爸的情绪他完全能理解，但小山好不容易遇到真爱，明河对小山的好大家也都看在眼里。

"好，爸，我写给你！"小山抹了一把泪，从包里掏出纸和笔。

姜水一把抢过本子："小山，你是不是疯了？爸这辈子已经这样了，你想连你这辈子都要毁掉？"

"哥！"小山流着眼泪笑出来，"我知道人离了谁都能一样活着，你看何安，他把我给甩了，我还不照样活得好好的！没事，就算离开商明河，我还有你们，你们是我的家人，我要跟你们在一起！"

小山从姜水的手里拿过本子，一笔一画写下那份保证书。眼泪一滴一滴地落到那页纸上，那些字迅速地花了，小山的眼睛也模糊了。

老姜拿到那份保证书，高兴得像孩子一样："小山哪，爸跟你受的那些罪都没白受，爸也没白疼你，你是我姜文渊的好女儿，骨头硬，做得好，咱就不贪她那个良心发现，她的良心喂狗算了！"

小山抱住老爸，眼泪哗哗往下掉。

08

转眼夏天就过去了。明河出院那天，居然看到落下来的梧桐树叶。莫北和鹿笙都来了，两个美女齐刷刷往商明河的病房里一站，病房里立刻有了时装秀后台的即视感。

邹大庆一进病房，看到两位美女，很浮夸地做惊吓状，他说："人跟人真是不能比啊，有的人进个医院，就把医院弄得跟后宫似的！"

商明河翻了个白眼给邹大庆，看到邹大庆脸上居然有划痕，商明河问他是怎么弄的，这形象也太有损于芳邻居公司的颜值了。

邹大庆很尴尬地摸了摸脸说："芳邻居公司有你做'颜值担当'就够了。我就算了！"

明河让邹大庆老实交代，脸到底是怎么弄伤的，莫北出去替明河办出院手续回来，邹大庆拉过莫北说："老大，郑重给你介绍我此生唯一的女友——莫北！"莫北的脸红了，娇嗔地打了一下邹大庆。

"哟，哟，哟，我这刚出院的人心脏受不了了，这'狗粮'也撒得太让人猝不及防了！"商明河真没想到"山间方一日，世上已千年"了。

"这是什么情况啊？刚还说我的后宫，结果你就……那……那谁咋办？"商明河怎么都没想到，莫北竟然落到了邹大庆手里。

"这不都写着呢嘛，被梁哆哆给打了呀！"莫北快人快语。

"哇，'孙二娘'还真不是盖的，不过呢，你总算是逃离魔爪了。不过以我理工男的判断呢，你跟莫北在一起，要是还敢拈花惹草的话，你肯定不是被弄花了脸这么简单！"商明河也很开心自己的哥们跟好朋友能成一对，虽然对莫北没什么感觉，但他也一直觉得她是个不错的女生。不过，依照邹大庆那换女友比换衣服都快的速度，他不会……

商明河碰了邹大庆一下："都说兔子不吃窝边草，我跟你说，我可不想你们俩再闹个老死不相往来！"

"从前种种皆成云烟，阳光充足，海鸥飞翔，时光不过是随时脱掉的外套。"邹大庆转身深情款款地看着莫北，"我爱你，胜过一切往日的诗！"

商明河抱着肩膀做打冷战的样子："肉麻死了！"

"这样多好，你们一对，我跟明河一对，我们一起找个地方庆祝一下！"鹿笙挽住明河的胳膊，明显没把自己当外人！

明河努力摆脱鹿笙的胳膊，他看了看表，嘟囔一句："小山怎么回事，她男朋友出院都不来，回头看我怎么收拾她！"

邹大庆凑到明河身边低声说："你啊，别关心我啦，自己前任、现任都没弄清，你理工男的判断是什么呢，我们的'芳心纵火犯'？我理工男的判断是，你的麻烦比较大哎！"邹大庆开着商明河的玩笑。

商明河拿着手里的领带抽邹大庆："还不快滚！"

"哇，这么快要我滚，是嫌我们碍事了吗？"

直到明河走出医院，也没看到姜小山的身影。

鹿笙看出了明河的心思，嘟囔着："小山也真是的，你是为救她才住的院，你出院，她怎么连个人影都不见呢？"

"我跟小山的关系，不是你能评价的！"商明河冷冷地回了句。说完，他一屁股坐到邹大庆的车上。邹大庆哇哇乱叫："哥们儿，你就不能成全成全我吗？我这好不容易认真谈次恋爱……"

"邹大庆，你再敢把我往鹿笙那推，咱俩立马断交！"商明河心里的气恼在邹大庆这发泄出来。小山这丫头这些天是怎么了？她很少来，来了就是给自己送饭，人闷闷不乐的，问她什么也不说。明河以为她介意鹿笙的事，开始还跟她开玩笑，姜小山能吃醋，他特别开心，可慢慢地，他发现，这里面有事。

自己出院小山都没来，明河的心里像百爪挠心。鹿笙也真是的，早不回来，晚不回来，偏偏这个时候回来添乱，还有，她当初是背叛了爱情走的，现在回来，是什么意思呢？她跟明河说她是沈良年公司派来对接项目的负责人，她本来没兴趣做这个，但看到这家公司是明河的，就接下来了。

商明河说："合作完全没问题，只是，我有了女朋友，我很在意她的感受！"

鹿笙很委屈地说："你这样护着她，我吃醋了你知道吗？明河，当年，我才25岁，换成你是我，你会怎么做？还有，就算我执意跟你在一起，你会什么都舍掉，保护咱俩的爱情吗？"

"我承认那时我们都太年轻了。也许是在不对的时间遇到了不对的人。现在，我跟小山是在对的时间遇到了对的人。鹿笙，我有能力也有力量保护我现在的感情，如果你还对我有什么想法，那就别浪费时间了！"商明河看着手里被磨得光亮的孔明锁，心里是甜蜜的。

"你这样想，别人可不一定这样想！"鹿笙的话让商明河觉得她的可怕。她甜美的少女外表下，有商明河一直看不清的东西，她不像姜小山，像一池清水，清清楚楚，明明白白。

姜小山是越比越没自信，商明河倒是越觉出姜小山的好。可是，这死丫头究竟怎么了呢？

商明河不知道，他出院，姜小山当然来了。只是，她没让他看到自己。她站在病房外，看着他和他的朋友说说笑笑，心想，如果没有自己，他应该也会过得很开心吧？

她的眼睛哭得又红又肿，终于还是要说分手了。一想起这个，小山就心如刀割。

明河恨不得亲自开车回家，回家就可以看到小山了。无论出了什么事，都有他在呢。

可是，车子进小区时，保安就拿出一串钥匙，说这是姜小姐留下的。明河的心沉了一下，他打电话给姜小山，没人接听。于是他发微信给小山："你去哪了，赶紧回来！"没人回。

他再发："小丑姑娘，你是什么意思啊，再不回话我生气了，真生气了！"

莫北是很善解人意的姑娘，接过明河的手机，看了号码，用自己的手机打，仍然是无人接听。

邹大庆说："她不会是为了成全你和鹿笙，自动消失了吧！"

商明河铁青着脸，车子到了楼下还没停稳，就开了车门往上冲。

那扇门敲不开，明河气得踢了门，莫北和邹大庆看在眼里，却也无可奈何。

他一个人进了家门，从前一直是一个人住，没觉得空空荡荡的。现在再进来，感觉出空来了。客厅里，魔豆的玩具和足球都还在，明河甚至在心里生出希望来："小山不过是跟自己闹着玩，一会儿魔豆就会敲门让自己带他去踢足球了。"

商明河让莫北和邹大庆回去，他要一个人静静。邹大庆让莫北回去，他留下陪着明河。明河说："最讨厌的人就是你，赶紧走！放心，我又不会死！"

房间里终于还是剩下了他一个人，明河一个房间一个房间地走。床单是新换的，应该是小山换的吧！冰箱是满的，除了她，也没人往自己的冰箱里塞东西。关冰箱时，他看到冰箱门里的隔层放着小纸条："好好吃饭，河蟹。"

　　明河冲进卧室，拿开枕头，看到粉色的小纸片上写着："别熬夜，河蟹。"

　　很快，明河搜出了好多小纸条："好好生活，河蟹""健身别太累了，河蟹""别让眼睛太疲劳，河蟹"……

　　有一张纸片，粉色的，很皱，上面写的字洇了。那上面写的是："我会想你的，河蟹先生。"

　　明河看到这张纸条，流着泪笑了出来，他发微信给她："小丑姑娘，你这是想怎样？你让我怎么证明我爱你，你说，我照做。你快回来！"

　　手机寂静无声。

　　明河躺在沙发上，他觉得自己像个弃婴。老妈的电话打过来，她说让司机过来接他回家住。

　　商明河没好气地说："您别来烦我就行！"

　　舒培说："如果你想知道小山一家为什么会离开，你就回来，我讲给你听！"

　　在那间四合院里，舒培把那段残酷的故事又讲了一遍。

　　初秋，窗外的蝉仍旧聒噪个不停，屋子里一片空寂。

　　半晌，舒培说："明河，妈对不起你。妈做了坏事，要你还偿还这个债……"

　　明河抬起头，两眼泛着泪光，他哑着嗓子问老妈："这跟我和小山有什么关系？我们是罗密欧和朱丽叶吗？那么久的事，跟我们有什么关系？"

　　"明河，你别激动……也别去逼小山，她爸爸得了肺癌，晚期，他让小山写了保证书！"

　　舒培一下子老了好几岁，这么多年，自己努力奋斗，用工作把自己的生活填得满满的，她自信、美丽、优雅，几乎忘了那段灰暗日子里的小插曲。

直到她遇到姜文渊。他打破了她的完美镜子，让她看到丑陋的自己。

明河心里的希望在来之前还有微光，现在那光几乎熄灭了。小山那么善良，又那么倔强，她怎么能改变姜文渊的想法？

明河那晚睡在了舒培那里，夜里他发着高烧，舒培急得直掉眼泪。

天亮了，明河醒了过来，意识逐渐清晰，想起自己也许永久失去了小山，心里空空的。

舒培说："放下工作，去度个假吧！"

明河看着舒培，目光满是绝望："妈，有好多事我还没跟小山一起做过。我们都没一起出去玩过，回忆那么少……"

舒培搂住儿子："傻儿子，干吗不像外面那些孩子那么能玩呢，这么痴情，偏偏……"

"妈，你一定知道小山搬去哪了。求你件事，你打电话告诉小山，说我病了，不肯去医院，我要见到她，就算分手，我也要见到她，听她亲口说！"明河哭得像个孩子。

舒培以为儿子已经长得足够大，大到不会在自己面前为一场爱情掉眼泪。但她又是喜欢他这点的，她喜欢儿子有情有义，喜欢儿子深深地爱一个姑娘。

明河回到了自己家里，他躺在床上，耳朵倾听着外面的声音。他订了两张去日本的机票，他要带小山私奔。就算分手，他也要保留这段回忆。虽然老妈说："明河，你不能这么自私，回忆越多，越伤人。伤你，同样也是伤小山。"

但明河心里希望的小火苗又燃了起来，仇恨不能化解吗？他愿意去向老姜同志请罪。

门轻轻地响了一声，明河紧张得喘不过气来。他闭上眼睛，不敢呼吸。一只手覆到了他的额头上，他睁开眼，抓住那只手。"你回来了！"他本想轻松地打个招呼，像什么都没发生一样，泪水却不听话地往外跑。

小山紧紧地抱住他，哭得梨花带雨。她说："明河，明河，我们不能这样！"

"小丑姑娘，不许哭，哭得太丑了！"明河给小山抹眼泪，自己的眼泪落到了她的脸上。

"我没办法，我们不能那么自私，我爸……我爸……"

明河吻住小山，那一刻，世界一片荒芜，只剩下了一对相爱的人。

屋子里暗了下来，两个人就那样紧紧相拥，仿佛到了世界尽头，仿佛到了时间尽头。

"小山！"

"嗯！"

"我爱你！"

明河在每一枚他买来的戒指后面都写了"我爱你"，但这句话，他一直都没说出口。他怎么都不会想到，说出"我爱你"的这一天，居然是他们分手的日子。

"我也爱你！河蟹先生！"

"给我三天时间，就三天，属于我们两个人。"明河心里的某种东西在变得坚固。是的，没有什么能分开相爱的人。

"明河，我不能，我……"

"三天，就三天，然后我再不纠缠你，好不好？"那是任性孩子的要求，小山抚摸着那张变得消瘦的英俊的脸，含着泪点了点头。

三天，难道他们之间只剩下最后的三天了吗？明河努力地忘掉这个时间的界限，他要开开心心地跟小山在一起，好好相爱。

从前，院子里的黄瓜开了好些花，最后倒没结几根黄瓜。老妈说，那是"谎花"。

姜水这次遇到的倒不是"谎花"，但他怕再遇到"谎花"，就没敢先跟明月说。

他自己单独去见了影视公司的老总，那个老总极热情，几乎是盛赞了姜水的小说，姜水哆哆嗦嗦地说了自己之前的遭遇，说了"美丽妖"的事。

那胖乎乎的吴总说："那事我们知道，'美丽妖'不只抄袭了你的小说，她到处抄，我们怎么能买那样的版权呢？"

姜水很激动，觉得自己遇到了伯乐。他拿着影视公司的合同兴奋地进了家门，却看到小山和明月愁眉苦脸地坐在那里。魔豆跑过来抱住姜水大哭，他说："舅舅，我不想让姥爷死！"

姜水的脑子突然发出"嗡"的一声："死？"

小山过来抱住魔豆，说："姥爷不会死的，魔豆不哭啊！"

明月把检查结果给姜水看了，姜水愣在那里。这些年父亲的身体一直不好，他也不是没有心理准备，可突然被判了死刑，还是让人难以接受。

"哥，还有一件事，你也知道，爸让我跟明河分手，这房子咱不能住了。咱得尽快找房子搬出去！"

姜水这才想起掏出合同："我的影视版权有公司买了，这吴总人特别好，还问我做不做编剧。你们帮我看看，这合同签了，拿到钱，咱们就能租个大点儿的房子了，咱们还是一起住，你帮你嫂子开家政公司，我写剧本……"

姜水尽量说得兴冲冲的，但家中另外三个人显然兴致都不高。姜水的心里一片悲凉，究竟要走多远的路，才能敲开幸福的门呢？

那些日子，姜水简直处于凄风苦雨之中，找房子，搬家，去医院照顾老爸，回来照顾明月和魔豆，还有小山，明明难过得要死，还要死撑着装作没事人似的。

姜水第一次觉出了自己肩膀上的重担，他是个男人，他得撑起这一家老小头顶的天。

小山打来电话吞吞吐吐地说自己要离开几天时，姜水二话没说就答应了。他说："妹，你好好出去玩，家里有你老哥呢！"

这么多年，自己为了所谓的梦想，担子都让妹妹扛，现在也该轮到自己扛一扛了。

第六章　许你思念

01

姜小山是用舍不得的心情度过跟商明河在一起的每一分每一秒的，所以，她说要回家收拾行李，商明河粘着她说不行时，她没狠下心来坚持。

小山不知道的是，明河的公司根本离不开他。明河在电话里跟邹大庆说："公司倒了，我还可以再创业。可是，我爱她，却不能留住她，你说活着的意义是什么？挣钱的意义是什么？"

邹大庆好半天没吭声，末了，他说："明河，我理解。好好陪陪小山，什么都别想，公司这边有我呢！"

去机场前一小时，明河拉着她的手去商场买了必需品。看他极认真的样子，小山的心里难过极了，如果不分手，他们该有多甜蜜。可是，人不能太贪心，有过这样一段刻骨铭心的爱情已经够了，两个人到分手也还爱着对方，这就是很好的结局了，总比相互怨恨着分手强吧？

买了情侣装、情侣鞋，商明河弯下身给小山试鞋子，他没来由地笑了起来，他说："从前总觉得这些是再傻不过的事，可是，现在，我就是想跟你做这些傻事。"

小山说，自己最想做的就是这些傻事。情人节时，看到路上的女孩拿着玫瑰花，她会羡慕，看到一对情侣相互喂冰激凌，她也会羡慕。在地铁里，看到有的女孩依偎在男孩怀里小憩，她也会特别想有个人可以依靠……

明河摸了摸小山的头："我都补给你！"

"你的公司……"

"有大庆和莫北看着。"

那三天跟梦境一样。

明河带着小山去了北海道的薰衣草花田。整片田地像被泼了油彩一样，小山看得想哭。

他们住在别墅。那么大一幢别墅，只住了小山和明河两个人。小山像个兴奋的孩子，一间一间地看。她说："晚上，你负责给我上闹钟！"

明河不解："为什么要上闹钟？"

"我要像相声里说的那样啊，一小时住一间，不然就亏了！"

明河捏住小山的鼻子取笑她。小山问："我是不是特别土，特别没见过世面，还特别俗？河蟹，这一晚上得多少钱啊？"

"是特别……可爱！好想就在这里跟你慢慢变老！"

"哎，明河，每间房都能看到远处的山啊！"明河陪着小山看远方的山，小山说："我穿了一件新衣服，特别奢侈！"

明河又不明白。

"那件叫幸福的衣服，比什么都珍贵！"

明河鼻子发酸，他从背后抱住小山，在心里发誓，自己会让她一直穿着这件叫幸福的新衣服。

傍晚，明河牵着小山的手出去散步。山间的红叶似火，小山去采红叶，却怎么都够不到，明河伸手把叶子摘下来，小山像珍宝一样捧在手里。明河弯下身来，小山问："干吗？"

明河说："背你，快点儿上来！"

小山不同意："人家有手有脚，为什么要你背？"

"我怕再没机会了！"那是句无比伤感的话，击中了小山的心。

小山听话地伏在明河的背上，她说："我很沉，你累了，我就下来！"

明河说："我没看过几部偶像剧，但以前我妈总看，我看过男主这样背着女主来着！"

小山把脸贴在明河的背上："你比那些男主都帅！"

明河笑了："你恨我妈妈吗？"

"不恨，但我可怜我爸。他这辈子活得太不容易了，好好的一个人，受了那种冤枉！"

"我明白。小山，我们真的不能在一起吗？哪怕演个戏，等……"明河没办法说出等小山爸爸过世的话。

"我答应了我爸，明河，对不起！"

"应该说对不起的是我！"明河轻轻地叹了口气。

夜里，明河过来，他说："我想跟你睡！"

小山宠溺地拨弄着明河的头发，哄着他，让他乖。明河不管，靠着小山躺下，闭上眼睛，假装睡着了。小山俯在他身旁，那么仔细地看着自己爱的这个男人，看他眉目如画，睫毛长长的。

"没看过这么好看的男人吧？我从小就是'睫毛精'！"

小山的手指划过明河的眉毛："你还记得我们第一次见面的情形吗？你那么高冷，看都不看我一眼！"

"这是要秋后算账的意思吗？"明河睁开眼，忍不住亲小山。小山调皮地闪开。

"当时我就特别绝望，竟然有这么好看的帅哥，我们天差地别……"

"原来你早就对我起了色心！"明河心里浸了蜜。

"你是什么时候喜欢上我的？"小山问得认真。

"我说不知道可以吗？"

小山噘着嘴："你肯定是在很久之后了，遇到我总是倒霉，你刁难我，还怀疑我，可你又是我的救命恩人，那段时间我真是又感谢你又讨厌你！多丢脸的事都在你面前发生，加了你的微信也不回！"

"原来你不是小丑姑娘，是小心眼姑娘！"明河喜欢小山这样。小山生气时，鼻翼处会有小小的褶皱，特别可爱。

"再看我，再看我，我就把你吃掉！"明河学着广告里的小孩子的样子。

"把我吃掉吧，快点儿！"小山突然很想在这遥远的地方和明河在一起。倒是明河害怕了，他想起了老妈舒培的话，太多的回忆，会是伤害。

他让小山躺在自己的臂弯里，他说："如果我说从你做代驾的那一晚，我们的缘分就开始了，你肯定不信。你还记得那个孔明锁吗？你知道我是有洁癖的，别人的东西，我是碰都不碰的。但是那个锁，我一直留到现在。你知道我最讨厌管闲事吗？可是那天在路口，接了你的电话，我的车就跟了上去。在遇到你之前，我是个冷酷自私的人，真的，小山，我从没想过要照顾好一盆花，从没想过要照顾什么人的情绪，可是，遇见你，我在变好，变可爱！"

"别这样说，你一直都那么好，那么优秀。我总是问自己，姜小山，你哪点好，明河为什么会爱你呢？你掐我一下，到现在，我都还像在梦里。"

"你掐我一下，我也像在梦里！"

"哇，那我们不要醒了！一直在梦里吧！"

明河给小山看自己手指上的戒指，他从睡衣口袋里掏出那个被小山放在家里的求婚戒指。

"明河，我们……"

"先戴着好不好？"

小山顺从地点了点头，明河把戒指套到小山的手上。

小山的手伸到明河的睡衣里，她吻他的脖颈："明河，说爱我！"

明河沉迷在其中，那是他爱的姑娘，他朝思暮想的姑娘，可是，他清醒了过来，他紧紧地抱住小山，努力平复自己的身体，他说："亲爱的，我们的幸福会在不远处敲门的，一定会的。回去我就去求叔叔！"

小山落了泪，她说："我不想后悔！"

明河说："我也不想后悔！"

她是愿意以身相许的姑娘，他是不愿意始乱终弃的男人。

02

小山和明河去日本的那几天，明月小心地试探老姜同志。

"爸，您看明河多好，这按摩床多贵啊，姜水可买不起！"老姜同志对她翻了个白眼，叼着烟看向窗外，窗外的叶子落了一地，下了一场雨，一场秋雨一场寒，冬天就要来了。

"哎，秦明月，我都当全职主夫了，你们要再看不起我，我可撂挑子不干了。"

姜水的思维都是走直线的，不明白明月的想法。他心里还想，自己的合同要是生效了，把银行卡往秦明月面前一放，看她还狗眼……这词好像也不对，看她还瞧不起自己的老公。

"我们去的那年啊，大烟炮，刮得对面都看不到人！"老姜同志的思路在遥远的地方。

"爸，过去的事就过去吧，咱还得看未来，是吧？小山和明河是真心相爱的……"

秦明月知道公公犟得十头牛都拉不回来，这点看姜水和小山就能知道，但她还是想劝一劝。

她挺喜欢明河的，这段日子，他住在对门，尽管话不多，但心是暖的。他带着魔豆出去踢球，回来时买冰激凌，家里每个人都有。

某天，秦明月无意中说起老姜同志总是腰疼，想带他去做按摩，他就买了按摩床回来。明月从前单位的一位老会计的女儿找了个有钱的男朋友，那位会计大姐抱怨，本想有个女婿顶半个儿，这下可好，那人来都不来，还跟她女儿说，他喜欢简单的婚姻，不喜欢跟一个人谈恋爱，就要应付她全家人。会计大姐气得直骂，但自己女儿同意，有什么办法呢？

明月知道明河创业很忙，但他尽力照顾着小山和她的家人，这样的"富二代"很难能可贵了。明月特别替小姑子高兴，这丫头吃了这么多苦，终于苦尽甘来，谁想临了，来了这么一出，这叫什么事啊？

"明河是谁？"老姜同志猛然间抬头一问，倒吓了明月一跳。

"爸，明河是小山男朋友啊！"

"小山的男朋友是何安，我跟你们说，你们别当那黑心的哥嫂，逼着我闺女嫁给有钱人，我跟你说，这孩子都在这呢，我闺女嫁人就只能嫁给何安！对了，对了，小山干什么去了？她回来就办婚事，对了，对了，我这有今天没明天的，我得看我闺女嫁了人才能瞑目……"老姜同志兴奋地直转圈。

姜水憋不住笑，看着秦明月："怎么着啊？落套里了吧？"

秦明月踢了姜水一脚，手里麻利地捏上一个馄饨："说你没正事儿，你还不服气，你还笑，你不知道小山跟何安是啥情况啊？小山现在肯定难过死了，换我，我还真就不管了，爱谁谁，反正我得嫁给我爱的人！"

魔豆睡醒了，从床上爬起来，他揉着眼睛问："小姨是要嫁给何安了吗？我喜欢明河哥哥！"

"你这小孩子，你妈不嫁给你爸嫁给谁？"老姜同志又糊涂了。

"不是我妈！"魔豆也不知道怎么了，嘴一撇哭了起来。

明月手也来不及洗，在围裙上擦了一下就来替魔豆擦眼泪，结果擦了魔豆一脸面粉。秦明月低声跟魔豆说："甭理姥爷，他糊涂了，舅妈给你包馄饨吃！"

"你甭说我糊涂，我明白着呢，就那闻舒培，化成灰我都认识她！我不追究她的刑事责任，是我善良！"提起舒培，老姜同志还是愤愤不平。

"爸，您那事早过追诉期了。您想追究也追究不着啊！"姜水也忍不住拆了老姜同志的台。

"你们这俩败家子啊，早知道，我就该把你俩都掐死，省得现在把我图谋得房也没了，还帮仇人算计我！"老姜同志调转枪口，姜水只得偃旗息鼓。

明月看着老姜同志轻声叹了口气，老姜同志的手机倒响了起来。

"啊？何安啊，你可想死我了，你上哪儿了，还不回来，小山都快让她哥嫂给逼得嫁给别人了，啊，我们住在哪儿？姜水，咱们住的这是哪儿啊？"

秦明月心里很不高兴，自己和姜水怎么就成恶哥嫂了呢？公公这么糊涂，自己又不能跟他一样，但心里还是像堵了一面墙似的。何安来了，不会是要把魔豆带走吧？明月舍不得，但这是人家的孩子，早晚是要走的。

"何安要来接我吗？"魔豆问。

"你想跟何安走吗？"

"我想我妈妈！"魔豆的眼泪大颗大颗往下掉，"可是……可是我也不想离开你们！"

孩子的心跟大人一样纠结。

秦明月再次叹了口气，无论怎么努力，生活都是一副仓皇的样子，秦明月摸了摸自己的肚子，心里想："宝宝，原谅妈妈有点儿抑郁。"

03

小山没想到自己在异乡，在一个男人的怀抱里睡得那么踏实。醒来时，她身边空着。她蹑手蹑脚地起来，看到明河头发湿湿的，穿着浴袍在做饭。阳光从窗户照进来，这场面真像一幅画，也真像是在过着幸福生活。

小山站在那里，看得入了神。

"好看也不能多看，帮我拿个盘子来！"

原来明河都已经看到了她。

小山拿了个盘子，明河在煎三文鱼。

小山从背后抱住他，轻轻地晃，并不说话。她想，自己也成了幸福生活里的一部分。真好！

"鱼糊了！"他说。

"我不管！"

他关掉火，转过身来吻她。她躲了一下："没刷牙！"他弄乱她的头发，说："真像樱桃小丸子！"

小山做着小丸子的样子逗乐了明河。

明河笑着拉小山去洗手间，牙刷上牙膏已经挤好了在等着她。小山的眼泪不期而至，她不是爱哭的姑娘，但在商明河面前，泪水总是会涌出来凑热闹。

"我们坐几点的飞机？"小山问。

"我们可以不走吗？"

"不可以！"小山故作轻松地答，她大声嚷着，"商明河，你真的确定你做过早饭吗？"

明河打电话时小山听到了，公司出了状况，明河对着电话说了好半天才回来，他悄悄上了床，小山假装睡得沉，并没有问。

那一刻，她也觉出了自己的无力，如果是莫北或者是鹿笙，她们一定会帮上他的。这样分开也是对的，在没有爱到尽头时分开，对于彼此还有想念。

小山重新点火，她要给明河做一份早餐。

吃饭时，明河把煎煳了的三文鱼放在自己面前，小山抢过来，把自己煎的递过去。"你煎得再难吃，我也要吃下去呀，给你面子！"小山冲明河眨了眨眼，然后吃了一口，夸张地大叫，"河蟹，你有做米其林厨师的潜质！"

第六章 许你思念

261

明河无可奈何地叫道："你的演技太浮夸了！"

小山看着明河吃自己做的早餐，心里的失落如同窗外的落叶，这会是他此生吃过的唯一的自己做的早餐吗？这会是他们最后的一餐吗？自己浮夸的演技能遮掩住悲伤吗？

"回去……有什么打算？"明河问。

"呃，好好工作呗。挣钱，养我老爸，如果能把魔豆找到，就把魔豆还回去，要不然，我领养他吧，省得我孤独终老！"

竟然毫无防备地说到这里，小山垂下头，假装专心吃早饭，明河过来抱住小山："不许瞎说，你还有我！"

"明河！"

"嗯！"

"我们好好分手吧！到了机场，我们就分开，就当做了一场梦。其实，你是清楚的，我们不是一个世界的人。就算没有你妈和我爸这一段历史，我们也会分开，真的，你不知道，跟你在一起，我多没安全感，何安那么渣，他都跑了，你这么优秀……你不想我死得很惨，是吧？灰姑娘的故事只适合小女孩，我马上就26岁了，我得赶紧找个跟我一样平凡普通的人嫁了，然后像我哥嫂一样过鸡飞狗跳却又谁都分不开谁的日子……"

明河抬起小山的下巴，让她看着自己的眼睛。他说："鹿笙走后，我也想过，顺了我妈妈的意愿，找个门当户对的女孩，结婚生子，然后平平淡淡地过完一辈子，可我做不到。王子也不是故意要娶灰姑娘的，遇到了，能怎么办呢？如果我还没给你足够的安全感，那是我的错，我会证明给你看！这个戒指我不会摘下来，到死都不会摘下来！"

小山的泪水淌进嘴里，又苦又涩。她说："明河，别为难我，求你了！"明河深情一吻，吻到嘴里的泪水同样苦涩。明河不服输，他想，这世界上没有"不可能"三个字。

"我不能想象你嫁给了别的男人，我也娶了别的女人，我们各自过着生活的样子。姜小山，我们不是因为不相爱分手的，我们干吗要接受这样的命运安排？"

姜小山假装吃那个溏心蛋。她说："明河，以后，不要给别的女人做早餐，不然，我会生气的！"她抬起头，满脸是笑，眼里却蓄着满满的眼泪。

飞机上，两个人的手一直十指相扣。她靠在他的肩上，想，如果时间在此刻停止该有多好。

可是，再美好的时光也总会过去。同样的道理，再痛苦的记忆也总会忘记吧？这样才是公平的。

到了机场，邹大庆一脸焦急地冲了过来："公司的核心技术泄露了，今天早上技术部的方平不辞而别，我报了警！"

"这件事背后的公司知道是哪家吗？"

"是'若比邻'，鹿笙是那家公司新上任的CEO！"

"没事，别慌。大不了放弃！"

"放弃？我们忙了大半年，这也……"

明河突然停下脚，找小山，小山已经不见了。手机上有一条小山发来的微信："河蟹先生，再见，再也不见！"

明河茫然四顾，熙来攘往的人群里，哪还有小山的影子。

倒是鹿笙笑意盈盈地走了过来："商总，邹总，我想你们一定想找个地方跟我喝杯咖啡吧！"

商明河的脸上结了寒冰，他说："如果你觉得你有什么力量让我重新变成你的男朋友，我劝你趁早放弃！"

鹿笙扬了扬头，轻启朱唇："如果你不能跟姜小山结婚的话，跟谁结婚对你都没差别吧？那么，那个人为什么就不能是我呢？至少，我们相爱过，不是吗？"

商明河看着鹿笙那张妆容精致的脸，有那么一瞬间，他觉得自己从未认识过这个女人。

04

小山万万没想到，进家门第一眼看到的是系着围裙在包饺子的何安。跟上次送魔豆时相比，何安倒是胖了一点儿，只是黑了好几个色号，他穿着一套旧的耐克运动衫，小山记得，那是自己给他买的。

"小山，你回来啦！洗洗手，饺子马上就进锅！"何安完全没有许久没见小山的陌生感，倒跟这家的主人似的。

小山探头瞅了瞅家里，老姜同志在看电视，魔豆和哥嫂都不在。

"哥嫂去医院检查了，魔豆跟着去玩！我陪老爸，饺子是你爱吃的三鲜馅，马上就好了！"何安脸上洋溢着笑，笑得毫无亏欠感，笑得坦坦荡荡。

小山不理他，跟老姜同志打招呼："爸，我回来了！"

"我就不明白，你一开出租车的怎么还出差呢？你是不是肇事给抓起来了？"老姜同志还不知道，小山早就不开出租车了。

一提起出租车，小山就转头看了何安一眼："你这次来又打算怎么坑我啊？"

"瞧你这话说的，小山，这次我是来报答恩人的！"

"你俩啊，别扯那没用的。趁你哥、你嫂子不在家，我跟你俩说，户口本就在我这，你们俩赶紧把证给领了，我闺女结了婚，我去那边报到，也有脸见你妈了！"老姜同志说着擦了擦眼睛，"你们都不用瞒我，我这身体一天不如一天，何安啊，小山就交给你了，你千万别让那明河、明江的把她给骗去，闻舒培生出来的孩子天生就带着坏水……"

"爸，您说什么呢？你看没看清，他是何安，他卷走我公司的钱，让你闺女背了一屁股债，把一孩子扔给我转身就走，我被歹徒劫持差点儿就没命了……"小山气得直哆嗦。

"何安，你但凡有点儿良心，立刻从我家滚出去，立刻！"

何安"咚"的一声跪在小山面前，不停地扇自己的耳光："小山，我知道你恨我，我知道我自己有多渣，但你听我说说前因后果，你听我说！"

"你起来！何安，咱能不把这事整得这么'狗血'吗？"

"那你要听我把话说完！"

"是啊，姜小山，就算你给他判死刑，也得给个申辩的机会，不是吗？"何安不知道是不是给老姜同志下了药，老姜同志就那么喜欢他，姜小山也是很服气。

"把饺子捞出来，火关了，你跟我出来！"

小山新搬的地方是个旧小区，老爸一个人在家，小山不敢走远，就在楼门口等何安。

何安很快出来了，搓着手，好像很冷的样子。小山看到何安的手上有很多小裂口，就问他手怎么了。

何安笑了，他说："你知道我爸原来有点儿钱吧，他那时差不多是我们县城的首富，特别风光。他娶了魔豆的妈，魔豆妈长得年轻漂亮，我原来特别恨他，如果不是他拈花惹草，我妈也不会死得那么早。你忘了，咱俩都很早就没了母亲，同病相怜！"

"别瞎扯，我跟你不一样。我们家人没你们家人那些臭毛病！"小山倚着门，一个胖老太太出来，用怀疑的目光打量着小山和何安。小山说："阿姨，没事儿，他是我朋友，说点事儿！"

胖阿姨小跑着走了。

"我爸风光没几年。有钱了，他就胡来，到处投资，建养猪场，包荒山。他在山里带着人种树，家里魔豆妈却卷钱跑了，把孩子扔给他，那时魔豆才四岁，那女的真够狠的！"

"也没狠过你吧？"

"我爸着急上火，得了脑血栓，我们老家的人来找我，小山，那时咱们公司也岌岌可危，那些天，我天天失眠、牙疼，他再不

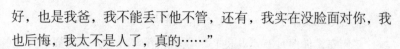

好，也是我爸，我不能丢下他不管，还有，我实在没脸面对你，我也后悔，我太不是人了，真的……"

"你还知道你不是人，何安，我姜小山怎么就瞎了眼，一心一意跟你创业，什么钱都交由你管，我做梦都没想到你半路跑了。你家有困难，你跟我说一声能死吗？我能拿刀架你脖子上不让你回家照顾你父亲吗？你不但卷钱跑了，一回头还把你弟给我送来，你想过我一个女孩子怎么活吗？"小山有些歇斯底里，那么久压在心里的痛翻江倒海全涌了出来。

胖阿姨领来几个阿姨，听了小山的话，跟着骂起了何安："这种男人就该打死，留着他浪费粮食！"

"小山，我真的错了。我爸那时需要人伺候，我跟他住在荒山上的木头房子里，外面下雨屋里漏，实在没人帮我，我是没办法才把魔豆交给你的，后面发生的事哥嫂都跟我说了，我真是没想到……"

"要不是我命大，我跟魔豆早就死了！还容你现在来跟我道歉？何安，你能不能滚远点儿，求求你了，滚远点儿！"小山哭得不能自已。胖阿姨问小山要不要报警，小山摆了摆手。

何安"咚"的一声又跪在了地上，他掏出张银行卡，说："小山，我爸过世了，我把荒山也转让出去了，这是五十万，咱俩重新开始吧！"

胖阿姨们的话锋立刻一转："姑娘啊，杀人不过头点地，这小伙子知错能改，再说了，他是为了照顾他爸，也是孝子，你就原谅他吧！"

"再不然给个考验他的机会？"

魔豆从出租车上下来，过来就抱住何安："是不是小姨欺负你？小姨可凶了！"

小山看着魔豆，无比伤心。她说："是，我是恶人，你们都走吧，最好别再出现在我面前！"

胖阿姨着尾不着头地听了一半，根本没听明白这孩子是谁。

"孩子都有啦，我说年轻人，你们可不能想一出是一出，好好过日子得了！"

小山转身上楼，冲进自己的房间，趴到床上，失声痛哭。跟明河分手了，日子仿佛又回到了从前，这世界上谁会疼她、爱她，在意她的感受呢？

被手上的戒指硌得生疼，好久她才回过神来，终究不舍得把这戒指还给他。现在他在干吗呢，他会想自己吗？

小山看手机，手机上有几条"河蟹先生"的留言，小山犹豫了好一会儿，把明河删掉了，把他的电话号码拉进黑名单，她的人像从水里捞出来一样，浑身都湿透了。

门外是嫂子、姜水跟何安、魔豆在说话，隔壁是老姜同志在咳嗽。一切都像是生活本身的模样。

在这样的时间里，小山觉出了自己的轻，轻飘飘的，没有一点儿重量。她疯狂地想见明河，哪怕只看一眼也好。

唯有爱能安慰绝望。

05

芳邻居公司几乎进入了全员备战中，就连一向不严肃的邹总的脸都拉成了一张马脸，考拉连走路都不敢出声。公司不是没经历过生死危机，那么难的时候都挺过来了，这回，听说是商总的前女友怀揣着"必杀技"来复仇。

因爱生恨，情仇最毒，但解毒方法也特别简单。

考拉的同事说："你们说生死存亡之际，咱们'河帅'会不会牺牲色相保住公司？"考拉撇撇嘴，不想理这些俗人，她心里的潜台词是，如果你们知道"河帅"这几天跟谁去了哪里，你们就知道"爱美人不爱江山"是什么意思了。还有，如果不是"河帅"抽身走人，那个鹿笙也不会痛下杀手吧？

鹿笙穿着一袭酒红色的风衣冲进"河帅"办公室时，大家都是聪明人，猜也猜到挑起这场战争的女主到场了。

大家仰头观看，百叶窗没有拉上，一场大戏正在上演。

商明河不是个心狠的人，但这次，他真的怒了。鹿笙挑起了这场战争，收买了他的人，泄露了公司的核心技术，让公司员工几个月的努力化为乌有，这还不算，紧接着她居然要收购自己的公司。也怪自己二轮融资时，太过疏忽，居然让人钻了空子。

邹大庆分析说："鹿笙不过是感情用事，气不过你对她不理不睬，跟姜小山去度假，你去跟她讲几句好话，暧昧一下，女人都是感情动物，看到希望，事情缓一缓，咱们喘口气，重新打算。"

商明河的眼神几乎要杀死邹大庆："如果这公司要靠我跟女人暧昧才能存活下来，那我立刻关门走人。"

邹大庆耸了耸肩，再无建设性意见可提供。莫北倒提出来一条："先报警，然后找律师对他们提起诉讼吧！最坏的结果也不过是鱼死网破，更何况，我们还可以开个股东大会，增资入股，事情没到最坏的一步！"

商明河拍了拍椅子背，手上露出青筋来："好，就这样！"

没想到警方那边刚把公司里的内鬼逮到，鹿笙就出现了。

商明河倒没想到鹿笙会这样明目张胆地找上门来。对方若是对你还有留恋的话，你在他那里还有某种权利。鹿笙却不知，在她转身离开的那一刻，她就失去了那种权利。在一份感情里，心死的这一方是不会给另一方留有权利的。看似那么"仙女范儿"的鹿笙伸手就给了明河一巴掌，这倒让商明河始料未及。他不知道，这一巴掌也是她认为的权利的一部分。她以为自己还像从前一样，在他面前可以以爱的名义横行霸道，她不知道，时过境迁，他早已从清纯少年变成了知道自己要什么的成熟男人。

明河冷冷地看着鹿笙，问："打完了，还有事儿吗？"

"商明河，你欺人太甚了！"鹿笙竟然满腹委屈，打人的人是她，满眼含泪的人也是她。

"这句话应该我说才对！"

"你是不是恨我当年不辞而别？那是你妈妈逼我的！"

"我不想翻旧账！"商明河变成了一条冰河，冷冷地拒人千里之外。

"我知道你变了心，你喜欢上那什么小山、小水的，明河，你别这样好不好？当年如果我不走，我们是走不到今天的，你妈妈那么强势，我用什么跟她对抗啊？"

商明河看着自己曾经爱过的姑娘，她衣着光鲜，妆容精致，但她让人觉得那么陌生，明河的脸上挂了一层更厚的冰霜，倚在桌角，抱着双臂。

"你不需要跟她做任何对抗，你只要信任我就可以。可你没这样做，你拿了她的钱，头也不回地走掉了！"

明河本不想翻这些陈年旧账的，但怎么能让她这样理直气壮呢？但这在鹿笙听来，却是他仍旧爱着她的证据。她欣喜若狂。

"我就是要变得更强，回来跟你在一起。明河，我们和好吧，我们两家公司合并，我帮你！"爱情让人盲目这话一点儿都没错，鹿笙自信满满，完全没解读出商明河的想法。

"我在你眼里就那么随便吗？"商明河侧着头看鹿笙，鹿笙向前跨了一步，紧紧地抱住商明河，她说："明河，我错了，我知道我错了，给我个改错的机会，我们重新开始，好吗？"

她抱明河的一瞬间，明河是蒙的。从前，她也总爱这么缠着他，抱着他的腰撒娇。可是现在……

这一幕落在了"吃瓜群众"——芳邻居公司的员工眼里，也落在了悲伤的姜小山的眼里。

小山听到鹿笙说公司合并，说她可以帮他。于是，小山把自己手上的那个戒指摘下来，交给邹大庆，转身离开。

秋天本就是让人悲伤的季节，再加上秋雨的黏腻，让人觉得站在孤单尽头。

走出芳邻居公司的办公楼，小山回头看了一眼，她加快脚步离开，仿佛稍作停留，她都会冲到明河的办公室，在他的肩头痛哭一场。

公交车外，世界成了黑白胶片的一部分。抑或是，自己成了胶片的一部分。街景，秋雨，落叶，所有的一切，真的很像一段画上了句号的爱情。

悲伤在所难免。

但日子终究还是要过下去的。

小山的头抵到车窗上，眼泪如同窗外的雨水。

窗上的雨水迅速集结成队，迅速滑落。世界依然嘈杂，小山却感受到了孤单。

画面的另一端，商明河推开了自己怀里的"陌生"女子，他说："你够了！"

鹿笙那湿润的眼睛看着他，脸上的妆花了也顾不得了，恼羞成怒地嚷："你喜欢那个送外卖的女孩？我不信，商明河，你什么时候堕落到这种地步了？"

商明河的嘴角扯出一丝冷笑，喜欢姜小山是堕落吗？她自以为多了不起？

"鹿笙，事到如今，我不希望口出恶言，你不配谈论她！"

邹大庆开门进来，他拉过鹿笙，面无表情地说："你知道这是什么地方？这是你们竞争公司的老总办公室，我们两家公司正在打官司，我希望你自重！"

"大庆，你最了解我们……"

"你可以走了，我不想再看到你！"商明河说完，自己倒先走出了办公室。

邹大庆追出来，把那个戒指交给明河，那枚戒指上刻着"SH"，那是姜小山的"山"字和商明河的"河"字的首字母缩写。

"她在哪儿？"

邹大庆耸耸肩："老大，现在还真是多事之秋啊！"

商明河追出去，除了秋雨和落叶，哪还有姜小山的影子。

06

姜水签了约，作为编剧，制片方说拿版权入股，姜水同意了。他回来把这事讲给秦明月听，秦明月把他骂了一顿，百鸟在林，不如一鸟在手，拿到钱才算挣啊。姜水倒不以为然，觉得老婆目光短浅，只看到眼前。自己要的是长远利益。但剧本怎么写，他真的不知道。

不会就学嘛。那些日子，姜水买了一堆书，着了魔似的趴在电脑前。

何安又来了两次，把老姜同志哄得特别开心，魔豆也开心。他们倒像是一家人。每次只要何安一进门，小山就躲到左娜那去。左娜说："你啊，这样下去，早晚让你爸把你推到何安那去。我就不明白，你爸不让你跟商明河好，你不能阳奉阴违吗？"

小山摆弄着阿正工作室的那些卷发的工具，说："我爸的日子也没几天了，况且，我跟明河不合适，我什么都帮不上他！"

"你还真是'白莲花'啊，你看我能帮上阿正什么？他爱我，我也爱他，这就够啦！"

阿正听到左娜提到自己的名字，远远地抬起头来，给左娜一个笑脸。

小山笑了："你说说你，搞出那么大的事来，阿正不离不弃，你看他这店都开了几家了，差不多就嫁了吧！"

"定了，元旦。你当伴娘！"

小山突然很羡慕左娜，她最终还是嫁给了阿正。

小山陪左娜去试婚纱，看到自己最好的朋友穿上婚纱站在镜子前，小山的眼里全是泪。左娜过来抱住小山说："就那么盼我嫁，弄得跟我妈似的！"小山抹了抹眼睛，笑出来："死丫头，不许再折腾，一定要幸福！跟阿正好好过日子，早点儿生个宝宝。"

"得，又成我婆婆了！"

一对闺蜜就这样又哭又笑。

小山回到小区门口，看到商明河。天又下着小雨，商明河从车里钻出来，拉住小山。另一只手也拉住小山，手的主人说："请放手！"

是何安。小山不想转头看两个人中的任何一个。

"放开！"小山说。两个人的手一起放开了。

小山的头转向商明河，手臂挽住何安，她说："商总，不好意思，以后不要再来找我了。这是我未婚夫何安，我们快要结婚了！"

明河竟然一拳打到何安的身上，何安摔倒在地上，小山急忙去扶他，他推了小山一把，站起来，给了明河一拳，两个男人撕打起来。小山急得直跺脚，她说："商总，何安，你们是想逼我去死吗？"

小区里的大妈们不惧风雨，出来看热闹，小山转身进了楼门，潸然泪下。进了家门，魔豆抱住小山的腿："小姨，姥爷不舒服！"

小山跑进老姜同志的卧室，老姜同志脸色苍白，小山握住他长满老年斑的手，他的手温暖无力，小山说："爸，是不是疼得厉害？咱们赶紧换衣服去医院！"

"小山啊，爸……"老姜同志抹了把眼泪。

姜水进来："我跟你嫂子劝了多少遍了，让他去医院，就是不听话！"

"爸，有病咱就治！有你儿子、女儿，别怕！"小山抱住老爸，泪如雨下。

"小山啊，爸不怕死。爸在四十多年前闻舒培冤枉我的那天就死了，真的，这些年，我只是行尸走肉而已！我恨只恨当年娶了你妈，生下你们俩。如果没有你们俩，我早就跳了北海了。北海没盖，往那里一跳，一了百了！"老姜同志的眼睛混浊，脸上的皮肤松弛得像张皱报纸，上面写满了这一生的悲苦。

"爸，我明白！"

"你不明白，我知道你恨爸。我也恨我自己，但我就是过不了这一关。小山，你不幸做了我姜文渊的女儿，这就是命，咱得认命。我不能让你嫁给我仇人的儿子！"老姜同志的泪水流进皱纹里，小山替老爸抹去。

"爸，我跟商明河分手了，你不知道吗？你要不信，我这就把他叫来，我在您这发个重誓。"

事实上，不用小山下去叫，明河和何安被姜水带了上来，两个人都很狼狈，脏得跟泥猴一样。

"今儿当着我爸的面，我发个重誓，我姜小山若是违背老爸的意愿嫁给商明河，立刻遭天打雷劈，不得好死！"

明月挺着肚子，看着一脸决绝的小姑子，很心疼，很心疼。她对何安说："但凡你有点儿良心，都不该再来为难她，她够可怜了！"

老姜同志闭着眼睛说："不是我心狠，小山，别恨你爸。你爸现在唯一的武器就是你，用闻舒培儿子的痛苦惩罚她，你爸只能这样！"

明河直直地站着，像一座雕塑，好半天，他说："好，我尊重你的决定！"

商明河离开的背影小山想自己会记一辈子。

那个晚上，秦明月想吃小区门口餐厅的肉粽子，姜水打了伞去买。回来时，他告诉小山，商明河站在楼下。

小山跑到窗边，看到昏暗的灯光下，他站在那里，没撑伞。

小山躺回床上，想发个消息让他回去，猛然想起自己拉黑了他所有的联系方式。

她终究还是爬起来，撑了伞下楼。

浑身发抖的明河抱住小山，小山也紧紧地抱住明河，好半天，她说："乖，回去吧！"她把伞塞到他手里，手却被他抓住。

"小山，我不是来为难你的。我只是想跟你好好地道个别。"明河的嗓音嘶哑，身上有酒味。

"明河，我们别这样。爱情不是生活的全部，对我来说，比爱情重要的东西多得是！"

"我明白。只是，姜小山，你要好好吃饭，不许这么瘦，不许生病，不许晕倒，不许身兼那么多职，还有，要好好照顾自己，不许让自己置身于危险当中，答应我！"

小山努力把眼泪憋回去，笑着对他说："好，我答应你！"

"还有，记住，无论有什么困难，第一时间要想到我。"

"嗯！"

"我们还是朋友吗？"他的目光殷切炽热。

"明河，分得干净，对彼此都好！"很多时候小山也恨自己的理性。

"真的要嫁给何安那个混蛋吗？"

"总得要嫁个人吧？我可不想孤独终老，我害怕一个人！"小山的眼泪再也止不住了，如果不能嫁给爱的人，嫁给谁又有什么关系呢？

明河再次抱紧小山，他说："我再去求求你老爸，我到底做什么，他才能让咱们在一起？"

小山摇了摇头："没用的！错就错在我不该是他的女儿，你不该是你母亲的儿子。"

"你别太拼了，工作哪有做得完的，你已经足够出色，会有比我好一万倍的女孩爱你的！"小山捧着明河的脸，想把他的脸记得一清二楚。

很久之后，小山才知道，越是爱，越是想记得清楚，那张脸倒是越模糊不清了。

雨下得大了，两人站在楼门口。

彼此都不再说话。

时间竟然如此短暂，短暂到让人舍不得。

"这个戒指是送你的，你要是不要的话，扔掉就行！"

明河把戒指还给小山。小山看到他的那个戒指还戴在手上。

"回去吧！"

"好！"

两个人嘴上说着，却谁都没动。

一场秋雨一场寒。这个秋天，雨格外多，格外冷。

"跟沈良年吃顿饭吧，他喜欢你！"

小山的目光冷硬犀利起来："商总，不用您给我介绍男朋友！"

"不是，我怎么会舍得给你介绍男朋友？我是说，去他的公司吧，别再做那些跑腿的工作了，我没瞧不起那些工作的意思，只是太辛苦了！"

"我知道我该做些什么，太晚了，我明天还要去花窖，回吧！"

小山硬下心肠上了楼。

一扇门开，一扇门关，谁都不知道那是不是最后的命运。

07

明河躺在自己的房子里，高烧不退。舒培打了十几通电话都没人接听。她急忙跑到明河家，却被门锁挡在门外。

邹大庆很快赶了过来。

看到儿子缩在被子里，舒培心都碎了。这些年，自己跟儿子对抗，到头来又怎么样呢？不过是跟儿子疏远了。但是鹿笙回来后的所作所为，莫北讲给了舒培听，舒培倒觉得当年自己真的是做对了，能用钱买走的爱情，本就不值得留恋。但她无论如何也想不到，儿子的情路上竟然有一颗自己在四十多年前埋下的雷。

这都是命啊，只是，自己造下的孽最后报应到儿子身上，比割她自己身上的肉更让她难过。

明河烧糊涂了，喊着小山的名字。舒培让莫北陪自己去了老姜家。

那是个再普通不过的家，狭窄，到处都是东西。舒培的心像被针扎到一样。如果不是自己，姜文渊这辈子会过什么样的生活呢？

小山看到舒培，以为她找自己，赶紧迎上来，叫了声"阿姨"，说"我们有话外面讲"。

舒培是来看老姜同志的。

站在他的床前，看着床上如同一棵枯木一样虚弱无力的老人，舒培的心里五味杂陈。

老姜同志眼如铜铃，怒气仍然向上升腾，他说："你不能把我的人生还给我，我不想听你说几句道歉的话！"

舒培从莫北手里接过自己的包，从包里掏出一个文件夹推给姜文渊。

"这是什么？想收买我？我这一辈子值多少钱，你给我算算！"

"姜大哥，我知道当年的事就是我死上一回，也没办法弥补。但事已至此，我们只能往前看，日子总得过下去。这是我那套四合院的房产证，这是里面有一百万的银行卡，还有，您看病的事我来负责，我会找最好的医生，如果不行，咱们就去国外……"

"闻舒培，你一点儿都没变。当年为了保护你爱的人，牺牲无辜的我。现在，你为了让良心安宁，又来收买我。我一个将死之人，要房子、要存款有什么用？我自己用个烂名声换我儿女的荣华富贵吗？你小看我姜文渊了！"老姜同志说。

秦明月是做财会的，心里迅速地拨了拨小算盘，觉得这样的条件真是太好了。可是再看老姜同志一副不为所动的样子，秦明月的心一下凉了半截，她捏了姜水一下，心想，一家人都是犟种。

"姜大哥，那你说咱俩这结就是死结，到死都解不开了吗？"

"能解！"

"怎么解？"舒培一听姜文渊松了口，两眼一亮。

"找到你当年掩护的那个人，咱们一起到当年插队的地方，找到那些老人，一起吃个饭，讲一讲你们这对狗男女是如何迫害我姜文渊的！"听到老姜同志的解决方案，秦明月差点儿晕过去。这老姜糊涂到什么程度了，这事，在他自己这是天大的事，在别人那不过是茶余饭后嚼舌头的谈资，谁还管这事啊？他不为儿女想，总得为未出世的孙子想想吧！

"爸——"秦明月叫了一声。

"没你事，你别掺和！"

小山也意味深长地看了秦明月一眼，秦明月转身进了自己的房间。

"那个人，这么多年，我们都没联系过。当年是我瞎了眼，出了事之后，我拼死保护他，他呢？跑得连影儿都不见。姜大哥，你如果提的是这个要求，那我还真就做不到。"那也是舒培心里的痛。

"那你就没必要站在这了，带上你的房产证和银行卡，赶紧滚吧，别脏了我的地方！"

老姜同志转过身背对着舒培。舒培站了一会儿，转身离开。

姜小山去送舒培和莫北。

到了门口，姜小山说："明河……他还好吧？"

"怎么会好？小山，是阿姨对不起你们。我知道你父亲是用你和明河的感情来惩罚我……"

"阿姨，对不起！"

舒培拍了小山的肩膀一下。"这张银行卡你拿着，还有，明河会搬回家住，那套房子你们住着，这里……"舒培环视了一下这破旧的小区，"这里离市区远，上班、去医院都不方便。小山，你别跟阿姨客气，这些都不足以弥补我当年的亏欠！"

"我不是跟您客气。您知道我爸那脾气，他要是知道了，会气炸的。"小山把银行卡和房子的钥匙推回去。

小山很想问问明河怎么不好，但又真的不敢问，关心则乱，她

怕自己知道了明河不好，会心软，会再跑去找他。

"莫北，拜托你们这帮朋友好好照顾明河。"小山说完快步往楼里走，但走得太快，撞到楼门上，眼冒金星。

莫北看着狼狈的小山，竟然莫名地心疼起来。开始她当小山是情敌，后来看小山与明河爱得那么辛苦，再有就是自己找到了爱人，也会希望别人跟自己一样幸福。

莫北的电话响了，是鹿笙打来的。她说："莫北，你忘了我是怎么回来的吗？别想着拿我当枪使就叫我回来，现在让我当坏人，你们都打错算盘了！"

没错，鹿笙是莫北叫回来的。她当时输给姜小山，特别不服气，就想着让鹿笙回来打败姜小山，万万没想到，事情发展到现在这个地步。

"鹿笙，你别想用这个威胁我。我跟你说，你现在做的只会让明河更恨你，你知道吗？"

"那咱们就走着瞧！"

莫北坐到车里，舒培闭着眼睛，一脸疲惫的样子。莫北发动车子往外开，突然前面出现了一个骑自行车的人，莫北猛然刹车。舒培身子往前冲了一下，睁开眼睛，看到挡风玻璃前的那个骑车人，脸色瞬间变得苍白。

那是个极瘦的年轻男人，头发在脑后扎成小辫子，但他长着一张化成灰舒培都认得出的脸。

舒培开门下车，她问他："你是谁？"

08

沈良年是受商明河之托来找姜小山的。商明河开门见山，讲自己因为某些原因不可能跟小山在一起，照顾她。所以，他希望沈良年能给小山一份稳定的工作。当然，薪水要优厚些，他相信小山的能力值这些。

沈良年挑起眉毛质疑商明河："为什么找我？"

明河皱了眉头："换作以往，你会挨我的拳头。我并没要求你收她做女朋友，事实上，我并不希望这样的事发生，直觉告诉我，你可以信任，如此而已。当然，如果你不想做，没人会逼你，当我没说！"

"商总，你知道为什么我们很难成为朋友吗？就是因为你这份高高在上，真不知道小山那么接地气的姑娘是怎么喜欢上你的！"

"彼此彼此！"商明河也毫不客气，沈良年那种痞坏的气质，他也不喜欢。喜欢不喜欢是一回事，信任不信任是另一回事。商明河走时，说："如果你做了对不起姜小山的事，我不会饶了你！"

"这事也包括让她爱上我吗？"沈良年坏坏地笑。

明河还在发着高烧，他无力争辩，也没资格争辩。这样想来，他出去的脚步乱了，有些头重脚轻。

沈良年给姜小山打了电话，但都没人接听。他按照明河给的地址找过来，却不想差点儿被车撞到。

车上下来个保养得很好的阿姨，她一脸惊诧，走到他面前问他是谁。他是谁有什么关系，他又没想赖她。不过真是很古怪，看阿姨的穿戴和坐的那辆豪车，也不是怕讹的人吧？

"你父亲是不是叫沈家栋？"阿姨的声音竟然有些颤抖，沈良年的心也颤了一下："你认识我父亲？"

"天意，真是天意啊！他在哪儿？"

"他……"沈良年不知道怎么向这位陌生的阿姨说。沈良年看到莫北，他是认识莫北的。

莫北介绍那位美妇人说："这是商明河的母亲舒培，这是明河的投资人沈良年！"

"天意，居然在这里见到你，太像了，如果不是长头发，简直就是他年轻时的样子！"舒培喃喃自语。

"快带我去，我有事要找他！"舒培有些迫不及待，她把沈良年拉上自己的车，莫北接过了沈良年的车子。

车子开了出去，舒培解释说："我跟你父亲还有一位叫姜文渊的，是一起下乡的知青。我们有一段不堪回首的往事，这一转眼就四十多年了，我们都老了，可有些事还过不去，欠了债得还！"

秋高气爽，阳光很暖。绿色的草地上，一个头发花白的老人穿着家居服在捡树叶。一片、两片、三片……护士小姐拿药过去给他吃，他问："你是谁？"护士小姐说："我是小青啊，沈伯伯！"

"你是小青，我还是白娘子呢！你是谁啊？"

舒培不能相信眼前的事实，这个白发老人就是当年那个意气风发、让自己爱得如痴如醉的沈家栋？

"我父亲这一生也不能算如意，他回城之后过得很落魄，后来遇到了我母亲，我母亲家境不错，他们一起做生意，挣了很多钱，但他一直身体都不好，失眠，有段时间大把大把地吃抗抑郁的药，后来跟我母亲离了婚，一个人住，五年前，他的记忆力出现问题，现在都不记得我是谁了……不过，倒是能睡着觉了！"

舒培走过去，蹲下，问："你看看我，认识我是谁吗？"

沈家栋抬起头，木然地看了舒培一眼，又低下头去，嘴里念叨着："你是谁啊？小青，我还是白娘子呢！"

舒培不甘心，继续说："沈家栋，我是舒培，闻舒培，你不记得了吗？"

"你是谁？小青啊，我还是白娘子呢！"他完全听不进去舒培在说什么，还在念叨那一句。

小护士说："他常常这样，一句话反复说，有时会说上几天！"

舒培默默地站了起来，心里的悲哀涌上来，岁月何曾饶过谁？

沈良年看着舒培失魂落魄的样子，也能猜到几分。父母离婚时，老妈就说过，父亲心底有个人，这个人就是眼前这位阿姨吗？

"可以给我讲讲我父亲、您还有那位姜叔叔的故事吗？"沈良年觉得对自己的父亲真是了解得太少了。

一杯热咖啡握在手里，隔着窗，舒培看着草坪上捡树叶的沈家栋，缓缓地讲起了那个年月的故事。

阳光透过窗照进来，一副岁月静好的模样。

"那个姜叔叔是姜小山的父亲吗？"

舒培点了点头。

"是因为这件事商总……明河才不能跟小山在一起的吗？"

"你认识明河和小山吗？"

"我曾经是小山的房东，也是明河公司的投资人！"

"还真是孽缘！"舒培叹了口气。可怜了明河，这孩子死心眼，也可怜了小山。

沈良年没想到父亲有着这样一个秘密。那个年代，本是青年男女之间的情感，倒让人偷偷摸摸的，到底还是影响了他们的一生。

09

小山在众人面前立下毒誓，老姜同志还嫌不够，他说："我知道，我这前脚一走，你后脚就去嫁给那坏人的儿子！"

小山不理老姜同志，帮魔豆收拾衣服，何安也许是良心发现了，要带他走。老姜同志看到了，问小山在干什么，魔豆跑过来抱住老姜同志说："姥爷，我不想走，何安在山里种树，我到山里，蚊子会把我的血喝光的！"

"谁说让你走的？啊？这个家里我还没死呢！我还是户主，我说了算，你不能走，何安也不能走！"老姜同志掀开被子就下床，小山赶紧跑过来："你要干吗啊，我来帮你！"

"你帮我？你帮我就把我送火葬场去了。小山啊，我知道你恨我，盼着我早点儿死，我也知道你嫂子这两天给我脸色看，嫌我没接那房子和银行卡。早知道我当初就掐死你们俩，一了百了，何至于到今天……"

"爸，您摸摸您的良心，说的那是什么话啊？我跟我嫂子是怎么对您的，您说这话亏不亏心啊！"小山气出了眼泪，"何安是什么样的人，你不是不知道，您不都明白着呢吗？"

"什么人？孝子，他是为了回去照顾他爸才跟你分手的。小山，如果你真孝顺我，就跟何安结婚，立刻，马上！"

好好的晴天，窗外打了个响雷，震得小山一哆嗦："爸——"

"行，我就是你爸。不行，你就爱哪去哪去，咱俩桥归桥，路归路，谁都不认识谁！"

"好啊，好啊，哥哥跟小姨结婚，我就可以不去山里喂蚊子了，可以不离开姥爷了！"魔豆高兴得跳了起来。"魔豆，亏小姨疼你，你有没有良心啊，你忘了何安把你扔给我，我差点儿被坏人杀死了！"

魔豆听到姜小山的训斥，嘴一撇，大声哭了起来。

老姜同志拉过魔豆，替他擦眼泪："你也别拿孩子出气，这个家你愿意待就待，不愿意待就走！"

"爸，您真的让我嫁给何安？"姜小山下了决心。姜水出现在门口，说："爸，何安不行啊，我不同意！"

"我还没死，没你说话的份。小山，你嫁给何安，我死都闭眼了！"老姜同志铁齿铜牙，说得斩钉截铁。

"爸，您还真糊涂了。您怎么能把小山往火坑里推？再说了，我就不信何安真那么没人性，把小山坑成这样还敢娶她？"

姜水说错了，何安还真敢娶小山。他的解释是他对小山是真爱，当初他把魔豆送到小山这来，也有让他拖住小山，让小山别开始新感情的意思。所以老姜同志把何安叫来，问他能不能马上跟小山结婚时，何安二话没说就拍着胸脯答应了，他说那片山已经转出去了，现在就可以贷款买房，他说："爸，您好好的，我一定接您过去住新房！"

老姜同志乐得合不拢嘴。整间屋里，除了他，最高兴的就是何安。小山拉长了一张脸说："爸，行，您说怎么好就怎么办！"

秦明月捅了捅姜水，小声说："咱爸还真让小山嫁给何安啊？这都什么年代了，还包办婚姻？"

姜水长长地叹了口气："小山为什么要答应啊？爸糊涂了，她也糊涂啊？不行，我得跟何安谈谈！"

何安摆出一副"死猪不怕开水烫"的架势，说："哥，看你们对魔豆的感情，我就知道我何安没看走眼。我不能放开小山，我爱她，我从前对不起她，以后会加倍补偿她的！"

姜水一拳打过去，何安一闪，姜水的拳头打到墙上，血渗了出来，姜水疼得直咧嘴。何安赶紧过来看："大哥，你看你这是干什么呢，咱们一家人，有话好说！"姜水一拳打过去，这回没落空，何安的头跟姜水出了血的拳头又"接了个吻"，两个人扭打到一起。小区的大妈不是吃素的，这个黑瘦的家伙已经在楼门口打了两次架了，赶紧报警吧。

小山在派出所看到脸肿得跟猪头似的何安和满手贴着创可贴的姜水，一肚子怒气。

"你们还嫌我不够烦，是不是？"

两个人竟然打出了交情，相视一下，嘿嘿一笑。

10

姜水还是惹了祸。

那些天，姜水的剧本还没写完，他又接了个电话，说要买他的另一本小说。姜水心想："这还真是'荒地无人耕，耕了有人抢'啊。自己的好运气来了，挡都挡不住。"

因为编剧费入股的事，姜水被明月埋怨，所以这次的事，姜水想把事情谈得有个眉目再跟秦明月说，于是他的行为举止便有些鬼鬼祟祟。秦明月怀着孩子，身体不好，再加上看着公公与小姑那一摊子烂事，心也乱，顾不上姜水。开始姜水出去接个电话什么的，秦明月也没在意。

那天姜水出去讲电话讲了快半个小时，回来又紧张又兴奋的样子让秦明月起了疑心。她质问姜水做什么亏心事了，她指着电视上那些闹腾得厉害的明星们说："我跟你说，姜水，你要是敢趁我怀孕出轨，咱俩可不是一拍两散的事，我什么脾气你不是不知道。"

姜水说："我倒是想出轨，天天除了家里就是菜市场，我跟谁出轨啊？"

秦明月像要在姜水脸上凿出口井来："'狗肚子里盛不了二两香油'，你赶紧交代，不是出轨，那就是有鬼！谁给你打的电话？"

"还能有谁，制片方呗，剧本的事，你不懂啦！"姜水摆出一副不耐烦的样子，秦明月还真就不知道说些什么了。成功男人什么样，姜水不知道，成功男人有的脾气，姜水倒先学到位了。

影视公司一个讲话温婉但又句句在理的女人安梅打电话跟姜水说，投资一个影视项目风险太大，所以呢，他们会尽力把一个项目做到最好。合同给姜水传过来，条件都特别优厚。其中影视版权买下来后，会签姜水做编剧，每集十万块。姜水看了，眼睛里冒出无数个红心来。现在的剧动不动都四十集起拍，这是要发财的节奏啊。手里这剧再加上即将要签的剧，姜水双手双脚都算不过来是多少钱了。

安梅又来了电话，先问姜水对合同是否满意，如果什么地方不满意，他们会马上修改，直到姜水满意为止。姜水想，这么有诚意的公司，比前面那家强多了，赶紧抢着说满意满意。安梅犹豫了一下说："因为项目投资大，买下了影视版权，项目会立即启动，所以，你这个编剧一定不能掉链子！"

姜水想，自己手里的项目大纲交了就没其他活儿了，便咬牙说："肯定不会误事的！"

安梅在电话那端"咯咯咯"地笑了，她说："姜老师，我们当然相信您。但公司呢，有公司的规矩，您看您能不能给我们交点儿保证金！"

"保证金？"姜水有点蒙。自己没拿到钱，怎么要掏钱呢？

"是这样，版权的合同我们马上就走流程，您的保证金呢，是您会做这剧的编剧，这是前提，如果没这前提，我们也不信任别人改编这么好的小说，所以，要您先拿出三十万，有困难吗？"

"我跟别的公司……"姜水没经历过这样的事，想想也有道理，自己不做编剧，他们是很难找到合适的编剧。但三十万也太多了吧？

"哦，如果您嫌三十万多，那二十万怎么样？反正就是走个流程，影视版权这一百万，这周合同签完就打给您，然后编剧合同签了一周后，这二十万连同首付款会一起打给您……您看有困难吗？您要相信我们公司的实力，一会儿我把网址发给您，您了解一下我们公司！"

姜水打开了那个网址，看到很多热门剧、口碑剧都是这个公司出品的。他心想，反正就是走个流程，二十万自己也有，不过是几天的事。瞒着明月，姜水按照安梅给的账号把钱打了过去。

钱打过去之后，姜水坐在深秋的艳阳下，有点儿头晕。这事哪里有点不对呢？他再打电话给安梅，电话关机。姜水出了一身汗，再打，打不通。他用手机搜那公司做的一部剧，百度百科上赫然写着别的公司的名字，再搜另一部剧，也是同样的情况。

姜水虚虚地坐在路边的长椅上，树叶一片片落下来，他想，如果能把自己埋了该有多好。

福无双至，祸不单行。姜水没有被落叶砸死，倒接到了一通电话，是负责剧本的制片人，制片人没了之前的客气，上来就说："你写的那剧本，你觉得能拍成剧吗？"

姜水的火也上来了："签约前我就跟你们说过我没写过剧本，如果不行，那就另请高明吧！"

挂掉电话，姜水倒松弛了下来，他人瘫在长椅上，看路上来来往往的人。自己的生活，风一段，火一段的，差点就认不清自己是谁了。在追梦的道路上，总会有坎坷，这姜水知道，但自己也太急功近利了，简直要被自己蠢哭了。

姜水站起来，擦了一把脸，去公安局报案，然后回家，把剧本都收拾到一个文档里。还好，一切重新开始吧。

老姜同志叫姜水，说他要喝水。姜水给老姜同志泡了茶，是他爱喝的绿茶。明月跟小山带着魔豆出去买衣服了，何安要带魔豆走，一家人尽管恋恋不舍，但孩子不是自己的，人间没有不散的宴席。

难得爷俩一起喝喝茶。

老姜同志喝了口茶，看了一眼自己的儿子，说："剧本写不下去了？"

姜水喝了一口茶，差点儿呛到自己，仓皇平复了一下，说："没有，挺顺的！"

"当你老子是傻瓜了吧？小水啊，你爸是老了，是病了，但没糊涂到那种地步。你这孩子啊，打小就肚子里盛不了二两香油，有啥事都写在脸上呢。你啊，没小山那股子劲。你还别不服气，你要是没明月给你撑着啊，都不定什么样！"

"爸，您是不是觉得我特别没出息？"

父子俩有多久没聊聊天了，姜水都不记得了。

"小水啊，爸活到现在，对有没有出息这事算是看开了。人这辈子，过的就是个舒心。你要记住，'未曾清贫难做人，不经打击永天真'！你啊，就是太天真了。"

姜水怎么都没想到，老爸居然觉得自己的问题是天真。

"你跟明月相处也是，怎么能像小孩子一样不跟明月商量，就把钱拿走替小山还债呢？明月不是不懂事理的孩子……"

"爸，您真的想小山嫁给何安吗？您知道何安坑小山坑到什么地步，您还说您不糊涂？"姜水还是把话题绕到小山这里。

"明月是不是觉得我不接受闻舒培的补偿是犯傻？你也这么想吗？"老姜的眼睛盯着姜水，希望从儿子这里得到他想要的答案。

"爸，你刚才问我是不是剧本写不下去了。我告诉您，不光是剧本写不下去了，我刚刚还被人骗了二十万。"

出乎姜水的意料，老姜同志竟然没有骂他，他说："那是你命里没有这个财，别上火！"他让姜水给他点支烟，姜水犹豫了一下，找了烟给老爸点上。

"那天闻舒培站在我面前，看着她那么年轻，那么轻易地拿出房产证和银行卡，我后悔了，真的，姜水，你爸这辈子白过了……"

姜文渊的脸在烟里若隐若现，他的目光落在房间的某一处，也许是在时光的某一处，也许是在人生的某一处。

"爸！"姜水喊了一声爸，有些哽咽，不知道再说点儿什么好。

倒是老姜同志长满老年斑的手覆在了姜水的手上，轻轻地叹了一口气。

第七章 终于相守

01

商明河又过起了从前的生活，健身，做"工作狂"，每天脸上都挂着暴风雨出现在公司。

考拉嘟着嘴对邹大庆说："邹总，您就不能帮帮'河帅'吗？看他那心碎的样子，咱们芳邻居公司的女员工都心疼死了！"

邹大庆一脸无奈："我都恨不得化成小天使把他收了，你们还心疼他？看他随时准备原地爆炸的样子，你们不应该怕吗？"

"那是因为我们知道'河帅'心里的伤有多深啊！"考拉深情款款地向上瞅了一眼，上面，商明河正在发火。

邹大庆急忙跑上去灭火。他让同事先出去，关上门，放下百叶窗。

商明河挑眉问他干什么。

邹大庆半边屁股坐在商明河的桌子上，说："你这样带着情绪工作，真的好吗？"

"别扯没用的，鹿笙那边怎么说？"

"律师正在谈，赔偿，道歉。我觉得面子够大了，得饶人处且饶人，况且你和鹿……"

"你是观音菩萨派来的吗？不是我不饶她，是她欺人太甚。"

"那还不是你太有魅力，让人家念念不忘！"邹大庆拿起那把孔明锁刚要摆弄，商明河一把抢了过去，由于太过用力，孔明锁落到了地上，"啪"地摔开了。

商明河看着那几个木块发呆。邹大庆赶紧蹲下去捡起来，紧张地看着商明河："明河，我……"

"没事。你知道姜小山现在怎么样了吗？"

"好像，还在送花，昨天我看她在往咱们隔壁的公司送花！"

"扮小丑？"商明河的眉头拧成了大疙瘩。

"没有，送绿植。我打听过，沈总去找过她，她不去。"

"哦！"商明河心里五味杂陈。小山没去沈良年那里，他心里是高兴的，但一想到她还要那么辛苦，万一再因为血糖低而晕倒……

姜小山用来送绿植的是辆厢式小货车，她自己开着。

商明河的车不远不近地跟着她的车。商明河看着她把一人高的绿植抱下车，放在小推车上，直起腰，喘了好一会儿。

跟到第二家时，商明河终于忍不住了，他冲到她面前，把花搬下来，推着车子进了公司，然后自己跳上车，问："下一家是哪儿？"

小山坐在副驾驶的位子上说："我没事！"

商明河发动了车子，没开过这种车子，突然一踩油门，车子冲了出去，出于本能，商明河把小山揽在怀里。车子停了下来，两个人凝固住了一般。后面的车子在不停地按喇叭，但他们都没听见。

好半天，有人来敲车窗，商明河再次发动车子，车子缓缓开动，小山坐正，有些不好意思。

"地址？"商明河又问了一次。

小山拿出一张纸，商明河抢了过去。上面还有三家未送。

两个人倒也不多说什么，商明河长这么大没干过这么累的活，好在平时有锻炼身体，干完活，全身都被汗湿透了。

商明河拿着小山车上的笔在那张纸上写了"over"，然后递给小山。小山看着笑了。

车子开到明河停车的地方。明河从车子上跳下来，小山也跟了下来。

初冬的傍晚，太阳化身成一枚咸蛋黄，挂在灰蒙蒙的天空上。

小山无端想起曾经看过的小说《倾城之恋》，轻轻地笑了。明河摸了摸小山的头："不这么矫能死吗？你以为你是牛吗？"

小山的泪突然就涌了出来，她低下头，明河发现了，抬起她的头，看到那行泪。她笑着掩饰，明河的心碎成了无数片，弯腰吻了下去。

城市成了电影里的背景。

小山甚至想，她会一辈子记住这个黄昏，一辈子记住这个男人。

她还会再爱上别人吗？

找个平凡的男人，结婚，然后做这平凡普通的人中的一个，生孩子，养育孩子，然后就变老了。

自己与明河，各自在天涯，就这样了吧？

小山泪流满面，她慌乱地擦了脸，说："明河，我们分手了，求你别再管我的事了，别再来找我了，好吗？"

"小山，我们非分不可吗？"

小山也不止一次在心里问过自己这个问题，非分开不可吗？上一辈的恩恩怨怨非要他们这一辈来偿还吗？

可父亲说，她是他唯一的武器。他憋屈了一辈子，窝囊了一辈子，终于找到可以惩罚闻舒培的方法。小山哭着问老爸："爸，你觉得我能惩罚得了那个女人吗？她正好不希望她儿子娶我这样的儿媳妇……"

老姜同志笃定地看着小山说："她没反对你跟她儿子交往就说明她的良心没被狗吃，没被狗吃就好！"

逻辑并不通，但那是老爸的想法。谁叫她是他的女儿呢！

"明河，你配得上更好的女孩。还有，爱情的世界里，谁都不是别人唯一的解，我们都会开始新的生活……"

小山自己也说不下去了。

商明河从自己的车里拿出一盒戒指摔在小山面前，把车子开走了。

小山泪眼婆娑，站了好久，弯下身来，一个一个把戒指都捡了起来，26个，一个不少。

天黑了下来，城市里的灯都亮了。小山心里分明暗了下去。

明河在酒吧里一个人喝多了酒，他打电话叫邹大庆过来。

没等来邹大庆，倒见到了鹿笙。鹿笙坐在明河面前，笑靥如花。明河问："当年你是怎么在我和金钱之间权衡后选择了金钱的？"

"明河，都过去了。我们重新开始不可以吗？"鹿笙的眼里有星星。

明河转过头去，看到老妈和邹大庆一起走了过来。

明河冲老妈笑了，他说："妈，我去做和尚吧。我一辈子不娶了，不行吗？"

舒培给了明河一巴掌，一回手把明河抱在怀里，她说："明河，你要妈怎么办？"

02

舒培独自去见了沈家栋。

天气冷了，沈家栋的轮椅停在房间里有阳光的地方，虽然屋子里有暖气，但他身上还是穿着灰色的羽绒马甲，膝盖上盖着毯子。

小青轻声对舒培说："他总喊着冷，出了汗，哄也不肯少穿一件！"

舒培心酸，四十年过去了，沈家栋孤独地进入了自己的世界，姜文渊得了癌症，将不久于人世，但这世上的恩怨还没了结啊！

舒培蹲下去问："家栋，我是舒培，你还记得我吗？"

沈家栋的眼睛亮了一下，又很快暗了下去，他木然地摇了摇头。

舒培握住他的手，那手温热无力。那是她曾经刻骨铭心爱过的男人，出了事，他跑了，所有的事都落到了她的肩上，那时她不是没恨过，可事到如今，往事如风……

"小青，小青……"沈家栋突然喊了起来。

小青急忙跑进来，舒培紧张地闪到一旁。

"没事儿，伯伯是尿了！得换纸尿裤！"

小青把轮椅推到卫生间，很快进来个男护工。

舒培默默地退了出去。

窗外正下着冬天的第一场雪。

雪花纷纷扬扬，只可惜未落地就化了。路面上湿漉漉的，脏。

03

小山回到家，客厅里摆了一大桌子菜。魔豆很贴心地给小山拿来了拖鞋，喊着"小姨快洗手吃饭"。

小山往厨房里一瞥，看到何安系着围裙在炒菜。

秦明月出来往小山手里塞了只橘子，下巴向厨房方向抬了抬："今儿的菜都是他弄的，没用我伸手。小山，魔豆真要走了，你不想他？"

小山没接这个茬儿，洗了手，进厨房拿碗筷。

何安急忙从小山手里接过碗筷："你坐好等着开饭就好了！"

"何安！"小山欲言又止。

何安手捧着碗筷转身看了一眼小山："有什么话，我们吃完饭再说！"

那顿饭吃得并不太平。

第一个扔下"原子弹"的人是姜水，为了转移家人的注意力，姜小山又扔下了一颗更大的"原子弹"。

何安扶着老姜同志入座，老姜同志一眼看到焖肘子，这个他爱吃，也没顾别人，闷头就来一块，也不管肥的瘦的，大口吃。小山张了张嘴，努力咽下了不让他吃的话。

姜水拿出来一瓶红酒，那是用他拿到影视版权的钱买的，价格很贵。他抱它回来，跟买那香熏蜡烛一样，被秦明月骂了一顿，但秦明月念在终究是挣钱了的份上，没那么狠。可酒却被明月没收了，她说："留着，有事儿时再喝！"

一个家能有什么事呢？魔豆春天时来这个家里，在这个家里待了几个月，全家人都把他当成是开心果，现在这孩子要走了……姜水拿酒出来，明月没反对。

姜水先给老爸倒上，给何安倒上，给明月和小山都倒上，再给自己倒上，魔豆噘着嘴问舅舅怎么没有他的。

姜水给魔豆倒上可乐，他端着酒杯站起来说："今儿呢，咱家人全……"

秦明月瞅了一眼小山，又瞅了一眼何安，在桌子底下踢了姜水一脚，什么叫咱家人啊，何安什么时候是咱家的人了？

姜水没明白媳妇的小心思，瞪着眼看明月："踢我干什么？"

秦明月赶紧闪开眼神，假装没听见。

姜水继续说："说真的，这大半年，我们全家都把魔豆当成是自己家的孩子。魔豆机灵可爱，是我们全家的开心果……"

魔豆嘴一撇："舅舅，怎么你说这些话，我想哭呢？"

小山摸了摸魔豆的小脸，也很想哭。

姜水说："这些天啊，我老在想，人这一辈子，有钱得过，没钱也得过，过好过赖全看心情。心情好，没多少钱，一家人在一起，开开心心的，也挺好。有再多钱，每天烦心事一箩筐，也没什么意思……"

秦明月还是没忍住："姜水，你这酒还让不让人喝？你这发言都赶上做报告了，再不吃，菜都凉了！"

"今儿不是难得嘛，就不兴我多说两句，是吧，何安？说句实在话，开始我还真挺不看好你的，结果你就真把我妹坑得不轻。不过呢，咱俩也算是不打不相识，这人呢，没有不犯错的，像我，替小山还债，没告诉明月，明月跟我离了婚……"

明月又踢了姜水一脚："酒还没喝呢，就先说起胡话来了！"

姜水有点儿紧张了："我吸取教训，我那天又被骗子骗了……"

"什么？姜水，你再说一遍，骗子骗你什么了？"

"哥，到底是怎么回事？"

老姜同志的脸拉得老长，拿夹了焖肘子的油筷子指着姜水说："你这个败家子啊，连顿好好的饭都不让人吃！"说完，又夹了一筷子带皮肉，闷头吃。

"明月，咱不急，真的，大不了我找工作去。我就不信了，人家能养孩子，我姜水就养不了老婆、孩子，你真的别急，别哭，兴许我命里就不带那个财呢？不过，可能你的家政公司开不了了……"

秦明月听不进什么了，眼泪噼里啪啦地往下掉。

"姜水，我秦明月就是吃一百颗豆都不知道豆腥，跟你这么些年，我图着你什么了？你这一出一出的，跟唱戏似的。就你这脑袋，骗子不骗你都对不起你的智商。还养老婆、孩子？我秦明月要是再指望你，我就是猪！"

秦明月唠叨出一大篇来。

魔豆看到舅妈哭，赶紧跑去拿了纸巾递给她："舅妈，不哭！"

秦明月搂着魔豆，赶紧抹眼泪，努力笑出来。

"行了，吃饭，有啥事吃了这顿饭咱再说！"

"明月，你不会又要跟我……"姜水生生不敢说出"离婚"那两个字。

"哥，你那二十万都让人给骗走啦？追不回来了？"小山不甘心，心情灰暗到了谷底。哥嫂若不是为了帮自己，怎么会落到这步田地?

一直闷声不响的何安清了下嗓子说："哥，嫂子，本来我想在带魔豆走时把这张卡留给你们的。现在……正好。这卡里有五十万，不多，是我把那座山转包出去的钱，我知道这些年我给小山还有这个家带来太多的磨难，我把魔豆送来，也是实在没办法。魔豆的妈妈把家里值钱的东西都拿走了，我爸躺在床上……这两年，我守着座荒山，照顾瘫痪在床的老爸，我也内疚，小山，真的……"

"何安，咱俩结婚吧！"

小山扔出的这颗"原子弹"把姜家再一次炸得地动山摇。

最先反应过来的居然是魔豆，他拍起小巴掌，咧着嘴笑："小姨，你是要嫁给我哥哥了吗？太好了，太好了！可明河叔叔怎么办啊？我喜欢他！"

老姜同志把筷子扔到桌子上，说："要办就赶紧办，趁我活着，别磨叽！"说完转身进了屋。

秦明月还没从恼怒里回过神来，又听小姑子来了这么一出，气得不想说话，也转身进了屋。

倒是姜水不解，再怎么说小山也是他的亲妹妹，婚姻大事，真的就这么草草做决定吗？小山明明不爱何安，为什么要嫁给他呢？

"小山，你想好了再……"

"哥，你跟魔豆吃饭，我跟何安出去谈！"

小山拿了大衣、围巾走在前面，后面跟着一脸疑问的何安。

小山与何安出门后，姜水给魔豆使眼色，叫他进屋里叫舅妈出来吃饭，魔豆跑进去，明月很给面子地出来，坐下，叹了口气说："好好的一顿饭！"她给魔豆夹了块鱼，挑干净刺，让魔豆慢慢吃，然后慢条斯理地吃米饭，姜水赶紧献殷勤，给明月挑鱼刺。

"姜水，咱俩离婚吧！"

秦明月轻启朱唇，话说得轻巧，像说"吃过饭，咱们去看场电影吧"那么随意。

姜水抹了一把脸，无声地笑了。

这个家还真是不可思议，一顿饭的工夫，妹妹宣布要结婚，哥哥倒又要第二次离婚了。

"秦明月，咱能不能不闹？"

"姜水，如果你觉得我是在闹，那我真是白跟你过这日子了！"

魔豆撇了撇嘴哭了起来："舅舅、舅妈，你们大人是不是都不开心啊？我也不开心了！"

两个人面面相觑，不再吭声。

04

明河公司的APP上线测试那天是圣诞节，也是小山结婚的日子。

消息是姜水告诉明河的。

一天晚上，姜水打电话给明河，问他能不能出来喝杯酒。

别人邀请明河自然是不会出去的，但这是姜水第一次约他。明河好些日子没见小山了，一闭上眼睛还是会想起她，想起她弯腰搬那笨重的花盆的样子，心很疼，但一点儿办法都没有。

小饭馆是姜水找的，生意冷清。两道菜上来，明河就知道它生意冷清的原因了。姜水瘦了一圈，头发乱蓬蓬的。

"剧本写得不顺利吗？"明河知道姜水在写剧本，但后面的事就不知道了。

"剧本早停了，还在更新网文，一天一万字！不过，没事儿，今天的写完了！"姜水一仰脖子把大半杯二锅头喝了进去，喝得急，加上不擅长喝酒，他被酒呛得满脸通红，明河赶紧递了纸巾给他。

好半天，姜水平静下来，说："小山要结婚了，你知道吗？"

明河的心忽然一下沉到了无底的深潭中。

"跟谁？什么时候？"为掩饰自己的慌张，明河端起杯子里的酒就喝，不出所料，他也被呛得满脸通红。

"何安，圣诞节，家里人吃个饭。明河，你跟小山……我就这么一个妹妹，我真不想她就这么……我们兄妹俩从小就没有妈，我爸那时总是喝酒，喝醉了就诉说从前的事，我们也不懂，但很害怕，那时我总是给小山画饼，我说，等咱俩长大了就好了。我们长大了，好不容易长大了，我混来混去……唉，不说了，说起来都是眼泪。来，喝酒……"

姜水给自己倒上酒，又给明河倒上。两只杯子碰了一下，酒入愁肠，两个人的心里都很不是滋味。

"依照小山的性格，她是不会嫁给何安的。她之所以选择嫁给何安，是想让你死心！明河，小山是不想耽误你！"

这句话如同一把刀扎进明河的心里。

那晚，姜水喝得大醉。明河叫了代驾，先送姜水回去。

代驾是个话多的小伙子，明河他们一上车他就开始啪啦啪啦地说话。姜水在半梦半醒之间说着胡话："老婆，咱俩的问题就非得……就非得离婚……才能解决吗？明月，你心太……太狠！"

"你这哥们感情受伤了啊？这种事啊，得交给时间，没有忘不掉的人，真的……"

"可以闭嘴吗？"商明河说完这话，猛然想起了小山。他与小山初次相识也是因为代驾，缘分就这么开始了。

明河用姜水的手机给小山打了电话，小山和何安很快下楼了，何安看了商明河一眼，很知趣地扶着醉醺醺的姜水回家。

昏暗的灯光下，周围清清冷冷的。小山披着大衣，但脚上穿的却是拖鞋。明河说："送我回家吧，我喝了酒！"

代驾还等在车里，明河转了钱给他，他还唠叨着："不是说好我送你……"再低头一看钱，开心地走了。

小山闷声坐进车里，并不急于走。

"我哥跟你说了？"

"你非要这样吗？姜小山，你什么时候才能改改那倔脾气？"商明河本不想发火的，但火气还是冲上了头。

小山轻轻地笑了："改不了了！明河，给我祝福吧！"

"我可没那么大度，那个何安害你害得还不够深，你嫁他，你疯了吧？"

"那我嫁谁？沈良年吗？你知道沈良年的父亲是谁吗？当年故事里的另一男主角就是沈良年的父亲。惊讶吗？世界就是这么小，社会也就是这么不公平。真的，明河，我不是抱怨，换成我爸的立场，我也会怨恨、想不开吧？他的一生因为那件事被毁掉了，你母亲和沈良年的父亲至少表面上还好……"

明河握住小山的手："我该做些什么呢？小山，我该怎么样才能……"明河说不下去了。

他转过头，车窗外，万家灯火，不远处，一对恋人争吵着，撕扯着。

明河颓然："就算你不嫁给我，也还有别人，为什么一定是何安？"

"如果嫁的那个人不是爱的人，是谁又有什么关系？"

小山的脸上挂了两行清泪。明河轻轻地用手擦掉那两行泪，拥她入怀。

单元楼门口，何安看到这一幕，神色黯然。

05

圣诞节前夜，明河跟同事熬了个通宵。所有的测试都达标，APP上线。明河以为自己的脑子装得满满的，就不会去想小山的婚礼，不会碰心里的伤。

舒培打电话过来，问晚上能一起吃个饭吗？明河说晚上要跟同事一起庆祝，舒培"哦"了一声，明河听出母亲的失落，他说："你可以一起来吗？"

舒培犹豫了一下说："我还是不去了！"

两个人对着电话沉默了几秒钟，仿佛没有了话说，只能挂了电话。

这天对小山来说，是慌乱的一天。

早晨起来，老姜同志的脸色就不太好。吃了止痛的药，老姜同志仍是黑着脸，不肯吃饭，也不说话。

姜水张罗着送老姜同志去医院检查，老姜同志抢起水杯就砸了过去。姜水没躲过去，水洒了他一身，杯子落到地上滚了几下，终于安静了下来。

小山赶紧打扫，姜水一脸沮丧地坐在客厅的沙发上。

小山知道哥哥心里难过，她小声说："咱爸是气你跟嫂子离婚，他想看孙子！爸这样，时日无多，你就多体谅体谅吧！"

姜水抹了一把脸，不知道是被泼的水还是泪。

秦明月挺着肚子站在门口，她说："姜水，你进来！"

姜水不动弹。秦明月又喊："姜水，你进不进来？"

小山给老哥使眼色，姜水磨磨蹭蹭地进去。

小山悄悄跟在后面，门虚掩着，小山听到明月说："咱儿子踢我了，你听听！"

小山看到姜水趴在明月的肚子上，突然他就"嘤嘤"地哭了起来，明月抱着他，说："我知道你恨我动不动就提离婚。姜水，这些天我也在想，孩子一出生父母就不在一起，这像话吗？咱俩的日子怎么过不是过呢？"

"明月，你这话是什么意思？"

小山推开门，进去推了一下姜水："哥，你傻啊，嫂子是想好好跟你过日子啊。嫂子，何安的银行卡你好好收着，别不拿，那原本就是你们的。"

秦明月好强，脸面上有点儿下不来。

"我是想……再给你哥一次机会！"

"嫂子，你也知道我哥这人没什么本事，但他对你是真好，人也不坏……"

"我知道！"

何安带着魔豆进来，他另租了套房子，打算结了婚就接老姜同志过去住。这边留给姜水和秦明月。

魔豆看到舅舅、舅妈都在哭，有点傻了。

"你们又吵架了吗？"

"没有，魔豆，小弟弟在舅妈身体里打拳呢，你来听听！"明月赶紧抹了眼泪说。

"那小弟弟为什么不出来跟我玩儿？"

一家人都笑了。

突然听到一声巨响，小山最先反应过来，她跑到老爸的卧室，老爸整个人栽倒在地上。

救护车来了，去医院的不光是老姜同志，还有明月。明月怀孕七个多月，大概是慌乱之中动了胎气，肚子疼得厉害。

圣诞节那天夜里，姜家一喜一悲。

喜的是明月早产，生下了四斤二两的男孩子。

悲的是老姜同志终于没熬到元旦。

小山握着老爸的手，不哭也不说话，就那样坐了一整晚。

老姜同志出殡的那天，舒培来了，沈良年也来了，他带了一束白菊花，对小山说："他们的故事我都知道了，我代表我爸表示歉意！"

小山接下了那束花。

老姜同志一辈子没做什么正式工作，也没什么亲朋故友，舒培也很唏嘘。她说："我跟你爸说天暖和一点儿，我们就一起回一次农场，他还挺高兴的。没想到走得这么急……"

那天舒培来家里说要带老姜同志出去时，老姜同志是拒绝的，舒培说一定要带他去看一个人，一定。小山无奈，只得请了假，陪着老爸上了舒培的车。

在车上，老姜同志一直说舒培没安好心，说不定要找人弄死他。车子遇上红灯,一刹车,老姜同志立即紧张兮兮地拉着小山的胳膊说:"咱们快跑吧,这个女的特别毒,要是在古代,化上个浓妆,她都能把皇上害死。"

小山苦笑,老爸经常在家里待着,宫斗剧看多了。

开车的莫北和旁边的舒培也笑了。

舒培说:"姜大哥,你把心踏实地放在肚子里,我还真没那个胆!"

车子开到了一栋独立的小别墅门前,这小别墅年头应该不短了,看到小别墅,老姜同志更加恐惧了,他紧紧地攥着小山的手,像个孩子似的躲在她身后:"她肯定是想软禁咱们父女俩!"

"爸,我倒想被软禁,有吃,有喝,还有这样的小别墅住,不要太幸福哦!"小山握住老爸的手,老姜同志想想女儿说的有道理,但仍止不住嘟囔:"反正她没安什么好心!"他横着眼睛瞪闻舒培,舒培轻轻地叹了口气,自从遇到老姜同志,自己这些年的不耐烦都变成了耐烦。没办法,谁叫咱欠人家的呢?

小山没想到开门的是沈良年。

进了门,客厅里有个头发花白的老人,坐在轮椅上。

老姜同志没细看那老头,自己倒抢到众人前面一屁股坐到沙发上喘着粗气。

舒培问:"姜大哥,你仔细看看,这人你认识吗?"

老姜同志这才仔细打量面前那老人。

那老人对突然进来一群人感到恐惧,大声叫小青。

小青进来安抚他说:"伯伯,这些都是你的老朋友啊!"

老人又问:"他们都是谁?"

小青像复读机一样又答了一遍。

老人再问,老姜同志终于认出了面前这个人。他粗着嗓子说:"我说沈家栋,你装什么大尾巴狼啊,你不认识我,还不认识闻舒培吗?"

沈家栋完全没反应,仍然一遍一遍地问小青"他们都是谁"。

舒培跟老姜说："他不是装不认识，他是真不认识，他得了阿尔茨海默病，就是我们通常说的老年痴呆。"

老姜同志突然笑了起来："咱们俩这是殊途同归啊，不，不对，你这是报应，报应啊！"

沈良年拍了拍小山的肩膀，小山跟沈良年走出房间。三个多年不见的老友，也不知道能不能称得上是老友，应该有很多话要说吧？

小山没想到自己和沈良年、商明河竟然有着这样的渊源。

沈良年说："他这些年在自己的世界里浑浑噩噩，有时看着他，我自己都很害怕，害怕将来有一天会变成他那样！"

"生命是让人无可奈何的，谁也不知道下一秒会发生什么。我们只能在当下好好的——活得幸福！"

"你和明河的事我听说了，你们真的一定要分开吗？"

小山转身看着窗外，窗外一派萧瑟景象，但很让人开心的是，天很蓝，没有雾霾。

"我爸说，我是他唯一的武器。一个老人家，弱到攻击对方的唯一武器是女儿的幸福，是不是很可怜？"

"他们那一代人的恩怨，一定要牺牲你们的幸福吗？"

"你觉得我跟明河会幸福吗？我比灰姑娘还灰，我们之间差距那么大，我不懂社交礼仪，在事业上什么都帮不了他。或许，他现在还爱我，可很快就会不爱了，那时我又该怎么样呢？"

小山从没把这些话说给别人听，她最好的朋友是左娜，可左娜不会理解这些。

"小山，你真的这么不自信吗？"

"不是不自信，这是现实！"

"我知道爱情一定是这个样子，热恋时，总是把对方看得很高很高，把自己看得很低很低，总觉得自己配不上他，像张爱玲说的，'低到尘埃里'，可是，丫头，如果他因为新鲜才爱你，那就不是真正的爱。还有，你刚才还说，没人知道下一秒会发生什么，

只能珍惜当下的生活，我们不能因为惧怕将来有一天会分开就不敢
继续这段感情，不是吗？"

小山沉思不语。

"老人有解不开的心结，我们可以理解，但我们不应该被他们
指挥着过日子！"

"你别劝我了，我已经决定结婚了！"

"跟谁？"沈良年大吃一惊。

"就是魔豆的哥哥，我的前男友。当年，他也是被逼无奈才离
开我的。"

"小山，感情的世界里，你不需要做个好人。爱就在一起，不
爱就分开，这是最高准则！"

沈良年转身离开，小山看窗外，一阵风卷着一片树叶跑。

那天，老姜同志从沈家栋那回到家，整整一天，一言不发。

他还是没能回到那个让他恨了一辈子的农场。舒培给小山看照
片，说农场下了很厚的雪，她联系上了一些当年的知青朋友，春天
时，一定会回去一趟，找找当年那些老人，一定还老姜同志一个清
白。

小山不语。

老爸求了一辈子的清白，一辈子都是灰色的，如果放下执念又
会如何呢？

人生没有如果。一个坎在那，换了自己，没准也迈不过去。

明河是最后一个来的，他陪着小山，不言不语。

明河瘦了，脸上的轮廓更清晰了，人也更帅了。

眼前的明河模糊起来，小山努力地想看清他，但眼前一黑，什
么都不知道了。

06

小山醒过来时，人已经睡在了医院里。

昏暗的灯光下，明河坐在病床边的椅子上，手里拿着那把孔明锁，他轻轻地拆开，一块一块地拼回去。

小山的手伸过去，落到明河的手上，明河握住那只手贴在自己的脸上。

昏黄的灯光照在两个人的脸上，小山看到两个人的手上戴着刻有他们名字的戒指。

她黯然抽回手，想摘下那个戒指，明河按住了她的手。

"明河，对不起，我答应了何安……"

"何安带着魔豆离开了。他说他不敢让魔豆跟你告别，害怕魔豆会舍不得。他说他会照顾好魔豆的，他希望你幸福！"

"明河，我答应过我爸……"

明河拿出一封信递给小山。

两页纸上，字写得很大，力透纸背，那是老姜同志写给小山的。

或许每个人对自己的死亡都有个预期。

那是小山第一次读到老爸写给自己的信，也是最后一次。

"小山，我的女儿，我知道这段日子，你备受煎熬，老爸也是。我恨了一辈子，怨了一辈子，在我看到沈家栋的那一刻，我突然觉得人生不过如此。再怎么样，我们也终将老去，终将面对这个世界，终将面对死亡。人生是个慢慢苏醒和剥离的过程，昨天还不懂得宽恕，今天已经学会原谅。小山，老爸醒悟得太晚了，以至于搭上了一生的时间……

"我的女儿，老爸不希望你和我一样，我希望你能幸福。你爱明河，老爸不反对。好好地做闻舒培的儿媳妇，让她看看我姜文渊的女儿多出色！"

泪水顺着小山的面颊往下流。明河替她擦去。

"嫁给我吧，小丑姑娘！"

小山流着泪点头。

病房外，鹿笙悄悄地把一束花放在门口，转身快步离开。

病房内，明河拥吻小山。

吻到彼此的泪，也全是甜蜜。

07

一年后。

姜水的小说改编的电视剧开机了，姜水点着网上的微博看那些照片，大呼小叫地喊秦明月来看。

秦明月抱着"小北鼻"，手里拎着条红色的蕾丝内裤过来质问姜水：

"说，这是什么？行啊，姜水，我带孩子回娘家时，你是不是带女人回家了？离婚，今天咱要不离婚，我秦明月就是秦弯月！"

姜水有些傻，看着那红蕾丝内裤问："老婆，你别诈我啊，这真的不是你的吗？"

"姜水，你给我装傻是不是？你给我装傻是不是？"抱着孩子的秦明月上来就打姜水，怀里的孩子哇哇大哭。

"别打，孩子哭了，孩子哭了！"姜水着急了。

"你拿着这个给我出去，什么时候想交代了，什么时候再回来！"

秦明月一脚将姜水踹出家门，门"吮"地关上了。

姜水手里攥着那条内裤，沮丧地蹲在地上："我天天码字，上哪找女人去啊？老婆，老婆，你这是在哪捡到的啊？"

"在哪儿？阳台，那小妖精是故意让我看到的，她是想小三上位，霸占我的劳动成果吧？她做梦！"

秦明月的嗓门可真大，隔着一扇门，都震得姜水耳朵疼。

姜水的电话响了，他听到秦明月接了他的电话。

"魔豆啊，我是舅妈，你想我啦？舅妈也想你啊，舅妈给你生了个小弟弟，你什么时候来抱抱他啊？"

姜水笑了。他突然想起自己码字时听到楼上有女人唱歌的声音，会不会是楼上的女人晒内衣，掉到了自己家阳台上啊？

姜水"噔噔噔"地跑到楼上，敲门，开门的竟然是个老太太，但打扮得很时髦。姜水倒有些扭捏，问不出口了。

老太太倒眼尖，一眼看到姜水手里的内裤，说："呀，你是在哪捡到的？我还以为被风刮走了……"

姜水磕磕巴巴地说："那个，阿姨，您能跟我去我家给我媳妇解释一下吗？"

"没问题啊！"

楼上阿姨走后，秦明月还余怒未消："你说她这么大岁数了，还穿这个……"

姜水倒若有所思："明月，我看了那牌子，也上网给你买两套吧！"

秦明月揪住姜水的耳朵："我就说你变坏了吧，一肚子花花肠子！"

姜水的手机又响了，打来电话的是小山。

小山跟明河去了欧洲。

明河牵着小山的手坐在巴黎的落日下，说："小山，我还不知道你竟然有设计服装的才能，那个'时尚魔头'看了你的设计，眼都直了！"

"你不知道我大学学的是服装设计专业吗？后来呢，跑偏了。绕了一大圈，我还是回来了。你也别夸张，我知道自己有几斤几两，要赶上IT业新贵商明河先生，我得跑得像博尔特那么快才行！"小山的手从低到高比了一下。

明河捏了捏小山的鼻子："是不是特别敬仰我啊，小丑姑娘？"

"我对你的崇拜就如滔滔江水，连绵不绝……"

明河的头抵住小山的头："我对你的爱也如滔滔江水，连绵不绝……"

"贫嘴！"小山轻轻地亲了明河一口，转身就跑。

明河在后面追："别跑，小心摔倒……坏蛋，被我抓到看我怎么收拾你！"

夕阳下，塞纳河如同玉带一样静静流淌，街上人来人往，明河拥着小山眺望远方。

他们喃喃细语，讲起小山做代驾时两个人的初相识，讲起被劫车时两个人的心有灵犀，讲起送花、送餐时两个人的相爱相杀，还有那次丢资料时的误会，那次电梯里的怦然心动，那次在旧仓库里的生死相依，那次在日本时的痛苦别离……

一切恍若在眼前，曾经的痛苦都变成了一对恋人最美好甜蜜的回忆。

"我爱你！"明河说。

"我也爱你！"小山说。

开往幸福生活的是艘慢船。虽然慢，但总会抵达幸福的彼岸。